2015

中国年度作品·散文诗

邹岳汉 主编

中国出版集团

现代出版社

图书在版编目(CIP)数据

2015中国年度作品. 散文诗 / 邹岳汉主编.
—北京：现代出版社，2016.3
ISBN 978-7-5143-3310-7

Ⅰ. ①2…　Ⅱ. ①邹…　Ⅲ. ①散文诗－诗集－中国－当代
Ⅳ. ①I217.1

中国版本图书馆CIP数据核字(2016)第010554号

2015中国年度作品. 散文诗

主　　编	邹岳汉
策划编辑	庞俭克
责任编辑	赵海燕
出版发行	现代出版社
地　　址	北京市安定门外安华里504号
邮政编码	100011
电　　话	010-64267325　010-64245264（兼传真）
网　　址	www.1980xd.com
电子邮箱	xiandai@cnpitc.com.cn
印　　刷	三河市宏盛印务有限公司
开　　本	710mm×1000 mm　1/16
印　　张	16.25
版　　次	2016年3月第1版　2016年3月第1次印刷
书　　号	ISBN 978-7-5143-3310-7
定　　价	36.00元

目　录

编者的话

2015： 散文诗近百年仅见的盛况

1

跨进 2016 年，我们逼近中国新诗（包括散文诗）诞生 100 年，仅距一步之遥了。

回首 2015 年，我们不禁惊讶地发现：中国散文诗正以空前迅疾的步伐，追赶着现代文学的潮流。这不是由于散文诗容易写，而是缘于散文诗的现代性及其无限可能性越来越为广大作者、读者所认识，所接受。

打开本书，扑面而来的是：扎西才让发表在《诗刊》的《高原月》，杨犁民发表在《人民文学》的《藏地诗篇》，干海兵发表在《星星·散文诗》的《大禹渡的黄昏》，周庆荣发表在《中国作家》的《关于黄河》，还有发表在《文学报·散文诗研究》的灵焚、徐俊国等人的散文诗作品，等等。这么多有全国影响的文学报刊，同时在这一年里推出一批高质量的散文诗作品，是中国散文诗经历近百年以来仅见的一次。从出现的频率而言，百年一遇，这种现象纯属偶然；但它却是真真实实地出现在了我们眼前，又是中国散文诗发展到一定程度必然的产物。

同时值得注意的是，包括排在稍后的支禄的《横渡苍茫》、包玉平的《雪原辞》、香奴的《今夜，只有甘南头举明月》等，这些作品大都是写的广袤苍凉而壮美的西部，或是九曲十八弯的黄河。这种情况说明：一，散文诗作者队伍由原来集中在文化比较发达的大都市、中原和沿海地区，扩展到了全国各地，尤以甘肃、新疆、四川、内蒙等地的发展势头引人瞩目；二，散文诗的题材确实大大地扩展了。从前，一般以为散文诗不过是一种写些小花小草的体裁，甚至有人还试图把牧歌式的抒情闲淡作为了散文诗固有的艺术特征。我们看，《高原月》里："秋已经很深了，但还是无法稀释掉两岸的风声"，"那个晚课后得道的黑脸高僧，在天幕下顿悟了人世间的生死"，这些看似淡然而出的诗句，给我们带来的已经不再仅仅是一般意义上的西部风光——更给我们带来了拨动心弦的诗意和蕴含其中，对于生命意义的思索。

　　杨犁民的《大地上没有一棵草是多余的》，写一个人一天的上午、中午、下午三个时段里，看似极其平凡、简单重复的地头劳作，通篇主旨，却很自然地归结到了它的这个看似很普通却极有概括力的标题上。

　　干海兵、周庆荣的作品都是写黄河的，且都有与此题材相匹配的大手笔气象。

　　所谓诗的创新，无非就是作者把自己独到的观察、思考、想象，用独特的方式表达出来。见常人所未见，言常人所未言。诗人支禄在《横渡苍茫》中这么写到鹰："此刻，背负一塌糊涂的夜色，鹰静静地站在灯火最中心的地方。我稍稍一抬头，就隐约看见鹰内心的伤痕远比翅膀上的伤痕重得多。"以往写"鹰"的诗多着哩，有谁这么写到过"鹰内心的伤痕"？这是诗人创造的一个有可视性的全新意象。香奴的《今夜，只有甘南头举明月》，一组八章，构成了一幅有关甘南的多彩风俗画卷，是长篇散文诗领域里一个重要的新收获。

　　注意：每一辑里，都有优秀的作品。即使短短的一、二章，那里面也有作者长期积累、反复酝酿付出的心血，也有编者夜半凌晨，埋头灯下细心阅读、小心抉择付出的努力。

2

　　2015 年 4 月 9 日，"首届星星·鲁迅散文诗大奖"颁奖会在四川省简阳市召开。

　　同年 4 月 12 日，该奖项主办单位《星星》诗刊主编梁平、执行主编龚学敏等率团专程到青岛市，为 89 岁的耿林莽颁发"首届星星·鲁迅散文诗大奖"获奖证书和奖金。

　　这个由一家老牌诗刊设立、以鲁迅命名的散文诗奖项，是一个重要的标志，它将中国散文诗的独立性向前推进了一大步。

　　2014 年，中国作协举办的第六届鲁迅文学奖，耿林莽先生的参评散文诗作品集《散文诗六重奏》进入前十提名作品，却因"新作不足三分之一"最终落选，散文诗界的朋友普遍感到失望、遗憾。当时我曾应《山东文学》（下半月刊）组稿人之约，写了篇题为"鲁奖，要努力避免那些本来可以避免的遗憾——写在耿林莽散文诗作品集参评落选之际"的文章，从评奖程序和评奖宗旨两个方面提出个人看法。此文后来因刊物组稿计划改变没有登载，但网上多有流传。散文诗的艺术价值和应有地位，靠我们用创作实践和理论阐述，也包括这样独立的评奖活动去印证、去努力争取。

　　2015 年里，《散文诗世界》《星星·散文诗》《散文诗》等专门的散文诗报刊还相继举行了一系列重要的大奖赛活动，取得的成效在本书里都有所体现。

3

关于本书的出版。

从 2000 至 2014 这整 15 年间，本人主编的《中国年度散文诗》由漓江出版社连续出版了 15 卷，形成了一个被普遍认可的知名文学品牌。其中留下了一批有价值的优秀作品，为进入 21 世纪以来中国散文诗划出一条清晰的发展轨迹。

加上我从 1985 至 2000 年创办、主编《散文诗》刊的那 15 年，我在散文诗编辑岗位上工作整整 30 年，一直坚守着散文诗的诗性原则，为散文诗文体的诗性回归作持续的努力。

每到年初，本人主编的这本中国散文诗年度选集的出版，都得到了广大作者、读者给予的特别期待和关注。作为一个编者，能够通过这个以作品本身作为对话的平台，与作者、读者一起真诚地交流，是一种令人愉快的享受。

推出新人新作，是本书一贯的着力点。编者的责任，就是要像诗人苦苦追求一个新的意象那样，去努力发现尚处在前沿、刚刚冒头的新人新作。

凭自己的艺术审美观和艺术良知去发现、判断。

由发现作品到发现人。作品至上，唯质是取。

本人主编的《2014 中国年度散文诗》开篇推出水晶花的《雪花女儿》、王信国的《雪继续下》，曾经引起读者热烈的反响，今年本书开篇推出扎西才让的《高原月》，杨犁民的《藏地诗篇》（外一章）——至少以上四位贡献重要作品的作者，与本人尚未见过一面。

见过面的，有好作品当然同样推出。如干海兵的《大禹渡的黄昏》，实在是一组诗的内核与散文的外形结合完美的散文诗佳构，不能不推放在前面。

原来以写分行新诗为主的诗人，兴致盎然地投入散文诗写作的日益增加，本书辟一专辑，你可从中读出另一种味道。

本人主编的这本 2015 年度的散文诗选集，编辑宗旨、编辑风格、作品质量仍然一以贯之，这一条令诗友们认可、看重的"文脉"还是延续了下来。相信本书一定能够继续得到作者、读者的厚爱和支持。

在这里，谨向《诗潮》执行主编刘川、《中国诗歌》执行主编谢克强、《文学报·散文诗研究》主编萧风、《散文诗世界》总编辑海梦、主编宓月、《诗林》主编潘虹莉、《诗选刊》散文诗栏主持爱斐儿、《中国诗人》散文诗栏主持语伞、《上海诗人》散文诗组稿人徐俊国、《青岛文学》副主编韩嘉川、《绿风》《伊犁河》散文诗栏主持亚楠、《作品》散文诗栏责编郑小琼、《延河》（下半月刊）副主编王琪、《山东文学》（下半月刊）兼《大沽河》散文诗栏主持栾承舟、《福建乡土》副主编林登豪、《北海日报》副刊责编庞白，以及《中国散文诗刊》主编夏寒、《小拇指》主编张庆岭、《蓝鲨》执行主编陈计会、《淮风》散文诗栏主持崔国发、《香港散文诗》副主编钟子美、香港《橄榄叶》主编文榕以及所有主动、热心为本书提供稿件的诗友们致以谢意。

遗憾的是限于篇幅，还有一些佳作未能入选。好在每一年都有较多篇幅的新旧交替，只要坚持努力，机会总是会有的。

本书 2016 年将继续征稿。凡当年在全国各报刊上发表（或出版）的散文诗作品均可应征。作品复印件寄至：413000 湖南省益阳市长坡路 38 号市文联邹岳汉收，并在信封左下角注明"2016 中国年度散文诗应征稿"，同时将作品的电子版发至 1204285699@ qq. com（最好在写入稿件的 Word 文件图标下方写明作者姓名、作品标题，然后作为附件发送，便于收件人识别、处理）；不论新老作者，不论复印件或电子版稿件，篇末均需注明发表于何刊何报何期，以及作者详细通讯地址、邮编、电子邮箱、电话、手机号、QQ 等联系方式、身份证号码，个人简介，以节约编者、出版者临时查找、复制的时间。自留底稿，不复不退。新出版的个人散文诗集则寄来 1－2 册并附作者联系方式，将列入本书"附录"中的出版讯息。截稿日期：2016 年 10 月 15 日。

邹岳汉

2015 年 12 月，益阳

第一辑 名刊、专刊作品荟萃（14 佳）

（《诗刊》《人民文学》《中国作家》《星星·散文诗》《诗潮》
《文学报》《作品》《延河》《山东文学》等报刊优秀作品选）

> 【编者按】开篇名刊、大刊佳作荟萃，并非出于编者对于"名"与"大"的盲目崇拜；我更愿意相信：这是一种偶然。像这么 10 余家知名文学、诗歌报刊和散文诗专刊在同一年里都推出堪称一流的散文诗佳作，可说是近百年来首次遇见的盛况。这也是在全国散文诗创作得到大发展情势下催生的必然。散文诗向来被视之为装点文学园地的闲花小草；当我们读过——扎西才让的《高原月》，杨犁民的《藏地诗篇》《大地上没有一棵草是多余的》，干海兵的《大禹渡的黄昏》，周庆荣的《关于黄河》，以及排在稍后位置的支禄的《横渡苍茫》，包玉平的《雪原辞》，香奴的《今夜，只有甘南头举明月》等作品之后，从前隐隐存在于人们脑海中关于散文诗的陈旧观念，将会被这些气势恢宏、视野广阔而又极富诗意的书写所彻底颠覆。（邹岳汉）

□扎西才让

高原月（组章）

也只有在夏天，我们才不愿离开热气腾腾的桑多镇，在这里逗留，喟叹，男欢女爱，埋葬易逝的青春。

桑多镇

先人说："停下来吧，就在这桑多河边，建起桑多镇。

"让远道而来的回族商人，带来粗茶、布料和盐巴。
"让那在草地械斗中丧身的扎西的灵魂，也住进被诅咒者达娃的家里。
"不走了，你们要与你们的卓玛，生下美姑娘雷梅苔丝，养牛养羊，在混乱中繁殖，在计划中生育。"

直到皮业公司出现，直到草原被风沙蚕食。
羊皮纸上的一百年，只待被史官重新书写，在那情欲弥漫的书桌上，在那热血沸腾的黑夜里。

桑多河：四季

桑多镇的南边，是桑多河……

在春天，桑多河安静地舔食着河岸，我们安静地舔舐着自己的嘴唇，是群试图求偶的豹子。

在秋天，桑多河摧枯拉朽，暴怒地卷走一切，我们在愤怒中捶打自己的老婆和儿女，像极了历代的暴君。

冬天到了，桑多河冷冰冰的，停止了思考，我们也冷冰冰的，面对身边的世界，充满敌意。

只有在夏天，我们跟桑多河一样喧哗，热情，浑身充满力量。

也只有在夏天，我们才不愿离开热气腾腾的桑多镇，在这里逗留，喟叹，男欢女爱，埋葬易逝的青春。

叹息也如落叶归根

牛车木桶，驭者在晨光中一声不吭。

只河水哗哗，离开大雾弥漫的小镇。

桑多河这边有人叹息，这叹息也如落叶归根。

秋已经很深了，但还是无法稀释掉两岸的风声。

高原月

高原之月从山上下来，

跟着插箭的男子和沐浴的女人，来到小镇北边寺院的金顶。

高原之月映照着黄锦内的经书，抚摸着绘有吉祥八宝的镀金的门楣，在深夜的街头，迎来了晚归的沮丧的书记官。

就这样过去了多少年。多少年来，春花灿然绽放，秋果熟了自枝头落下。

就这样过去了多少年。多少年来，尘埃悄然落定，混沌寂然有序。

那个晚课后得道的黑脸高僧，在天幕下顿悟了人世间的生死。

如此陌生的人间

那些工人把柏油铺在路上，就走了。

母亲把一条黑毡铺在炕上，也走了。

铺着柏油的路有着温暖的黑色，伸向远方。

铺着黑毡的炕，冒着看不见的热气，是一块坚实的大地。

我开着车从故乡回到腾志街，长长的柏油马路像条录音带，录下了我复杂的心情。

天色已经黑下来，我把车停到路边，想起了母亲，一滴泪水砸在柏油路面上。

头顶的天空，像块巨大的黑毡，要覆盖如此陌生的人间。

直到街上的路灯次第亮起，夜生活已经开始。

（选自《诗刊》2015 年 5 月上半月刊）

□杨犁民

藏地诗篇（外一章）

这个早晨，一桶牛奶在草原上缓缓搅动，慢慢露出生活的白，和丝绸的质地。

云朵会找我

把帐蓬搭在云朵上，把牛羊放在云朵上。
我承认，云朵是我温柔的故乡。

云朵去哪里，我就去哪里，跟着云朵去流浪。
云朵是我的头巾，云朵是我的衣袂，云朵是我的眠床。
如果有一天我死了，云朵不死。
云朵会四处找我，找我时就在山顶飘荡。

——像最无助的呼唤，——像最深切的怀想。

纳木错

我站你面前，任风浪吹起我的头发。
然而我的心，却早已像湖水一样，匍匐下来。

用你蓝宝石般的蓝，和铺天盖地的浩瀚，洗涤我吧，磨砺我吧，冲刷我吧！
在你的脚边，做一粒小小的石子，也是幸福的。

花　湖

天空成了两个，你看看我，我看看你，大地一下子失去了自己。
——花湖的芦苇、湿地和湖水很浅，却让天空和云彩都陷了进去。

凡人是不可能进入花湖的，要进去，也只能借助木质的栈桥和云梯。
当然，还必须要一场雨，把灵魂，先洗一洗。

我去了趟花湖，进去出来，不过短短的半个钟头，然而我却感觉我自己也变成了两个。一个掉进了湖心，一个带着肉体凡胎，赶车离开——最终回到了久旱的城市里。

那时候黄河还很小

从巴颜喀拉山下来，那时候，黄河还很小。
很小的黄河对于自己的道路没有把握，是选择姓甘呢，姓川呢，还是姓青呢，黄河很犹豫。
犹豫的黄河一路犹犹豫豫，跌跌撞撞，走到了若尔盖县唐克乡索克藏寺旁的一堆草丛里。
草丛里的黄河再一犹豫，便把自己犹豫成了无数个"S"型。

犹豫有时候并没有什么不好，要犹豫就不妨多犹豫一些。
就像黄河那样，把自己犹豫成九曲黄河第一湾，回肠荡气。

天空中很少鸟儿飞过

在草原，天空中很少鸟儿飞过，更别说成群结队了。
偶尔有一只，孤独地钉在天幕上，像搪瓷碗掉了块瓷似的。
它飞，飞了很久，飞了很久还在原地。
飞了很久也没有飞过一座雪峰，飞了很久也没有飞过一棵青草。
飞了很久，也没有飞出天空这口大锅。

你发现，草原的天空比其它地方的天空，凭空要大许多。

这里的花儿都很小

和百万青草比鲜艳，拇指大的一点红就够了。

然而，和百万青草比翠绿，所有的森林和树木都不战而败，躲得远远的。

这里的花儿都很小，小到了草丛里——
你不能和天空比大，不能和大地比大，也不能和雪山比大。
你只能和草比小。所有的草都想出人头地，向着天空努力证明自己。
然而在草原，最幸运的草，也不过就是做了一朵花的邻居。

迷　失

在草原，人很容易迷失自己。花没自己的名字。
草没有自己的名字，羊没有自己的名字，牦牛没有自己的名字。
叫格桑和卓玛的多了去了，就像草一样，你无法分清这棵草和那棵草的区别。

其实，名字在草原也没有多大用处，半年，都不会碰到一个人。
碰到了也没有什么话要说。大地上最重要的事情，不过就是一口草的事情，一泡粪的事情。
唯一的用处就是时间长了，你可能突然想对着天空，自己喊一下自己。

弯　曲

草原上弯曲的事物不多，数都数得过来。
牛角是弯曲的，羊角是弯曲的，浅浅的河流是弯曲的。
湖泊的身线是弯曲的，酥油茶的旋涡是弯曲的。

有时候，月亮也是弯曲的。只是对草原而言，月亮弯曲得毫无道理。
毫无道理也没有办法，人只好把月亮摘下来，打成银饰戴在身上。
所以，有月亮的夜晚，草原总是叮当作响。

德令哈火车站

像一条绿色大虫，火车驶进德令哈。四周漆黑一片，我看不见德令哈是什么样子，但是我能清晰地感觉到德令哈的高远和孤寂。
星空下，它像地球的一块凸起之地，暴露在宇宙下面，把一列火车遗弃在这里。

这使我不得不对自己的来路和前途感到怀疑，月光像冰川一样。

火车仅仅停靠了几分钟，我却感觉过了好几个世纪。

马头骨

草原上躺着一具马头骨，比一座山，还要突兀。

它的嘴，已经啃不动任何一棵青草；它的眼，只剩下令人心惊肉跳的空洞；它的巨大身躯和健壮马蹄，早不知去了哪里。

只有夜晚来临，月华如水，马头才从露水中回过神来，它仿佛听见得得的蹄声正由远及近，震颤着无边大地……

也震颤着，渐渐恢复知觉的自己。

牛　奶

这个早晨，一桶牛奶在草原上缓缓搅动，慢慢露出生活的白，和丝绸的质地。

仿佛整个天空，都装在这只奶桶里似的，仿佛无数的哈达和白云，都装在这只奶桶里似的。

打奶的妇女，在晨光下怀孕了。她身体倾斜，感觉乳房肿胀，就要喷射到奶桶里去。这时候，炊烟次第升起，一只狗在旁边撒欢，它只要轻轻碰一下奶桶，整个草原就会被它打翻在地。

牦牛每走一步都很孤独

牦牛黑压压的压在草原上，压得草原有些出不过气来。

在一棵草的眼里，一头牦牛就是一座大山。

可是，草不怕，草无边无际。草让如山的牦牛陷在草原里，远远看去像一颗蚕豆。

牦牛每走一步都很孤独。这种孤独是与生俱来的。

所以牦牛总是告诫自己：往前走，莫回头。

（选自《人民文学》2015 年第 5 期）

大地上没有一棵草是多余的

早上。

一觉起来，总感觉是谁在叫我的名字。

喝一壶早茶，抽一袋旱烟，才突然想起昨夜准备好的一撮箕玉米种子。

想必此刻它们一定等得不耐烦了，正待在墙角焦急地呼喊，按捺不住内心发芽的渴望。

连忙吃了早饭，背上粪水，带上玉米种子，出门。顺便，抓几个饭团子放进口袋里。

刚刚走下台阶，仿佛一步便跨进了梦境里似的。

春天盛大，令人窒息。

去冬翻过的泥土，已被大雪浸透过，踩上去噗噗作响。

沿着一条直线，我开始劳动：挖窝，下种，淋粪，埋土。由是而再，简单的重复。我干得如此卖力，乐此不疲。

一窝，两窝，三窝……挖到第七窝的时候，问题出现了。

一株嫩嫩的豌豆花恰恰挡在了播种的直线上，仰起头，看着我，笑得一脸羞涩。

举起的锄头在空中迟疑——

我想，它同样经过了漫长的等待和孕育，此时正是生命中最宝贵的青春年华。

最终，我只得绕过这株豌豆花，把窝挖在离它一尺开外的地方。尽管，这样会破坏了玉米的整齐。然而，等到玉米们一株株破土而出的时候，因这偶然的改道而呈现出另一种不规则的美感也未可知。

再往前走，同样的问题再次发生了。这次是一棵粗壮的洋芋苗。一定是去年冬天遗落在土里的。

接下来是一棵车前草，一株折耳根，一朵油菜花……

整整一个上午，这些挡在播种路上的，知名的不知名的花呀草呀，不计其数。

我只得一一绕开它们。

我不能因为它们阻挡了我播种的路，就将它们一一铲除。不能因为一粒玉米的梦想就牺牲其它生命的梦想。

大地上没有一棵草是多余的。

中午。

去了趟菜地。

去菜园的路已经被花草掩没了。几经试探，才得以走近。

几天没来，菜园已经膨胀得有些让人目瞪口呆。

油菜，豌豆，青菜，大蒜，茼蒿，胡豆……它们原本泾渭分明，各自占有一小块领地。如今却你不让我，我不让你，全都挤在了一起，挤得密不透风，看不见脚下一丁点儿泥土。

不少花朵、枝叶伸出柴栅，牛羊一样，总想找个机会从栏缝里跑出去。

鹅秧草，车前草，还有些不知名的草，借着春风和粪水的鼓励，在蔬菜们的胸前臂下，肩头臀后，见缝插针般恣意生长，大有压过蔬菜的气势。

要在以往，这些野草肯定是最好的猪草，早被三下五除二捞进了背篓里。

可是今天，我却不忍带走一把蒜，一棵草。

甚至不想让我的脚，在土地上留下一个脚印，挤占了万物生长的空间。

我悄悄退出来，轻轻关上柴扉。

大地上没有一棵草是多余的。

下午。

回来的时候，我两手空空。

十万种颜色在大地上流淌，十万种声音在天地间鸣叫，十万种芳香在空气里漫溢……

一群牛羊和无数蜜蜂，与我同路。

油菜花，胡豆花，豌豆花，桃花，李花，梨花……与我同路。

鹅秧草，车前草，虎耳草……与我同路。

一个流浪汉，斜躺在一块油菜花旁的土坎上。似睡非睡。一脸惬意。偶尔，还打个哈欠。

我走过去。把最后一个饭团递到他面前。

他伸手接了，放进嘴里。像从朋友手里接一支烟那么自然。

大地上没有一棵草是多余的。

（选自《伊犁晚报·天马散文诗专页》2015 年第 1 期）

□干海兵　　　# 大禹渡的黄昏 （外二章）

大野无边，长河延接着最远最远的那缕紫色的淡了淡了的霞。

十一月的落日给每一个抬头的水珠一粒金子。那是澄黄的翅膀安伏下来，被一声一声碎裂的夜色吹高的温柔之痛。

大野无边，长河延接着最远最远的那缕紫色的淡了淡了的霞。

举剑而歌的茅草，挑灯的柿子树，一枚搭在斜阳之臂的小舟。

那些会飞的涟漪，把荷锄的大禹荡到柳笛横吹的山头。

渡，是一只蟋蟀敲打无边镜面的扑楞之冷。冷之锋利，拂血而洇的浩茫从天上到水中，有子鸟叮当，有一羽人，有一剑路。

十一月无垠，等待泅渡的脚印有三千年、五千年。众沙静寂。

在大禹渡与黄河对饮

在大禹渡，和失散多年的自己重逢。
一杯薄酒，涌动落日与云影。内心的河床开阔而平静。大河不死。

芦苇雪、高粱血。应该有一匹脱缰的野马回到了从前，把爱过的重爱
一次：
杂草、灌木、沙泥鸿爪、块垒土丘……让水成为水，让酒成为每一个
大禹要回家的门。
酒，是中年将去的夕阳。大波微澜，咫尺天涯。
黄河，是一颗高粱上将落未落的泪珠，遇柔则柔，遇刚则刚。

与黄河对饮，大禹渡如镜的波光闪烁着前世今生。

仙女山

仙女山上有矮种马，暧昧的蒲公英，有雾化的草的镜子，有一群看山
的人，一群喊山的人，唇温 15 度，把夏天躁动的双面人，安置在木格窗上。
仙女山上没有仙女。一棵松针，在摇着下午所有的铃铛。

青苔定是倦了，木耳斜依着柴门，南瓜花在吕着这一点点碎去的日光。
勿忘我，哦，那一枝勿忘我。
蓝眼泪。

仙女山上没有仙女，云在放羊，月亮在吃草，石头在赶路。
一只仿佛侠女的蝴蝶，在我的窗台，亮出了柔情的剑火。
哦，七月柔情的剑火！

（选自《星星·散文诗》2015 年第 2 期）

□周庆荣

关于黄河

小小的渤海还不足以做黄河的句号，人类的天空如果圆满，这个句号应该是整个天空。

1. 有一种清，后来消失在浊里。

尽管，周围布满尘土，我怎能轻易地放弃缅怀。

那最初的纯净。

因为懒惰，我用贵德省略了更高更远的唐古拉山。

依然属于最初的黄河，清得让我心疼。

后来，我们尽可以顺流而下。伟大的弯曲，伟大的跋涉。直到她勇敢地浊，沉默，不做任何解释。是在这个时候，我泪水涌动。

2.　这条著名的大河。

纯净的时候，若最初善良的人类。

更贴切地说，如同涉世不深的少女。地形复杂或者人心不测，天堂里不需要这些。

佛音的悲悯，抑或道家的清修，往往删除了万水千山，是啊，不能对滚滚红尘熟视无睹。

我比很多人都更加憎厌儒家的迂腐和纲常的无聊。但我赞成这条河流告别少女时代，入世，而成为母亲。

岁月是漫长的。

和土地难以言说的纠缠，使她有了新的名字：黄河。

黄河仍然不够，我们一般称养育了我们生命的河流为——母亲河。

3.　接下来的母爱，只能在曲折中表达。

土地，在繁茂的事物之外，逐渐投入河流的怀抱。日子的沉重和岁月的积淀，甚至曾经孕育丰收的土，曾经贫瘠出饥荒的土，连同硝烟熏黑的沙场风云，它们，一有机会就投入母亲河。

它们，改变了母亲的色彩，加深了她的凝重。

浊世的承受，更像母爱的忍耐。

一切可以来，一切都留下来。

河床在，爱在。浊下去，如果灯油耗尽，是另一片新土。

4.　只是，在水浑浊之后。

水面不再如镜，月色和星光，天空及白云，不能再清楚地倒映在黄河里。

自然的纯粹和人类善良的原始，模糊了。如生长了白内障的眼睛，我们看了又看，模糊了，浊浪在局部滔天。母爱，也可以叹息。

除了浊下去，我们真地就别无选择？

5.　我把在壶口见到的瀑布，说成是母亲河一生里唯一的浪漫。

泥沙越来越多，道路越来越曲折。瀑布，抒情成传奇。

酣畅淋漓地摔下去，超越独自的呜咽。

母爱，不说委屈。

6. 离兰州不远的地方。

在这一块土地上，黄河走了长长的弯路。

说是弯路，更是母亲般牵肠挂肚。左边是儿女，右边是子孙。一个弯，搂紧干渴的庄稼；另一个弯，拥着皲裂的土地。

手心手背都是肉啊，母亲河，要想一碗水端平，迂回再迂回，曲折再曲折。

孝与不孝是孩子们的事，一些弯路由你来走。

河畔，谷子和高粱坦荡地生长。

村舍有炊烟，人群，悲伤或者幸福；

都市有灯火，人群，幸福或者悲伤。

7. 人们，确实不应该老死不相往来。

难道，就只能喜欢扎堆地生活？

我反复地说，都市没什么了不起的，所以我经常在夜深的时候，向故乡遥望。

当山西一位女诗人坚持感叹引黄工程的时候，我说：我们为何总要住得高高在上？为什么，我们要远离母亲河？

其实，我这么问，是因为我的眼前总浮现我的母亲：皱纹遍布脸庞，我搀扶着她，她蹒跚着一双老腿，拾级而上，并且不辞劳苦。

母亲河就是这样。

虽然颤颤巍巍，也要把她的爱进行到底。

8. 黄河之水，奔流到海不复还。

实际上，她想回也回不去了。这就是母爱的宿命，她压根儿就没有准备回程的车票。

也就是说，这一种爱从一开始就没想得到回报。

当我站在渤海之滨，我想让很多文人墨客承认这个事实。

渤海，宛如母亲河的一个句号。

小小的渤海还不足以做黄河的句号，人类的天空如果圆满，这个句号应该是整个天空。

（选自《中国作家》（纪事版）2015 年第 7 期）

□灵　焚　　　　**抚摸生命：梦醒之后**（外二章）

妩媚的春天，芳香的夏日，这些都只是为了让一个站立的秋天足够丰满。

我想，你一定还留在我的记忆里没有离开过。

像影子一样薄，薄得似物质却不是物质。如颜色，触摸不到，却实实在在存在着，明明在面前，就是伸手够不着物质的感觉。

即使记忆薄得超过一张纸，却厚得超过一堆肉。

那是在梦里，你丰腴地躺下，然后像一阵风卷起，缠绕着我的欲望。

一个夜晚成为一座孤岛，你在任何角落里逗留。你摘掉了岛上所有的叶子只剩下土地，所有的河流都被你放走。

我只剩下最后的一阵潮声，抱着大海。

那个清晨。

世界出奇地平静。晴朗。

那一片蓝呀！还是你的影子那样……

遇到章鱼

究竟有多少的家庭，都成了一座座被人废弃的水族馆？为什么这里的夜晚总与荻原朔太朗的"章鱼"相遇？

蛛网在厨房贴满封条，灶台早已锈迹斑斑。

一条饥饿的章鱼把雪白的秀腿伸向窗外，以夜色佐餐。

一种单一的饥饿顺着下水管道，向整个城市的每一家、每一户私奔。

饥饿在传染。当每一家章鱼都在各自的水槽深处升起炊烟。管道里饥饿奔跑，饥饿连成一片，直到夜晚在声音的汪洋中打着饱嗝。

空虚的城市，从辗转反侧到骚动不安。单一的饥饿从手脚开始自我吞咽，然后是躯体，饱满的双乳，妩媚的五官，直到把凝脂堆砌的胴体，月光柔婉的丽质饕餮殆尽……

把自己吞噬得无影无踪的章鱼，每晚还趴在华灯万里的夜幕上。

蜘　蛛

今宵酒醒何处？此时，一群身体肥硕、四肢却骨瘦如柴的蜘蛛，正陆陆续续爬出夜总会、酒吧、丰乳肥臀的按摩房。

月色正好，霓虹灯在身后逐渐昏暗。

河床正在龟裂。等不到杨柳岸，蜘蛛们已经精疲力竭，就地伸出毛茸茸的四肢收集露水，补给一夜之间彻底干枯的河流。

晓风习习，却听不到水声回响。

此时，花瓣与花香不再有甘霖相濡以沫，空气喘息，雾霾弥漫。

（选自 2015 年《文学报·散文诗研究》第 2 期、《作品》第 10 期）

□李　需　　# 让风吹 （组章）

顺便，我也想把被春天打开的久远的记忆抱紧。

抱　紧

坐在初开的春天，我想把远山的几星残雪抱紧；

顺便，我也想把一只鸟的歌唱抱紧。

坐在乍暖还寒的田埂，我想把无人的辽阔抱紧；我想把一个人均匀的呼吸抱紧；

顺便，我也想把一棵草发芽的喊叫抱紧。

在离我三米远的地方，一座坟茔上，迎春花开得淡黄淡黄的。

这时，我只想把突然安静的时间抱紧；

顺便，我也想把被春天打开的久远的记忆抱紧。

墓　碑

墓碑守着一方静地。

墓碑下的主人，已把繁华用过了，已把炎凉用过了；

已把一方山水用过了；

已把从前的夕阳用过了。

墓碑守着一方静地。

此时正是冬季，夕阳好大。从山上下来的风，不疾不徐。
我看见一只鸟，恰巧落在墓碑上，悄无声息的，像在等另一只鸟。
可那只鸟却迟迟未来。

墓碑守着一方静地。
四野无人。
一座山还在坚守。
一条河已流向远方。

在湖滨

一只大鸟从远方飞来。
这个外来者，恰恰就落在湖心的一块沙洲石上。她一定是想占湖为王。
湖碧万顷，沉鱼落雁。

我也从远方来。
我也是一个外来者。而我，却只能偏于湖滨一隅。
此时，依然是，湖碧万顷，沉鱼落雁。
而，我却因沾染的尘埃太重，怎么也抖不动飞翔的翅膀！

让风吹

在故乡，让风吹。
吹我的小心情，吹我的大襟怀。
吹一种感觉，漫无目的又真实的感觉。
这清爽的、温暖的、纯粹的风吹。时断时续，碰触着我的心。
像一种光芒，闪一下，再闪一下。
像一辈子也抹不掉的味道。
尘世中有我，尘世中无我。
我只喜欢这样的让风吹。
吹我的头发和脸，吹我手臂上的汗毛；
吹我轻轻飘起的衣衫。

（选自《天马散文诗专页》2015 年第 5 期）

□韩嘉川

秋天的鱼（外一章）

秋汛的早晨，你将渔网抛出了一个很大的弧的时候，鱼醒了。

那些醒来的鱼被拖上了船板，拖上来的还有鱼肚白的晨曦。

马达声沉闷。风沉淀在岸上的树林里，没有随船出海。

网纲系在手腕上，像被另一只手扯着进树林一样，勒得深深；那时，你看到渔网被撞破了，那是鱼的群体力量所致。

鱼醒来的早晨，很平静。马达声在海面上飘着，像发亮的鱼鳞一样。

被拖上船板的鱼跃动着，你将鱼整齐地装进了塑料箱子里，那是一个发亮的早晨。

马达声散发着柴油味儿，你掏出烟斗时瞥了一眼岸上的树林，手上便开始散发秋天的气息了。

秋汛的早晨，你将渔网抛出了一个很大的弧的时候，鱼醒了。

马达声擦着水面传来的早晨，女人的心情胀得很满。

还有剖鱼刀和水泥码头上晾晒的鱼，一串串挂在绳子上头朝下的鱼们整齐排列着，眼睛望着亲切的大海的鱼也使那个早晨的岸拥塞得很满。

海水开始变得越来越蓝，越来越像鱼的脊背并开始发散的色泽是那么平静。

新剖开的鱼腥味儿很新鲜，意味儿悠长且久久不散……

然后，女人开始补网。那是一个很平静的秋天。

鱼的老骨头

父亲，与他的老船靠岸。黄昏已经靠岸。

然后是筐子和鱼。是船的左舷与码头的桥板。他将甲板上的鱼一条条递过来，你将它们一一码放在筐子里。像助产士在产房里将新生儿一一放好一样。

那时候，背后的窗子在夕晖中。其中有街角的咖啡馆与酒吧。街上人很多，都朝着一个方向。

父亲，与他的烟斗靠上了码头。

他的老船在海湾里吱吱响，犹如他的老骨头在摩擦中吱吱响。

岬角的灯塔已经亮了，夕阳像个慢跑的小孩儿，迈动着腿脚绕过岬角。

目光与脸还有他的胸膛黑黑的，他的腰俯下去又抬起来，他把鱼一条条递过来，隔着船舷与岸板之间的波动，你将鱼们一条条排列起来放好。像老奶奶将日子摆放在门前那样。

那时候，背后的街道上的人们在走，街角有咖啡馆与酒吧。旁边有烟纸铺子与首饰店。

父亲，摇动的橹杆一样，粗糙的手，拿起鱼递给他的女儿。

渔船犹如酒杯，在海湾的手上摇动。浓烈的黄昏已经注满了街道与窗口。

码头上的板桥吱吱响，仿如日子的老骨头。

背后的窗子向这边瞭望，街角的咖啡馆与酒吧，在啜饮。

鱼，一条条从船上递出来，在女儿的手上，然后一一码放在，码头上的筐子里。

有一条鱼的。在黄昏的街道上，街角的咖啡馆抑或酒吧里。烟纸铺子里的老妈妈慈祥地笑着。首饰店里的秃头老板睁大眼睛。是可以有一条属于你的鱼在其间的。

父亲，叼着烟斗，身子俯仰之间，将老船甲板上的鱼，一条条递在你手上，然后，你将它们一一码好在筐子里……

（选自《山东诗人六十家》，中国文联出版社 2015 年 4 月出版）

□爱斐儿　　　　　　# 八月的草原 (外一章)

当我面对十万亩秋草，当悦耳的阳光敲响遍野蓝铃花，我简单的请求得到了众神的首肯……

走着走着，我们就走进了八月的草原。

满眼皆是金黄秋草和小雏菊淡白的香气，如果秋风在白桦林深处醒来，如果马群迈着碎步向山巅走，我就跟在你的身后，像一朵格桑花，慢慢地开，深深地爱，像草根爱大地，像明月爱湖水。

我甘愿迷路在草原深处，遇到大大小小的海子就停下来，放下满身疼痛和虚妄，看它们倒映野鸭扑棱棱飞过水面的身影，也看它们倒映满山坡静静吃草的羊群。

此刻，天空蓝得致命，白云都向天空的尽头飘，遍野的小雏菊与蝴蝶，在互赏羽翼上的斑斓与锦绣，我们一路被歌声和马头琴载着，穿过一片又一片被歌声浸过的草地，在一抬头的瞬间，我确信所有的光和温暖都来自真实，只有我的飞翔属于虚构。

我本是一个怀揣忧伤的人，平日里，不是抬头看天，就是低头行走。当我面对十万亩秋草，当悦耳的阳光敲响遍野蓝铃花，我简单的请求得到了众神的首肯，我被允许成为一个简单的人，被允许放纵幸福，接受深刻的愉悦和感动，被允许把蓝天当作湖水、毡房当作云朵、格桑花可以选择先开一半、允许我的眼睛装满奔驰的骏马和高飞的鸿雁。

我打算在蓝天下多站一会儿，成为一个真正富有的人，拥有苍茫大地和逶迤群山。为此，我愿意成为草原上最早起身的人，站在漫天霞光里，我轻声召唤一声"光"，所有的花朵都在朝霞中安静地扬起脸，我轻声呼唤一声"风"，所有的露水都站在了草尖；我还愿意成为一个晚归之人，等所有的群山都从阴影中走出金色的峰巅应答我的召唤，并走上前来，手持金碗与我欢欣对饮，为我们同时拥有的八千里草木和日月，也为我们怀抱的世间大美。

入夜之后，夜风带来深深的凉意，也带来深深的宁静，我将携带一身酒气与花粉，深一脚浅一脚地走在一只酒歌里，手捧我的星光与酒樽。

晒光阴

只需要从一首诗里出发，只需一碗酒的醉，我就可以来到无边无际的草原，坐在姊妹一样的青草的中央，被兄弟一样的群山环绕，我就能望见马群先于羊群驰过露水和草尖，我就能亲眼看见白云把天空擦洗得碧蓝如镜。

是风把我吹向这里，是遍野秋草金黄的气息和淡紫色的菊香把我牵引到这里，我比任何时候都更像一朵无拘无束的格桑花，留恋在散淡的光阴里。此刻，阳光像秋草一样恬静、温顺，干支梅从云彩中走下来，一朵一朵绽开，像在迎候久别的故人，我从我的过去活过来，就像一株草的初生，迎着温暖的乳香、牧歌和马头琴。

哦，如果金色的光线从云层中垂下天梯，我知道我的未来一定与天堂有关，众神可以作证，我是多么深爱这片土地，我有那么多惆怅，而那么多的惆怅都是因为爱。

（选自 2015 年 3 月 29 日《湖州晚报·散文诗月刊》、《延河》下半月版第 5 期）

□语 伞　　　　# 暗喻的城市 （外一章）

我可以脱去一身潮湿的噪音，行走在命运干瘦的沙粒上，听你读整个世界的爱。

那时几何形状离我很近，有建筑般突兀的喻体高高矗立。
我把我当成几何形状的一部分。

我在你的脸上，认出了一把熟悉的钥匙。我危险的名字说起我们的生活，秋天的舌头上，就结满了暗喻的果实。

我抱着光洁的想象上班，写诗，与饥饿妥协，寂静无声地经过人群，经过你身体的缓慢和匆忙，偶尔驻足，偶尔穿梭在你创造的本体中，取下另一个遥远的城市，做我的喻体。

简单的手，简单的嘴巴，简单的眼泪和痛，简单的思维和安于简单的心，简单得像一堵刚砌好的不懂人情世故的砖墙，拒绝了水泥和石灰粉的巴结。

没有意外的玻璃割疼我，没有多余的火焰燃烧我，我可以脱去一身潮湿的噪音，行走在命运干瘦的沙粒上，听你读整个世界的爱。

花瓣里的城市

"我只把香气赐给月亮的圆缺……"

你捧起脸，比早晨醒得快，从天空的格子抽屉里取出一些高楼，把谋生的人群装进去。

而我不能准确地说出我还看见了些什么，人们说话的语气越来越接近花朵含苞的样子。你在我的表象里绽放，这人间的深层涵义，就在你的花蕊里隐居。

我朗诵一株美人蕉就是在朗诵你，我朗诵花瓣里的你就是在朗诵一座城市的爱情。我见证这微醺，这袭来的美和孤独，仿佛我的芳香也沿着空气的纹路扩散，柔软的星子的余光，在一个清晨，漫过我的身体。

一座城市住在一朵花里，就像一个人住在另一个人的心中。

（选自《星星·散文诗》2015 年 6 期）

□卜寸丹　　　　　　　## 众　生 (组章)

"盗火者死了。谁去唤醒丛林的野兽？" / "让野兽唤醒野兽。你唤醒你。"

催眠者

呵，可怜的人，
他像是睡着了。连同他的不可听闻的秘密，
那些岁月底版里，不可磨灭的浪漫、裂缝与伤。

他醒了。那些秘密像不离不弃的影子，
从沉默到沉默。

盲　者

除了简单的竹杖，
再没有什么可以隔断我，完全地堕入黑暗，
像墙角一粒尘埃，隐藏于人世，
但我深知，
光明还在头顶，生活还在缓慢地继续。

祭　师

祭典正在进行。众人在各自的位置站立。
一具具纯净的身体浮在光明中，他们不断上升，
呵，赞歌传来，
看哪，那黑色的大地，万物生，
就像我不能卸下的辽阔。
祭师如鸟一样吐出含混的音节。
时空寂地，除了虚空，还是虚空。

先　驱

众生匍匐，淬炼师用炯炯之目、闪光的心灵，
淬炼星光，蓝焰之羽。
众生站立。他们的面孔天真无邪。
"盗火者死了。谁去唤醒丛林的野兽？"
"让野兽唤醒野兽。你唤醒你。"
众生沉默。
雨水中，王者正在归来。

（选自《诗潮》2015年第11期）

□徐俊国

珍 珠（组章）

夜色吃掉了回家的路，蹄印里亮起一朵朵毛茸茸的小野花。

珍 珠

晨有露。万物找回了昨天的心。花瓣似汤匙，盈满浓稠的喜悦。白头翁来吃我的葡萄，我唱歌给它听。花栗鼠来啃我的马铃薯，我送给它雅姆的诗句做晚餐。晨有露，高处的事物慢慢获得了慈祥的资格。低处的翅羽缩回壳里，顺着藤蔓落回根部的疤痕。八月抻高了翁郁的树冠，与清风齐眉。天上那光辉从密叶间落下来，在鸽子的背上散成珍珠。

天黑下来就好了

天黑下来就好了。天穹合上大地的封面，顺便把草原也合进去。长途飞翔的彩鹬在浅溪边停顿，眼睛里的黑，逐渐适应了空茫的浓度。天黑下来就好了。小鹿站在父亲的脊背上瞭望西方。夜色吃掉了回家的路，蹄印里亮起一朵朵毛茸茸的小野花。

呈现和绽放

我起身来到子夜的河边。一头小鹿先我来到这里，如在梦里。它在饮水，饮缓慢流动的星光。渐渐地，它的身体开始透亮。在我的注视下，小鹿把骨头的美丽高举头顶，四蹄踩住青山的倒影，久久地塑在那里。直到黎明到来，它才在缓慢的流水中微微抖动了一下。我看见，星光从小鹿的体内洇出来，在脖颈，呈现为金色的斑点，在脊背，绽放为一朵朵梅花。

寂 静

在寂静的山中，有一些桃树被雷电伤害过，每一片绿叶都带着疼感。我在晨风中遇见它们：不在春天哭泣，只在春天开花。转瞬，阳光扩散到晚年的肺部。我大口大口呼吸着香气，打发漫长的一天，辜负了短暂的一生。

阴 面

　　落叶下，草丛中，石缝间，溪水里，丰富的寂静和简单的快乐交相呼应。小生灵们在各自的秩序里散步或者振翅，偶尔慌张，一滴露珠或者一些嫩叶就可以解决短暂的不适。有一次我绕到一株死树的阴面，发现大片蝴蝶密布其上。这里没有他者，只有我自己，大自然无声地展示了一种美的祭奠和伦理，它耐心地变换着整体造型，向着有光的那一面慢慢迁移。直到夜色压下来。

（选自 2015 年 4 月 30 日《文学报·散文诗研究》）

□ 栾承舟　　# 梦回大宋王朝（组章）

一种信仰，在既往的忧伤里，亮着动人心弦的召唤。

读识大相国寺

鸟群斜飞，它罩住的殿角上面，斜挑一轮夕阳。
此时，万物清明如洗。

暮霭在落。藏经楼上的彤晖开始隐伏。律院、宝殿、鼓楼，更显虚空。
一种信仰，在既往的忧伤里，亮着动人心弦的召唤。
出家之人，
不信即信。

寺内静极，三春之花落尽，天地人皆为静物。
耐人回味的是弥勒佛的笑，像神圣的风，飘忽而神秘，无声。
他的说辞，中正，仁慈，有桃花气息。

谁在追问？言语竟像刀子一样锋利。

拜谒禹王台

十月，禹王台绿转金黄，千奇万澜，野鸭已经迁徙。
古木参天，曲径通幽之处，秋色占据了天上人间。

我已听见，师旷吹绿了悠悠乐曲。天籁之音，有一种女儿柔美。

一步步，走近禹王。看不到荒野磷火袅娜，以及点着小灯的流萤。

心与心交流，一种最具动感的梦幻之美跃然而出。醍醐灌顶的沙沙之声，像宗教，像这晚秋的天气，妖娆于天下。

历经史前史后，西风斜阳。缥缈的梦想之鹰，一朝展翅。

好一场雨，在某个午夜普天而降，给一场旷日持久的干旱啊，续写了一个，

汁水淋漓的长句……

繁塔在歌唱

状似编钟的六级小塔，奏响了家国斜阳。

暮色苍茫之中，白鸟翩飞，似在观瞻一砖一佛，碑刻题记。一个已经消瘦的梦，蓦然苏醒。

此时，佛像砖雕，神秘层级，曾经的王者之梦，与我近在咫尺。

呼吸越来越难，繁塔之魂孤寂。他端坐，直飞，在御街、龙亭、寺院慢行，咀嚼着岁月。

时光，用春秋笔法删削着飞檐廊柱，王朝帝都。煌煌天朝，有时不如一个短句，一个字词。

南风一言不发，面对着水中蝌蚪叶上蜻蜓，心中亮如明镜……

一曲佛乐悠悠响起，像母亲的手，抚慰着天地精神失国之痛……

（选自《星星·散文诗》2015 年第 7 期）

□沉　沙　　**宋庄，我的油画布** (选一)

我独自一人在庄稼地的田野上拥抱风，而风却抱紧了天空。

己丑十一月二十五，让我们同时拥抱三分钟

像拥抱我们的妈妈那样拥抱一片云，

像拥抱我们的情人、妻子和孩子那样拥抱在危机中挖掘出来的第一

桶金。

我走在宋庄庄稼地的路上与一个相遇的陌生者相互拥抱。

我建议，同一个地球村的人们，放下你们的工作，停下飞机、火车、汽车和手中的上网的鼠标，在各自的国家、在即刻你们所站立的地方，与一个相遇者拥抱。男人拥抱男人，男人拥抱女人，女人拥抱女人，女人拥抱男人，艾滋病人拥抱智者，检察官拥抱强盗，走投无路的人拥抱风光无限的政治家，盲人拥抱莎士比亚戏剧里的哈姆雷特，释迦时代的觉悟者拥抱被炸弹炸伤的儿童，今人拥抱古人，启蒙时期的自由的人拥抱启蒙时期的找不到自由的人，或者被老虎咬伤的人拥抱那只老虎。

一分钟，

两分钟，

三分钟。

停！

谢谢。

我独自一人在庄稼地的田野上拥抱风，而风却抱紧了天空。

我抱住一棵大树拥抱，而盗伐树木者却把它劈成了无数瓣，在寒冷的冬天将它点燃。

我就拥抱火吧，啊，疼！

我就拥抱灰烬吧，不，有些是不能拥抱的。

我用双臂抱紧我的肩膀和腰，我和我自己拥抱了三分钟。

（选自《山东文学》下半月版 2015 年第 3 期）

□方文竹

月牙湾 (二章)

仿佛自己真的"遗失"了。最后摸着自己的心跳时，才算认出了自己。

影子小传

小时候听大人说："影子是一个人的魂。"

一生注定走不进别人的内心、个性和经验。于是，我开始收集影子：领袖、大师、巨商、美女、神灵、书里的人、传说中的人……身边单位里的人、亲人、朋友、熟人……将他（她）们集中起来，组成一座庞大的影子城市。这些影子其实只是一个影子，我的影子加入进去，是另一个影子。

这样，世界上就有了两个影子，而我的影子只是影子的影子。

我一直在逃离自己的影子复制自己，可是无论如何也逃离不了，只好活在影子的囚室里扬鞭催马。

红　日

一颗鲜艳的火球冉冉滚动。新的一天的生活，进行色彩分配。半拉子的一排烂尾楼，也像一幅画。如梦初醒的万物，在色彩中验货，相互衍生、互补、繁复、消长。

没有粘上色彩的是：内心的辽阔的虚无。

你永远不会明白的是：在色彩的丛林里，我摸索着比红更红的元素！

我正准备出门，后楼的老魏赶来了："你昨夜不是说好了么：日上三竿，就得去证券交易大厅……"

我感到，我们都是冲浪者，在色彩的海里，分辨着水妖与美人鱼。

"救人啊！"突然，东南区发生火灾，浓烟冲天。市长额前的汗珠，亮出了红日的寄托。生活，已经远离修辞和哲学。伤痛的泪水，拒绝任何色彩。

一个痴呆人望着河畔人家，一直想不通：一扇门渐渐打开。另一扇门，猛地着关闭——

红日已经分离为：红。日。

（选自《中国魂》2015 散文诗专号）

第二辑　年度关注：横渡苍茫（20佳）

□ 支　禄　　　　　# 横渡苍茫（组章）

雾啊！别再挽留了，在大漠称得上鹰的，一生就属于辽阔。

苍　茫

苍茫，耸上山头。

一条河流带着怀旧的落日，悲壮地沉入波涛般的群山。

大地上闪烁的灯火，一再央求风把它送到再高一点。再高一点，就能和星星挤到一起。

一棵树，哗哗地抖动，落下一堆又一堆黄沙。

挨多少风沙的冷抽，一棵树才能把果实挂到枝头呢？

鹰，飞去两三天后。今夜，悄然而来。

鹰，悔青了肠子，已让一把一把的苍茫呛得不像个鹰的样子。

此刻，背负一塌糊涂的夜色，鹰静静地站在灯火最中心的地方。我稍稍一抬头，就隐约看见鹰内心的伤痕远比翅膀上的伤痕重得多。

此刻，只要你愿意，鹰会把任何一节骨头抽出来。

递给你，今夜，让吹一支凄凉的《塞上曲》。

鸡打鸣，狗吠叫。

露水打湿大地之前，鹰还是决定要走了。

当我们抬起头注视鹰时，河流样的雾气把村庄、鹰牢牢地拴在一起。

雾啊！别再挽留了，在大漠称得上鹰的，一生就属于辽阔。

河　流

一路上，河流用孤独的歌谣剃着岩石，像剃着人的一块又一块骨头。

风沙不停地吹着，河流越来越瘦，再也走不动路了。

在新疆，河流要干很多事情。

比如，把辽阔的沙漠干成绿洲；把一棵早年枯竭的树木，喊出些花朵和果实；把一头渴死在半路上的牛，吆喝回家；把粮食金黄色的歌谣，帮着一代代传唱下去；把一朵云带到最干渴的地方，让春夏不要因为缺水，而勒紧裤带过日子。

在新疆，许多河流经常栽倒在沙漠里，说一口气上不来就上不来。还没来得及让雪山俯下身来拉它一把，早已魂飞魄散。

在新疆，河流像干死的闪电；闪电是河流的魂魄。

不久，沙子跨过河打在跋涉者喊渴的心上。

唐宋时的骨头从沙丘中爬出来，烟熏火燎的样子，像白鱼呆呆地望了一阵子后又钻进去。

沙　漠

没有界限。没有框架。

一望无际的辽阔，把一个人击倒在沙丘之下。像一匹狂奔的野马，终于自己把缰绳交给了木桩。

从此，不再漂泊。

鹰，飞进你的眸子。

一只不大不小的拳头，打在心上。

一朵云，飘着，天空重了许多，朝北倾斜。

荒凉，也就一桶又一桶倒向北方。

蓝色，不容半点怀疑。

一点一点渗进骨缝，一把时光的小刮刀割着，怀念岁月深处的疼痛。

此刻，一定有什么事情在大漠悄悄发生。

风暴追着沙子，气粗马吼地跑着。

闪电，谁让藏在沙丘深处呢？如果拿出来，伴随一声响亮的唿哨，向高高的天空甩上一鞭子。

像拦住一匹马，能拦住狂奔乱跑的沙子吗？

一个人这样想时，已让风沙打得灰尽鬼灭。

其实，这点不算什么？

在沙漠，风沙打得骨头窟窿眼眼的，那才算疼痛。

野　火

野火，一匹红色的马驹，不停地用舌头舔着天空。

蔚蓝融化，冰屑样纷纷落下。

一个人在岔口唱着苍凉的歌。

野火，激动地跳了几下，像听懂歌似的那种跳。

后半夜，云朵开始加重。

天亮了，一个个面面相觑。

火，坐过的地方，像是一摊夜的心事。

风在唱

风在路上，风在歌唱。

风爬在电线杆上在唱；风爬在树梢上在唱；风，已经到了沙丘上，还在唱歌。

风，到了天上。

鹰说，风在唱歌。

风粗着嗓门，唱不尽一望无际的荒凉。

风的粗嗓门，总是唱出滚滚的流沙。

风唱过歌的地方。

要么是一条长长的河道，要么是一座高高的沙丘。

鱼儿沟

鹰，拍打着翅膀。一拐，一下子飞进了骨头。

顿感，一阵口干舌燥，蚂蚁一样爬遍全身。

一棵草照样匆匆赶路。

一棵树，背着两三个干涩的果实，正气粗马吼地翻越了夏天。风来时，叶子哗哗地响着，像一个人大声地说：能让牛挣死不能让车翻。

没有目光安慰的云朵，如此孤独，拄着风的拐杖，一高一低地能去到哪儿呢？

沙丘上，轻轻地一声咳嗽，就从高高的天空射杀一朵干渴的云。

干渴，像一道又一道闪电飞来，打在心上。

顿时，目光起飞了，像扇着翅膀的鸟，去遥远的雪山筑巢。

七克台

故事太多了，压着红柳翻不起身。
一棵草尖上，挑着神话国的狐狸精。

行走大漠，海市蜃楼来了。
等于一脚踏进秦汉的宫殿，坐在唐朝的阁楼上，听吹箫的女子，古典地一曲完了又吹一曲。
像是有水声哗哗地响着，让喊渴的沙子到死都不松手。
暴雨一样的阳光，压弯半个天空。

七克台，鹰的眼睛里住着一窝子传说。
七克台，一只羊让神话养着，翻年后就膘肥体壮。
七克台，一匹马奔跑成一朵火红的云朵才算奔跑，一堆篝火打一个响亮的嗯哨，它们放慢脚步才收回肉体和骨头，像天空收回雷声和闪电。

在七克台，一天空的蔚蓝从眼眶倒进去。
一下子才能镇住辽阔的戈壁。

（选自"伊犁晚报·天马散文诗专页"2015年第11期）

□包玉平　**雪原辞**（外二章）

每一场蹄雨，在沧桑岁月中涌动，踏过闪电和雷鸣，驻足在牧人温暖的心灵深处。

一次纯净的等待。
一种纯白的凛冽，永恒。
风的年轮，在一望无际的呼伦贝尔草原上，描摹最最洁净的——山山水水。

呼伦湖水，比草原更静默，更深沉，更酝酿着鱼和鸟的传奇故事。远处一匹马，用一只前蹄，刨动古老草原的梦境。

雪，从脚下白，白到很远处，孤鸟的翅膀下。
雪，在阳光下，风中还在白，闪动寒光，白到天际。
雪，在天界，地平线的凹凸中，落日的腹部，灰白，灰白——

在北国草原，在茫茫雪原上，野草，陡然顶出凝冻的雪片，让人再次听到：荒原上，枯枝，落叶坚挺的、生命力量内涵的光芒！

远望原上山丘：圆润，鼓胀，宛若牧羊姑娘一对洁白颤微微的乳房，生命之源，在梦的边缘，叮咚流淌。

一只失散的黑色鸟雀，在一张洁净无暇的画图上，自远至近飞来，唱响着冰天雪地中的生命之歌——
雪原上，将酒杯举过头顶。

旷野，闪烁的黄金，最终一点一点，被掩埋在雪窝子里，冻窝子里——
丰美草原，百灵明亮的歌音，敖包神圣飞扬的旗帜，野花，还有日夜跳跃欢唱的小溪，都留在了雪原中。

雪光与阳光对峙。
在地平线上，刀锋闪烁。
从远处，从疼痛的西北角，贝加尔湖，冬天的杀气，还在阵阵吹送。
风，身上长满毒刺，扎在脸上，扎在心上——
这不是疼痛，而是，神志里血肉模糊。

太阳，如神仙幻化过的一粒药丸，在牧人的掌上，发呆，闪烁；转眼，跌落于渔人在呼伦湖的冰面上凿出的冰窟窿里，想伸手接住，却从指缝里，瞬间滑落。
冬日，在燃烧的冰面下，又一次永恒的深不可测。涅槃。

呼伦贝尔大草原，在岑寂中，发出呼喊——
几朵白云，冻僵在瓦蓝瓦蓝的、天的边缘，在低处，发愣；
暗地里，却继续制造谣言和假象。
一匹野马，用饥饿的前蹄，"嚓嚓嚓"将坚硬的冬日的梦，刨动。

然而，这封冻的雪野上，堆积寂寞和冷酷的平原，河湾，山野中，你可倾听到：枯草顶破僵硬的冬日，松枝，"喳喳喳"被压断的响声，一只孤单的乌鸦，顷刻，被那散落的声音淹没，无影无踪。

在寒风中，此刻，呼伦贝尔，将酒杯双手举过头顶！
将哈达的洁白和温暖，吉祥，举过蓝天！
将奶茶的热情，烧到了沸腾；将牧歌的豪情，唱到了天亮！

草原上，羊肠小道

从套马杆上甩出的一根绳套，梦境，蠕动。
马群，在天空涌动。
一根悠长，幽静的绳索，牵缠天上朵朵白云；牵住小溪，湖泊，河流，野草的内心。
这根绳，绊锁蒙古马坚硬、清脆的蹄音，牵动欧亚大陆尽头，浮升的日月。

我看见：那些转动的蹄子上，正在脱落细碎的光芒，青草的叶片上，闪烁的正是那些牵魂梦绕的光亮，
或火星！

绿草间，游动的小蛇，驮来梦境，驮走苍茫和黑暗，轻轻，轻轻游入深草间露珠的眼神。

秋风里，啜饮远古的霜雪，狂野的豪放。
日月中，穿梭于烈酒与牧歌的腰间。
一缕炊烟，从老额吉的白发间，随风消散。
一根艾草绳，点亮老阿爸褐色的额头。
呼伦贝尔：我辽阔，慈祥，火热，奔涌，空旷，孤独，悲凉的疆土，在远古的星河里，忽明忽暗——

一根草绳，系紧的乡愁！
每一场蹄雨，在沧桑岁月中涌动，踏过闪电和雷鸣，驻足在牧人温暖的心灵深处。

草叶上的呼伦贝尔

当一株野草，一株孤零零的，野草，无意中，覆盖这一望无际的辽阔，

北纬47度的沉重，一缕乳香，就从老额吉的白发间散落。

沧桑乎麦，草原苍茫。

一声乎麦，沉重低吟，马头琴弦上，颤抖的弯弯小河，凝冻的故事，一颗血红落日，在一滴牛哞中陷落。

草叶上，炸群滴落的星泪，是羔羊舔舐的硝盐，是草原鹰叼不走的记忆，是草原风，永不吹不干的血滴。

一场蹄雨，每天的一场蹄雨，从天边，从老阿爸的梦里刮来，浇灌亘古的疆域，滋润草地人叶片上颤动的梦呓——

（选自"伊犁晚报·天马散文诗专页"2015年第11期）

□李 凌　　长　调（外三章）

在无数次回望中，峡谷就像一部打开的圣书，照亮了一个人忧郁的目光。

普通的夜，荒凉和寂寞，似乎从来没有在这洪荒之野驻足。

那辽远的韵律从胸腔飞出，仿佛一个人展开巨大的翅膀疾风而行。

此时此刻，我坐拥花草，开始放牧精神的牛羊，一匹骏马踏过中亚大地，蹄音改写的历史，锋利而柔软，牛角杯皮酒壶浸透的草原，马头琴弦涌动的激情，就像脉管里奔腾的血，洁白的哈达，星河泛滥的夜风中，旷野无边，守护着一轮皎月。

一条河在缓缓地流淌，敖包在高高的山岗上呼出一腔郁积，那些性情火热的汉子，喉管中的酒涌出人间的冷暖，勒勒车轮滚过的地方，长调把根深扎大地，风吹草低，散落在草原的毡房进入梦乡，牛羊在安静地反刍。

沙 漠

这是一个巨大而空旷的舞台。

孤独的演出一个接着一个，壮阔，汹涌，绵延。

沉重的沙被风指挥着奔跑，生命交付于尘土，一浪高过一浪的波埋葬着一个又一个岛屿，消失了，出现了。出现了，消失了。

风与沙的战争，就像舞台上的正反，一个岛屿叛离另一个岛屿，一片海水淹没了另一片海水。

火热的阳光，空旷的天，不过是一片连着一片的荒凉。

而这里的舞台，一片狼藉，失去了象征，失去了影射。

这里，是培养韧性和耐心的地方，在静谧与喧哗，寒冷与火热中塑造的个性，透明而深邃。

即使九千年的胡杨，一生经历生与死三重改写，也不得不放弃徒劳的表达。

而沙漠，还是沙漠。

微风掠过河面

微风掠过河面，波光粼粼，就像一张揉皱的纸。

那一座桥卧在水面上。

多少人走过去，又有多少人走来了。

过去，过来。转瞬间都踪影了无。

苍苍暮色。

一只麻雀衔着一粒草籽，孤独的身影掠过风光，竟然发现还有那么多需要疗治的忧伤，还有那么多深藏大地的秘密，还有那么多的消失正在消失……

那一匹目光如炬的鹰，曾在河岸的山崖上驻足。

那一只百灵曾经在这里歌唱，那一艘渔船曾经在水中荡起过一圈一圈的涟漪。

如今和夕阳一起，壮烈地走向天边的，还有一队蚂蚁抬着同伴的尸体，唱着家园最后的挽歌。

只剩下河边那些草，黄了又绿，绿了又黄。

只留下河中突兀的，被浪潮淘洗的小洲，述说着浪漫与触礁的故事，述说着时间的辽远苍凉与惊涛拍岸。

峡　谷

在夏塔，这是漫长的峡谷。

此时此刻，我是一位西域古道上行走的僧人，手中循环捻着一粒一粒的念珠，

把千年的孤独放逐成空寂的回声。

此时此刻，一只鹰飞过峡谷，目光如炬。

一路远去的溪流紧紧咬住了一对飞翔的翅膀。

袅袅的香火沿着山的筋骨攀升，在风中浸染成紫色的云朵。

而那些凸立的山峰，以及峡谷深处的每一个生灵，都在夕阳下，长成了时光的雕像。

在无数次回望中，峡谷就像一部打开的圣书，照亮了一个人忧郁的目光。

（选自"伊犁晚报·天马散文诗专页"2015年第11期）

□ 亚 楠

岁月之殇（组章）

大地所承受的悲悯，比我的想象更沉重，也比我的爱更宽阔。

戈壁石

亿万年淘洗、打磨，便拥有了恒久的魔力。时光用它的幻觉击打，尘埃之上，尽是落叶缤纷。

水是灵魂的眠床。这时，坚硬与柔软并举，火的圣歌愈加明亮。因此我回到了春天，回到寂静处，并朝向岩壁——那些远古的生灵，那些图腾隐藏的秘密，都在另一个场景里指点迷津，演绎神话。

可我毕竟还是回来了，回到生命的源头……而向晚的暮霭中，有巨大的深渊静若遗忘。显然，时间只是带给我无边的思绪，比如针叶林，于静默中以风为蠹，所向披靡。

瞧啊，我循着月光跋涉，有远古的轰鸣不绝于耳。

无法返回

这时，黑色飓风穿透山谷。在低处，它们发出了最后通牒。但我一直迟疑的是，为何没有人能够用愤怒表达，用爱承接万物？

比如科古琴山北麓，苍凉深及骨髓，干渴的土地沉入幽暗。可不是吗，人类的掠夺已经超出大自然的极限……山林退向高处，草场变得贫瘠，河水开始断流——这一幕幕场景，令山谷哀鸣，也让我的心充满伤悲。

啊！贪婪之手为何总在一味地攫取？我想，大地所承受的悲悯，比我的想象更沉重，也比我的爱更宽阔。

可我只能面对土地，空怀一腔幽怨。我知道，人类从大自然中掠夺的，必将在时间的注视下加倍偿还。

碎裂的鸟声

那一季，是火焰焚烧的激情。澎湃之后，大地在皲裂中呼吸。但我只读懂了苍凉，以及它背负的深渊……显然，岩石的耳朵高高竖起，在梦中。也就是说，风来了，我却只能在碎裂的鸟声里还乡。

毕竟，生命高于岩石，高于时间和它的神话。所以这遗传的基因延续，轮回，生生不息若太阳每天都会重新升起。而我在风的阴影里沉思，在想象之上，用一次蜕变抵达火焰。复活，或者聆听黑夜最后的挽歌。

可以肯定的是，森林密集的影子朝外扩散，像潮汐所簇拥的奥秘，只在众神的窥视中揭开谜底。但它巨大的树冠耸起，月光下，鸟声显得更加清冷……

命　运

山谷已久沐浴在夕阳里。而那时，一场暴雨刚刚停歇。看吧，被折断的树枝流着泪，落叶铺满一地，仿佛这浩劫掀起的滔天巨浪。山鸡躲进了灌木丛，旱獭在洞穴里小心翼翼地张望……这时候，太阳又露出了它的笑脸，仿佛什么都不曾发生过。

但我知道，这灾难的余波还在继续。那些匍匐的草，那些岩石的碎片，那些裂痕正在暮色里哀鸣。自我疗伤吗？是的，他们可以得到康复，但眼下，他们需要足够的时间。

而大地是宽厚的。我看见河流还在默默流淌，松林恢复了宁静，所有的生命都开始回到从前。啊！不问曾经的痛，只愿晚霞辉映的草原，依旧明亮、慈祥……

（选自《西部》文学月刊 2015 年第 5 期）

□黄恩鹏　　# 甘南：神在高处举起了双手（组章）

我内心深处，有鹰翅划响天空的风声、骏马奔跑群山万壑的蹄声。

大金瓦寺

你不飞翔也是高贵的，你不奔跑也是神圣的。我的圣佛，我尘世的疼痛只有你能抚慰。你在玛尼山坡唱吟诗句。阳光下我听见了你的神圣的诵读。

菩萨，菩萨。我寂寞的天空有你的飞翔。我孤独的大地有你的陪伴。我听见石头与石头相撞，也会发出鸟鸣的声音。双手合十，我的泪水漫过了你悲悯的指缝。

经幡、盲窗、鞭麻草。泥土的味道，故乡的方向。

大金瓦寺，檐下的乡土是个顽皮的孩子。你用仁义的手牵着它蹒跚行路，跌倒、爬起。我看见暗红的身影一闪，时光变成了一个隐喻，给我无尽的梦想。

鹰高飞，鹰远走。我是天底下所有庸夫的王啊，高贵至尊。

而今，我要离开。我的内心装满了你。寺铃响了，那是我亲人的灵魂和我一道开始游走。

圣灵在上，我祖先的灵魂在上。我低处的梦想，从此要高高在上。

高贵的灵魂只选择清澈的天空

山坡山顶，谷壑岩石；风马行走，满天蹄声。

神的脚步不停，在广阔的天空自由飞翔。身体从大海冲出，占据了大地的光芒。迷途的羊群啊，一定是在黑夜里走失的。因为只要有阳光，羊群就不会走失。我听见经幡随伴长风诵唱。运载大宝石的马车，隐现天边。

我凝神观望，山石似佛似神。云朵飞速掠过，白鹰奔赴远山。身边没有青碑，也没有墓志铭，只有辽阔的白云。我被大水吞噬。我的根须向下生长。我盼水声将我清洗。

圣者升天，化为阳光；俗者入地，化为泥土。

风马旗是走在山顶和天空里的灵魂，它们只选择清澈的天空。

米拉日巴九层佛阁

孤独的米拉日巴，是怎样一个人建造了如此宏阔的佛阁？

清风、冰雪、暴雨，把他劳动的身体浇得透明、闪着红光。他的灵魂，也霞光般鲜艳。

这是神对他的赐福，这是时间对他的恩典。

合双目、观内心；合双掌、想神祇。

我在读诵，佛阁内外茂盛的山花，听它们在文字深处绽放幽香。花香深邃，打开它们的，是宗教的风、云和雨雪。远天的小翅膀，进入了云的缝隙。雨水冲决了尘世的污浊。

凡尘无法进入，喧嚣无法进入，污浊无法进入。

从佛阁出来，身心压着的巨大石头开始松动，然后粉碎。

一位老僧的背影从我的面前慢慢走过，这个静止的天地，霎时生动了起来。

灵魂盘踞的天穹，一只鹰隼，凝住不动。一朵云，在它的身边绕来绕去。

我身子悬浮天空，阳光涨满了四周。宗教的大水，瞬间弥漫。

大德的人从身边走过

那些背影，躬诚、谦卑；那些面容，沧桑、红润。那条窄小山道，没有繁杂的拥堵，没有大声的呦喝。只有如水的脚步，走向圣境；只有缄默的身影，跚趺大地。

我内心深处，有鹰翅划响天空的风声、骏马奔跑群山万壑的蹄声。

脚印重叠脚印，岁月重叠岁月。我以俗人之躯介入，已是幸运。

桑烟升起，山峦转动。清风撒播花香，阳光大片生长。大德的人，身披氆氇手持经筒，以心匍匐大地。他们把肉体给了荒山，把灵魂给了天空，把灯盏给了脚步。

我的脚印受伤，但能辨清方向。

不远处的大寺，传来了雄沉浑厚的法号。

握紧爱情和马，把刀剑从内心解除。

我要敬拜：那些从我身边走过的人，都是我的前世恩人、都是我的现世大德之人。

（选自 2015 年 5 月 23 日《中国财经报》）

□唐朝晖　　　# 你的神迹 （选章）

你深深地沉进自己的湖底，做一条不会呼吸的鱼……

1.　把自己流放到海边小镇，不再希望从千丝万缕中抽出一根完整干净的线来。

流放自己……藏身在海的啸声里，巨大的蓝，穷尽天与地，只有蓝……风从蓝的天空而来，落在你的孤独与美意之间。

纯蓝至，连白色也没有。

圆的天空，再现着诸神曾经君临的时代。

流放自己。

坐在树下，生活在林子里，踩着泥土草丛落叶。

踩着清亮的影子。

蓝的风，穿过你的身体……你还需要什么……

2.　旁边的高楼总有一栋高楼，你走进十六岁的那间房子，等待一个人。

你拿着一张照片、一本书送过来。

你激动但平静如常，这里已不再是那个拥堵的战场。

沙滩后面，两座高楼背向兀立，形成一个环，拥抱海里冲击过来的腥味。

你站在沙滩上，松松的裤脚被海水泡着，浪退回去，水纹与沙形成一个个弧度。

你站着，背对海，渔民都回家了。

3.　你竟然没有在意那一湖的水，静静地躺着，深入绿的林中，四周群山守候，如同守候你的倦意。

你累了，深深地沉进湖底的睡眠。一个梦，鱼一样醒来。那是一个破天荒的日子，你告诉自己，永不要忘记。

阳台远眺无数个伤逝的昨天，天才少女的一行行文字鬼魅般缠绕着你的生活，多少年过去了，阴魂不散，倒映的湖水，比天空更深，比蓝色更蓝。

回来的路还很长，谁也不知道你是怎么到的对岸。就你一个人，站在堤岸上，茫茫然地看着不变的河床，看着不断更新变换的河水，那是泪水最痛的部位。

精气神烟云般藤蔓于山林水面。

今天，你终于把两行文字，签上名，递进了那扇大门，于你，是一个重生的纪念日，你没有想到会如此的平静——那又能如何，要高歌？要狂饮？不就是一张桌子吗？

你用微博的文字来庆祝，用一个电话来祝贺。

你深深地沉进自己的湖底，做一条不会呼吸的鱼，一条会飞的鱼，跃出湖面。

4.　天使来自那个光明世界，你去过那里：自己的影子和一大片的水域，其他就是植物、一对又一对女人和男人。

忧伤的树枝垂近肩膀，听到了你细长的呼吸，那满树的花，甜甜地开在嘴边。

影子与身体一样沉重，其实，风只开了个头，转眼坐进水边的两把椅子里，听一曲高难度的舞曲。

风在哪里？那个女人从舞台上下来，对周围的男人点了一下头，接过自己的帽子，退回到那厌长的休息室。

风，坐在那里，整整一个晚上，你会让一千个白天陪伴一个夜晚。即使舞台搬迁，即使房屋腐朽，即使城市堙灭，你从早起的太阳到黑暗的收割，风，照旧一遍遍地写着你影子的名字，也不愿意离开——

影子石头般刻在椅子最里面的一根藤芯里。

全新的剧目开演，名词和动词都被取消了做词语的资格，夏天重新开始。

你闭上眼睛，体会季节里那些至小至微的震颤，任何时刻一丝一毫的抖动，你都接收到了疼字里的五点五画。阳光一泻千里的花瓣，开到最大。

至于时间的清澈，清澈的湖泊，那，都是天使的家。

你来自那里。

5.　你轻轻地说话，
　　你站起来的地方光亮充足。

6.　从虚脱的影子里站起来，斜着身体，问：你昨天做梦了？

是，梦见哥哥的尖叫从梦里远远地冲出来，清晰的道路没有了奔跑的能力，手足无措地拍打着夜晚的河岸，回到时间的上游，翅膀遗落在关闭的台灯里，急促地寻回那些悲伤的光亮。

（选自《老司城》2015 年秋季号）

□陈劲松　　　# 云上的青藏 _{（组章）}

格尔木。那个独坐的男子，他孤独的背影就是一株小草的背影。

雪　山

是夜航的白帆船？
是白色的马群？
是神殿里不熄的灯盏？
不倦的掌灯人，额际明亮。那一场场的大风雪，是他扬起的袍袖？

日　落

持烛者放下赞歌，走下高地的圣坛。
金色的灯盏将熄。

暮色垂落大地，是倾泻而下的飞瀑？还是金色的箫声？

是圣殿里垂下的黑丝绒的帷幕？

还是深绿色的湖水？

——就要溢出来了，这湖水将抱紧每一棵云松和它针状的尖叫。

每一棵小草都头顶着一丝苍凉，它们惯于沉默。即使现在粗砺的风吹来了，也敲不响它们胸中的鼓。

花朵沉默，它们用明亮的花香，把这个尘世擦拭了一遍，又擦拭了一遍。

失眠者

万物入梦。

一朵铅灰色的云，在天空辗转反侧。

它怀抱着温柔的雨滴、雪花、风暴，还是梦魇的闪电？

月光也无法看透它。

被风挟持，它变幻着自己的形态，让孤独与疼也有了形状。

它疲惫的影子被月光投向大地。

这夜空中唯一的一朵乌云，它像一粒盐，从天空中析出。

此刻的高原，三十层楼上，一个倚窗而立的男人，是另一粒饱含着咸涩和孤独的盐粒。

高原无雨

雷声隐隐：

它起自一颗石头的内心。

流言般的风，在沉沉的夜色里被闪电指出。

喊渴的小草，努力挺直身子。

它细小的嗓音，比一滴雨水更凉。

格尔木。那个独坐的男子，他孤独的背影就是一株小草的背影。

雷声隐隐。

它起自一个孤独男子的内心。

"雨什么时候来呢？"

他是一滴最初的也是最后的、孤儿般的雨水。

高原无雨。

雨在路上。

那个男子，内心潮湿。

（选自《青岛文学》2015年第4期）

□张敏华　　　# 山山水水，为灵魂洗尘（组章）

一池洗净了黎明。一池洗净了黄昏。一池洗净了繁星。一池洗净了前生今世。

岷　山

秋雨潇潇，金黄的树叶抓不住鹰远去的踪影。
怯生生地望着眼前的世界，静候这片渺茫之域——
树在山上，山在树上，云雾缭绕山峦。
苍穹之下，莽莽雪原，银光万顷。
千年雪峰把野性的孤独留给自己。
经幡牵引，雪山让路，生死越过天涯。

诺日朗瀑布

扑面而来的瀑布，闪着银光。潺潺水声，让一颗心安静下来。
深呼吸，翕动饥馑的双唇，默诵心经，吐气如兰，弥散慈悲。
天籁触手可及。
生与死，爱与恨，失落与庆幸，仿佛眼前这些大大小小蜂拥而落的
水珠。
坐禅成石，灵魂洗尘——这是定数，上苍的安抚。

镜　海

爱上这片海子，爱上它的静谧。水之蓝，加深了一颗心的剔透。
芦花纷扬。白鹭觅食。山峦一天天消瘦。
连绵的雪山向镜海倾倒神谕，谁轻轻扶起自己的身影？
季节轮回。生死承诺。留给自己的眷恋。
挥挥手，走不出这片海子。

五彩池

顺时针沿着五彩池潜行，仿佛胸前佩带一只巨大的怀表，在滴答滴答
声中听见自己的心跳。

夕阳将晚霞燃成烛火，雪山俯首在黄龙额下。

一池洗净了黎明。一池洗净了黄昏。一池洗净了繁星。一池洗净了前生今世。

雪山空寂。莲花打坐。三界倒影重生。

在乎，或者不在乎，只在一次转身。

已知的，未知的，都轻轻放下。

圣母堂

那是北海涠洲岛，岛上的圣母堂，我北海之旅的缘由之处：从容，安静。

途经的香蕉林成为最后一道风景，幻觉在光影中若隐若现，一个只剩下信仰的法国神父，捧着星星风雨兼程，一路坦诚。

人间的片段被钟声望穿，荷池已泛出青色，甲午年的最后一天，是用信念取暖，或冰敷的时刻。

心灵需要迁徙，灵魂的圣母堂，如同爱，如同草木：离开，又归来——

（选自《天马散文诗专页》2015 年第 9 期）

雪水流过那拉提

□卢　静

旅人呵，停下你乌黑的马吧。梳鬓，照影，掏出叶笛。

---

1. 谁将皑皑白雪，预设为比山巅还高的记号？

旅人呵！被诸神派遣的命名者。

一切从零刻度线上起跑、冲刺的事物，在安眠的秒针尖上，返回了似曾相识的故国。

谁，啄出无数的火星？

我只看见，一照千里的冰镜。

看不见一只涅槃的凤凰，栖息在百草的清香中。

我只听见，哑默的旷野上回荡的欢呼，听不见生命极点，一声清脆的长啼。

2. 难道，白纱敷住了我悲喜交集的双颊？

青纱垂下了我的腰肢？

谁，把我变小了？在一绺垂线上飞降，落入那拉提草原的心脏。

"神的话语，是时空盒子中任意的一个光点。"一个更小的声音，潜入你的耳鼓。

究竟谁铸造的雷霆，在天穹下的八方滚动？

沙漠、森林、海洋、草原、沼泽……万物才凝成一张脸庞，又漂泊出千变万化的表情。

谁，把我变小了？包裹尘埃里。

3.　"渴啊，渴……"

穿越过生与死的缝隙，我抛开汗牛充栋的文书，磨灭了千年万载的脚印，探寻第一条螺旋形的水道。

直到飞翘的睫毛下，冒出第一滴淡金色的泪水。

岸，始终在移。我洗去了腮红与眉黛。

缓缓卷合的天幕中，七根古琴的弦，无比亲切地缠绕你的右臂。

走出与大地平行的一束日光，我滑下另一道垂直的月光，听，卑微的草根里，一浪浪翻滚的黄钟大吕。

4.　雪，必须消融，生成水的密码。

以低于尘埃的结晶，复述一条河流的瞳孔。

一忽儿蒸腾，一忽儿成冰，在日暮的左边绕山，右边穿石，以随机应变的身段，演尘埃深处的智慧。

旅人呵，停下你乌黑的马吧。梳鬓，照影，掏出叶笛。

涨。不可摧毁的坚固物，正在万物最柔软的肢体上升起，飞舞。

（选自《伊犁晚报·天马散文诗》2015 年第 5 期）

□ 符纯云　　# 高原笔记（二章）

他知道，只有骑在马上，脚下才是属于自己的草原。

海　拔

我看不见拔高的海，只看见起伏的山、移步的云、探头的草。翅膀划过，带着速度的闪电。

但我知道自己站在高处。一路数量着过来，大地的刻度，因此有了真实的呈现。

在青藏高原：风吹面颊的距离，再没有妥协的余地。对于人的百般修饰，日头省却装模作样的过程。低头的牲畜，让人读出草原之神质实的画风。空气剔除多余的想法，留下稀薄而珍贵的部分。

但我知道，自己不曾拥有一丁点高度。

——当我转身离开，翻过劲风猎猎的山口。我看见那位藏族阿妈，以心灵为尺，与大地对话，一步一步，仍然走在朝圣的路上。

当她一次次跪伏、站起，我看见海的辽阔，用恒久的涛声，为一座高原写下一笔母性的高度和坚韧……

骑　手

他在奔跑。

他才八岁，步幅还很小，身手还不敏捷。

在辽阔的草原，奔跑中的他像一颗轻微跳动的心脏。

几个箭步，那匹白马就将距离拉远。刚刚攥在手心的缰绳拖到地上，一路卷起小小的烟尘。

不断有碎石弹跳起来，打在他迈动的脚背和挥舞的手臂上。

疼痛转瞬即逝，包括咯脚的锋锐。他只顾着奔跑。他想追上挣脱控制的白马，再次攥紧缰绳，然后借一堵土坎的高度骑上马去。

他知道奔跑的风景有多美。

他知道，只有骑在马上，脚下才是属于自己的草原。

（选自《天马散文诗专页》2015年第3期）

□陈　拓　　# 河源诗篇（二章）

饮马在河源，游牧在河源，求索在河源，流淌在血管里的马蹄声沸腾，只留下片片灰烬。

游　牧

今夜，将驻足于那个少女的梦里？

追逐着一片蔚蓝的水草，以及梦色的草原，还有金色的信仰。在一个名叫玛曲的草原上，我丰茂的青春被柔韧的牛皮绳牵进深的岁月。

今夜还有雨一样的马蹄飘落吗？

饮马在河源，游牧在河源，求索在河源，流淌在血管里的马蹄声沸腾，只留下片片灰烬。

果　洛

抽出那把锋利的腰刀，扎入深夜，一朵含苞的红铃，灿灿地开出伤口。

马蹄踏碎的七月，在诗之间，飞落的鹰群被一条瀑涨的河水冲散。
淋漓的羽毛发出动人的哀鸣，做着最后一次打动我爱人的努力。

掬起你微启的小口，饮尽九曲柔肠的相思。
果洛啊，我就是你企盼了一千年的那个丈夫；我就是那个一出生，只知有你不知有我的孩子的父亲。
我就是那个会唱仓央嘉措情歌的扎西！

（选自《山东文学》下半月版 2015 年第 3 期）

□盖湘涛

大漠绿岛 （外一章）

大漠的水光。托着大漠人久远的春梦，向一个崭新的世纪流去……

由南向北，伸进沙原。
远看，叠成绿箭；近看，绿雾一片。
它就是：大漠曲线的一个绿色质点，让其生态，自然的运转；让其万物，循环其间。
它就是：沙海的一张网，网住狂暴的沙龙，网住绿色的明天。
它就是：荒漠里的一只扁担，一头挑着绿色的起点，一头挑着绿色的久远。
它就是：大漠创新变革的内涵，将按其意旨走进绿满沙海的明天。
它就是：大漠自己，光与热的导体，燃亮大漠金灿灿的光焰。一个伟大绿色梦想的实现，一部抒发内在情感的绿色诗篇。

大漠水光

碧波的水纹，你诱惑人的微笑。

　　大漠的水光。显示着触感的明亮，生命的韵律；曙光融于大戈壁金黄的色块里；依然是那么活泼、那么天真。

　　沉思。凄美。浑黄。暴躁。那一个个不可磨灭的记忆，漫过古老而荒芜的大戈壁。风像发情的野兽，惨踏着大戈壁，掀满天沙尘染黄一片水域。

　　那浑黄的水光里，曾有过含怨的琵琶，曾有过喋血的美人，曾有过灰色的木轮车队，曾有过漫起沙土的马蹄，曾有过繁荣闹嚷的集市，曾有过五月花丛的露滴，曾有过七月漠天的彩虹，曾有过杨柳叶儿青绿的精巧编织，曾有过海市蜃楼奇特的景致。这里的一切，都漫溢在水一样透明的沙粒里。

　　大漠的水光。托着大漠人久远的春梦，向一个崭新的世纪流去……

（选自《伊犁河》2015 年第 6 期）

那花，那草，那种温馨

□汪志鑫

——在伊犁薰衣草大田

> 题记：西域浓烈的风情，在伊犁缓缓呈现。惟美恬然的歌舞，在薰衣草里绽放。

1.　薰衣草的魅力在于紫色，在于女性，在于凝香。

　　一群写诗的女人，将身姿与笑声镶嵌在紫色的梦里，解忧公主的香蝶，穿越经年，寻找主人。

　　薰衣草蜂蜜的叫卖声，正穿过去向薰衣草大田的路，香味袭来。在这片紫色的海洋，没有一丝白云飘离的天空，低翔的飞鸟完成觅食的使命，随我的想象停留在远处，剔除我心中的杂念后，飞走了——

　　生命源于本真。在城乡来回穿梭的心灵，总会因一抹淡写的情绪所控制。

　　当我以仰慕的姿态出现在这片温馨的花海里，紫色主宰了世界。

2.　远去的历史，具有独特的诉说功能。

　　伊犁将军的英威，守住了百年后的紫色伊甸园，成为游人驻足的理由。芨芨草的骄傲，在这里彻底落败——

　　到过伊犁的人，都像一个虔诚的膜拜者，沉淀后的心灵，清澈见底。站在西域的土地上，就有了忏悔的机会，微风检查出你身体的流毒，一股脑的带走，留下的，将不再是行走的躯体，而是完整的人格。

　　紫色永远是温馨的。

　　属于或远古或现代的，用安静抽离城市喧嚣的更年期，让高贵的情调沿革——

3. 在登机口。空姐微笑着，紫色的花海，瞬即散开。

一脉相承。不禁想起了"伊帕尔汗"，失真的广告台词，隐去了荡气回肠的故事……

太阳下，远处正在劳作的人们，抡起坎土曼，我就想起了故乡苜蓿花。同样是紫色，同样是劳作的父老乡亲。

镰刀飞舞和主宰了我的童年。

千百年后，留下的，只有一片不再规则的紫色的言辞。我愿把目光拉近，用不再完整的记忆凝望公主香肩上飞离的紫蝶——

等待一切属于世间的归宿。我明白：在乡村，我是一个城里人。在城市，我是一个乡村人。惟有这紫色，将永远是紫色！

（选自 2015 年 1 月 25 日《湖州晚报·散文诗月刊》）

□王小忠 **甘南草原**（二章）

甘南草原，当草色隐退，你倒下去是白银，站起来是黄金。

歌 唱

一只可爱的羚羊，它带着尘世的艰辛，走过每一片土地，鲜花盛开；它走过每一片草原，温情处处，它走过祖国的青藏，走过青藏的甘南，留下三河一江日日夜夜在歌唱。

亲人们劳作于草地深处，逃生狼群的追逐。我坐在草地上，一次又一次地叨念，那些鲜花、牛羊以及久居心底的长鞭姑娘。草原的尽头是否有新生的家园？荒凉空旷的人生，悲悯绝望的爱情，一切犹如飞舞的灰尘。

我的诗篇是未完的泪水，我的歌声被冬雪覆盖，我的寻觅是轻浮的闪回。

养育青藏的阳光和雨露，也养育我的生命和亲人，它们在我今生的世界里投下一抹鲜红的疼痛，投下无法更改的热爱和永恒。

我于万丈光芒的尕海湖畔梦回，于水草丰茂的黑河牧场痛哭；我于法器高鸣的桑多河寺焚化，于寂寞空旷的甘南草原再生。38840 平方公里的土地，"爱与不爱，同样是痛苦与缠绵"。

甘南草原，当草色隐退，你倒下去是白银，站起来是黄金。

骑　手

什么秘密如此坚守它神性的思想？尽管我身负感恩只身在草原。尽管我背离亲人的眼睛，迈开坚定的脚步，而大地温厚的冬阳依然灿烂。

捧在掌心的花朵呈现阳光的颜色，一季又一季的衰败里，我不能带来新的血液和热爱，就让我把自己不断衰老的消息传递。

梦中相约的亲人，他们提着灯笼在草原的另一端行走。我的歌喉已嘶哑，但依然歌唱草原的寂寞和广阔，并不因为那些留在黄河源头的青春记忆。我要去寻找那个遥远年代里为我们带来幸福的骑手。

新的梦境中我们开始新的迁徙，而有些变化使我仓皇不及。

这突然的衰老和哀思将会成为大地之上潮湿的坟冢。

如果他们再次返回，带着阳光的手指来敲我房门，那么他们就象征自由和温暖。

请让我在指尖涂满朱红，让他们潜入我心怀深处，开出红色的花苞。那时候我带你去草原，爱和恨，前生和今世在植物肥大的叶片上，闪动着雪一样的生命亮光，那将是裸露在月光下我对亲人的坦诚。

（选自《散文诗》2015年12期下半月刊）

□麦　子　　# 甘南，甘南

题记：鹰翅翻动下的甘南，一半在梦里，一半在眼前。

1.　缓缓流淌的大夏河，当我携带金银，大声歌唱幸福的时候，就洞见灵魂深处的贫穷。

桑科翻涌着寂寞。散落在草地上的帐篷是大地的眼睛。

草原深处，是谁遗落的琴声让我忧伤？

爱情似牧歌一样，在鹰啸草长之间生长。

草滩上驻留的那匹马，在日光微斜的午后，等着传说中的勇士归来。

桑科——鹰翅翻动下的草原，贴近一个人的视线。

2.　跋涉，流浪，风餐露宿。

九曲十八弯的黄河在此驻营扎寨，沉睡的玛曲大草原被草滩上的鸟鸣唤醒，并衍生出众多的兄弟姐妹。

卓格尼玛滩，牧人被晨光追赶，温顺的羊群向着草原深处缓慢地移动，或黑或红的马匹，用蹄声叩开幽长的梦境。

远处的山坡上，五彩经幡迎风飘动，桑烟向天空抽出弯曲的身子。
鹰翅还没有降落。草原深处，我追寻的身影，沿着黄河岸边独自走远。
思念疯长，首曲黄河打开洁净的翅膀，无数条支流在梦里飞翔。

3.　这是多年前遗落在高原上的明珠？
它离我很远，又仿佛很近。
甘南，一次次被它起伏的呼吸叫醒。
尕海湖——你是我红尘中邂逅的那双翡翠般的眼眸，我不远万里地寻你，当甘南的第一缕春色在草原上铺开，沿途的花朵，鸟鸣的欢唱，马匹的身影，可是你为我弹奏的一个个美丽的音符？
鸟群落下的瞬间，尕海滩遍地的格桑花在黄昏中停止摆动。
我攥紧一世期许，在湖边静静等你。
并同黄昏一起步入甘南的黑夜。

4.　多年前的冶木河，大雪降临。
小镇亮起幽暗的灯火，雪花不断敲打风雪里的柴门。相握的双手在风雪中松开，失散。
大雪中，有人推开寂静的窗户，就着雪花饮下烈酒。
多年后，我掸落岁月的烟尘，从南方赶来。
一个忧郁的少年，独自对着天空发出模糊的声音。
若干年后他在草坡上为我吟唱爱情。
那时，黄昏的海上铺满油菜花明黄的色彩。
歌声幽长，整个春天开始沦陷……

（选自 2015 年 7 月 23 日《阜宁报》"射河"副刊）

□梅里·雪　　　　**印象甘南**（外一章）

醒来的佛知道，我们遇见佛就遇见了心中所有的春天。

经书喂养的僧人，云淡在体外，风清在体内。
佛殿外，红墙下，一颗心在朝圣的路上。
他说，体内的那盏灯熄灭了，还会以一滴水，一滴酥油的形式回来。

依旧是佛前一粒干净的藏文字母。

依然爱着青藏的阳光青藏的雪，爱着诗歌的经卷，爱着佛说。

一讲佛经故事，普提的叶子就开始摇晃。

桑烟是沟通天地人心的语言——纯净。淡薄。袅娜。轻盈得让人心往云上去。

走过寺院的某一处拐角，夕光下，影子投在红墙上，一路的转经筒替他们扶住暗下来的光阴。

匍匐大地，低下去的心跳就是大地的心跳。

万物生长的土地上，心与野草昆虫一样，活得卑微而欢畅。

再远的路，佛在心中。

三步一叩首，再高的佛都能听到大地的心跳。

晒　佛

巨幅唐卡一展开，佛醒了。喧嚣的众生一派安宁。

经幢，华盖，僧人，在蔚蓝深处禅修，天空高远，云朵深处除了佛永恒的微笑，我什么也看不见。

锦缎的莲花开在众生心间，一朵，打开一扇新鲜的门。

雪山的阳光一闪，通道呈现，生命获得新的提示：一念心清静，处处莲花开。

白龙江歌唱的地方，佛在，花开。

晒佛台下，跪满了寂静而贫穷的灵魂，积雪中他们贴近土地，贴近山坡和枯草，身影多像近旁的植物，低矮。稠密。轻摇着风声。

经声俯在草木深处，风一吹，我眼里的泪开成了花，一个人的内心就开始辽阔。

醒来的佛知道，我们遇见佛就遇见了心中所有的春天。

（选自《青岛文学》2015 年第 3 期）

野草莓 （外一章）

□李　萍

小小的花朵，隐藏了多少情怀，缠绻了多少真爱？

真爱用温柔搜索，你那娇羞的脸庞，在漫山遍野明目张胆地示爱。

那刻，我兀自为自己做了一个面具，而后且歌且舞，与你对视与你亲吻，末了，将你拉进我的胃囊，而后把一些思念用时光冲泡成浓茶，洒在牛蹄窝里。

我想，你在风中成长，从童年到自由的青春，将我的思恋紧紧缠绕，我匍匐于爱的大地上无路可逃。

我用痴迷编织的网网你，网你视野里的一切，甚至网住了一位采撷你的少年。从此，如缎的心事在脚下蜿蜒、伸展。

今天，我终于将你攒在指尖，让那抹红染透我的情愫，而后把你的照片贴满我记忆的四壁，把少年的微笑与你一起盘点收藏。

你相信不弃不离，是一生的誓言吗？

我把心里最纯真的一切带到你眼前，与你分享，也与大家分享时，我会在你的心海留下点滴语言，宛如你留给我的一般。

花儿朵朵

你疯长的时候，很多人不知道你的名字。

经过历练，你兀自蓬勃成海，灿灿的颜色，彰显本真之美。

因为艳丽的黄，所以被命名黄草坪，由此将季节拔节，将旅人的情感灌浆，年复一年，短暂而又绝情。

小小的花朵，隐藏了多少情怀，缱绻了多少真爱？

此时，我张开臂膀，捧出一颗明亮善良的心，回赠山野，回赠友人一个暖暖的拥抱！顺便用心牵起你的手，在那云端一起游走。

我的意念纵容我绝情地在你的身上碾过，其实，你该明白，我只想沾染你的芬芳，沾染芬芳里渗透的爱恋目光。

然而，我分明听到了你的呻吟，夹杂着哀怨。于是，我的心倏然掉落，落在你的心坎上，而我拒绝了你的归还。

然后很轻很轻的从你身边走过，深情地望了你一眼……

（选自《散文诗》2015 年第 8 期）

□丹麓听翁   **奔腾的剪影**

天马的命运，在奔腾中包裹起归宿，在历史中旋转起号角。

天马，头朝东南西北，任由风向拨转；提蹄，扬鬃，摆尾，一律朝向

奔腾。

　　抬头碰到天空，跺脚踩踏云彩，天马在云彩出没中引颈晨曦、横卧夕阳。牙齿咬嚼春天，把第一声雷鸣扑腾在草原上。

　　天马撕开了草原的记忆，浓缩了沧桑。

　　在温度撑跌的地域里，在草丛密集的草原上，天马横空出世，拨动起草原无琴弦的旋律。

　　草音传递出沸腾。一个天空滚过来，另一个天空滚过去。

　　天马，驮着战争的元素奔腾而来；天马，夹着历史的符号摆尾而去。

　　汗血马、伊犁马、蒙古马，这些马的符号，在秩序中选择奔腾。

　　马蹄下的风暴，染绿十万火急。天马把草原赶进云烟，奔腾把天马赶到水草丰美的草原。

　　天马格斗、离别、牵挂，把愿望埋伏在草皮上。

　　一声声长嘶穿透草原，一步步奔腾醉美草原。

　　天马，大美的剪影，把一生的奔腾交付草原。一朵朵奔腾在云端的花朵，踢着蓝天呼啸而来，扬长而去。

　　疆域，在天马的蹄印中塑封，在天马的剪影中吟唱。

　　低飞的苍鹰在换算着草原的半径，走在旅途中的草，等待王者的一场盛宴。

　　草原盛宴，唯有天马可以运载；草原颤动，唯有天马可以匹配。天马的命运，在奔腾中包裹起归宿，在历史中旋转起号角。

（选自"伊犁晚报·天马散文诗专页"2015 年第 11 期）

长江源（选章）

□段　伟

　　唐古拉，你可知道，是卓玛身上的藏刀，剜走了我的心。

唐古拉

　　唐古拉，日日夜夜在梦中遇见你。

　　如人生，初见不如怀念。

　　真的啊！凌晨两点的时候下雪了，我的眼里再也没有了泪水，只有雪花飘啊飘。

青藏高原的风，总是那样执着，锋利的割疼一个又一个日子。

我捂着耳朵，坐在风中，却只为再看一眼你的背影，唐古拉。连绵的唐古拉，挺拔的唐古拉，雄伟的唐古拉，神秘的唐古拉，你一个人站在高原的风中，你冷吗？你渴吗？

美丽的唐古拉！圣洁的唐古拉，我多想是你的爱人呐！

匍匐在青青的草原，跪拜你的脚下，我是个经常犯错的孩子，孤独的灵魂，总是让我在深夜里感到寒冷。

唐古拉，我看见白云缠绕在你的身边，白雪层层地包裹着你，你满眼慈祥的俯视着你的高原儿女。唐古拉，我看见了我小小的卓玛，她是一棵美丽妩媚的高原红，她在风中奔跑，她在溪边欢笑，她痴痴地望着雄鹰飞过的蓝天，她坐在草地上发呆……

唐古拉，你可知道，是卓玛身上的藏刀，剜走了我的心。

唐古拉，你用你的柔情，融化了千年冰雪，你用母亲的乳汁，喂养了长江、澜沧江和怒江，你博大的胸怀是民族的精神，你巍峨的耸立是民族的脊梁。

格拉丹东

一滴水滋润了干裂的嘴唇，眼里含着的两颗泪水，落下来。我呜咽着，再也喊不出你的名字。格拉丹东，那么爱你！爱的无声，爱的无言。风送来，所有你的故事，在红烛下翻阅你的前生今世，多好啊！我们相遇了。

这世间，流淌的水，多么渴望凝结成晶莹的冰啊！那些坚硬的冰块，多么渴望快意的炸裂和融化。我是风中的冰块，在唐古拉山，在格拉丹东的身边，我就是一块拒绝融化的冰。舔舔那些被高原的风割裂的伤口，有盐一样咸咸的味道浮现舌尖。

从此，只相望，不相亲。

在青藏高原，我是一只迷途的小羊，被风掀到，又风中站立。

我看见黄昏里的格拉丹东，睁着千万年都未睡醒的眼睛，突然流下了一滴泪，这冰冷的泪，这暖暖的泪，一滴滴汇聚成了泪河，挂在唐古拉的腰际。

格拉丹东有了生命的迹象，有了水流动的原始的生命形态。我却怎么也找不到我的羊群，我的家。

长江开始有了一丝胎动，在格拉丹东的怀里。

这时，一阵风吹过青藏高原的黎明。

（选自《诗潮》2015年第12期）

航标塔

□ 陈计会

那个历尽沧桑的旅人，他回来打开那本最初的诗集……

那么多水，从远处，从更远处，从望不到边际的苍茫处，铺展而来。裙袂常常被风掀开，双覆盖，让你无法窥探到内心的幽秘。

所有的水到你面前叩头，仰起，又低下，最后匍匐在你脚下。而你兀立着，在岬角在乱石间，永远固守一种哲人的眺望。长此以往，我不知你累不累？我只是仰望你几分钟，就感到脖子疼。

我不说风，也不说雨，这些有渗透性触丝和攻击性牙齿的事物。我只是想说那阳光的油漆。它一层层，一天天地涂抹在你的身躯、脸庞，那样的细致，那样的无孔不入。最后，你的皮肤慢慢地生锈、剥落、斑驳，裸露出肌肉和骨头：灰沙、石块、螺壳。这些构筑你坚固意志的事物。我发现，你全身只有 0.5 平方米的地方是完整的，那是镶嵌在你胸前的水泥铭牌——

华洞：立标
半径：1.6 米
高：6.5 米
省航道局测量一队
1972 年 4 月

我知道，你无视我的存在，不管我的目光是摸娑、打量，还是探寻。我无法进入你坚定的内心。正如一首诗，我能读懂灰沙，石块，螺壳这些语词，而那结实的诗歌内核却又难以触摸。然而，我隐隐知道你的喜悦与焦虑——当一艘船的影子出现在你的目光尽头，你斑驳的身躯像张开无数双眼睛，有着热切的光彩。你本没有手臂，但我分明感到每一块石头，每一颗螺壳都像你的一只手臂在挥舞着。或许，这就是暗示，对于读者，每一个词语都是暗示或手势。其实，那艘船早已知道你的存在，在书页里，在熟悉的海图上；然而，风雨如晦或风光雾月都有不同的况味。

那个历尽沧桑的旅人，他回来打开那本最初的诗集……

（选自《诗潮》2015 年第 12 期）

第三辑　年度精短作品（15 佳）

□杨启刚　　　　　　# 一个人的长安（组章）

再厚重的黄土，也掩盖不住它的国家记忆，和弥漫的一缕缕狼烟。

兵马俑

两千年的沧桑，改变不了每一个陶俑的飒爽英姿。

整齐的阵列，把一个朝代的恢宏与威武，渲染得如此的荡气回肠。

再厚重的黄土，也掩盖不住它的国家记忆，和弥漫的一缕缕狼烟。

骊　山

一笑，可以得美人；二笑，可以得江山。

三笑，天下，便成了别人的城池。

只为一个人活着的诸侯，他的命运，注定是一段坍塌的城墙。

碑　林

三千年的墨香，仍然萦绕在城市的上空。

苍茫的蓝天之下，会说话的仍然是那些精美的石头。

当然，那些方方正正的汉字，正以气象万千的身姿，和美不胜收的列队，从容地在历史的封面，笔走龙蛇地泼墨题辞。

古城墙

这不是砖墙，也不是我心中的战争。

青瓦和城门，让我有一种穿越时空的昏眩。

遥远的地平线上，已有隆隆的十万大军，卷起了滚滚烟尘，奔袭而来……

此刻，伫立在垛口的我，手中紧握的，只有一张拉开的长弓。

钟鼓楼

鼓点正在密集的敲响，钟声回荡……

山外青山楼外楼，远在千里之外的商客。

大漠孤烟直，丝绸之路上的风尘，把他们苍凉的回眸，呼啦啦地吹得流出了泪水……

大雁塔

唐代的大雁，已经成为塔身砖上的一块浮雕……

我佛慈悲，衣袂飘飞的袈裟里，藏不住三藏法师的慈恩……

回望长安城外，秋天窗外寂静的胡杨林，一片金黄……

华清池

千古爱情，就这样成了绝唱……帝王是没有自己的爱情的。

他的爱情，只是一首易于破碎的短诗；只是一曲吹不出音符，慢慢消失的箜篌；只是一场奢侈的夜宴，和撕裂的山河。

（选自《天马散文诗专页》2015 年第 2 期）

□徐后先　　# 牛皮鼓

有过切肤之痛，才会发出最悦耳最动听的声音。

---

1. 今夜，我与一只落草为寇的牛皮鼓萍水相逢。

它蓬头垢面，憔悴不堪，两只耳朵耷拉着，不知在山中沉睡了多少年。怎么看它，俨然一头掏空了身子的耕牛！

2. 拍拍它的脸，它醒了。

抱它回家，我要拯救它！我的双手，是最好的鼓槌。

一只鼓，只有回到鼓的位置，找回鼓的精神，才能发出鼓的吼声。

3. 轻轻地敲打（响鼓是不用重敲的）。

第一通鼓，感谢上苍。

它，制造了炼狱——赐予鼓雷电，又赐予鼓霜雪；赐予鼓黑夜，又赐予鼓黎明；赐予鼓疼痛，又赐予鼓幸福……

4.　第二通鼓，给死去的牛。

你们交出了血肉和骨头，还交出了皮。

你们自己给自己制造了炼狱——脐带还拖在身后便要下地，孩子还在吃奶便要从嘴里拽出乳头；轭勒得再深，鞭子抽得再狠，眼角没有一滴泪。

5.　第三通鼓，给那些牛犊。

你们是父母心中冉冉升起的太阳，要像爹娘一样——种了一辈子粮食，不取一粒；耕了一辈子土地，不取一寸。有露水止渴，青草充饥，足矣。

6.　承受敲打，发出鼓声。这，就是牛皮鼓。

现在，请鞭打我，包括我的犹豫、徘徊和胆怯，包括我的懒惰、自私和贪婪。轻轻地敲，敲敲脸上火辣辣的感觉；狠狠地打，将我打痛。

我常常陶醉于手掌的老茧，这劳动的勋章。呵，多么渺小！

7.　请让我回到牛群中去，与公牛母牛水牛黄牛老牛牛犊站在一起。

驾上轭头，牵引犁铧，脚踏大地苍茫，肩挑稻浪万顷。即使口吐白沫，也要昂起头，向前，向前……

8.　请让我俯下身子，为牛割一次草；请让我弯下腰，为牛棚补一次漏；请让我从热被窝里起身，给牛把一次尿；请让我用鼻子凑近热气腾腾的牛粪……

轻轻地抚摸牛的疼痛，再用雪白的纸拓印大地上的牛蹄花。

9.　好鼓，源于一张好牛皮。要放在烈日下烤、暴雨中淋、北风里吹、霜雪里冻。

要拥有青草和水的柔韧，比海绵和丝绸硬，比钢铁和石头软，经受得住千敲、万击！

它，写满忠诚，充满犟劲。有着天地的胸怀、泉水的清纯；有着日之芒、月之华、星之光……散发出一阵阵幽兰之香。

10.　一张滴血的牛皮。它，已完成与肉体、骨头的完美剥离。

以另一种方式，活着。

有过切肤之痛，才会发出最悦耳最动听的声音。

11.　鼓，慢慢地恢复了记忆。

　　它记起了一场战争，鼓声响处狼烟起；它记起了一条河流，一位怀石而去清瘦白髯的长者；它记起了一座断桥，一条白蛇和青蛇；它记起了一座红楼，花开花落红消香断……

　　鼓突然大吼！万鼓齐和，山崩，地裂。

（选自《散文诗》2015年1期上半月刊）

崂山写意（三章）

□庞学杰

鹰，恍惚中发现了自己的投影。

狮子峰

十万年前的一阵风，晾在树梢。
八千年前的一场雨，泊在云头。

鹰，恍惚中发现了自己的投影。

仰口赏月

月下，谁用竹篮打水？
今夜，多少月光有借无还！

一些微生物，正就着月色；
看远处灯红酒绿，赏头顶桂子飘香……

崂　山

站着不动，脚底就会生根。
一万八千里的弦，跳一下，就是崂山！

日夜操劳的，全是山民；呼风唤雨的，都是神仙。
海拔一千一百三十三米的峰顶上，
根，是九水十八潭！

（选自《星星·散文诗》2015年第7期，《大沽河》2015年第4期）

□莫　独　　　　　　　　**长桥海低吟**（三章）

在潮声与谷香间，劳动，在庄稼上伸了个腰

村　庄

放下：老人的拐杖；孩子的啼哭和笑声
放下：猪、鸡、鸭；牛、羊、马
火塘起火，炊烟嫁接在潮声上。风，卷着鱼腥味

年代潦草，独木成舟
坡地的人生，在坝子划开水草、鸟鸣，划开族群的新章
蔚蓝的湖，照见蓝天白云，照见成群结队戏水弄草的鱼

一路沾风着雨的脚步，被一湖水叫住
润润的，临水而居。杯酒间，门口的水，叫矣坡黑

码　头

大片大片的田地，隔在中间
大片大片的庄稼，青黄交错
阳光，白晃晃

白晃晃的阳光，一晃，就是百年
在潮声与谷香间，劳动，在庄稼上伸了个腰

除了你的讲述
在蒙自近代史的段落间，零零碎碎地说着长桥海，说着长桥海上如织
的船只、大锡，说着码头、牛嘶马叫
说着那年，和那年的火车，那年的马街哨

水　田

一个个"井"字，拼装、灌水

就是田
就是另一个形式的长桥海

稻茬丛丛。所谓的荒芜，宛若传言偶尔送给流年漫不经心的想象

还有这些年来不时赶来的干旱，不曾挤进严密的田埂，挤破稻禾齐刷刷密密生长的阵容

那群褐色的野鸭，是季节特批的稀客，一生以稻香为梦，连劳动都被暮色赶上埂子，它们还在层层的涟漪里缠绵、徘徊，不问岸头

一坝之隔。其实，就是长桥海的一滴血

（选自《中国诗歌》2015 年第 4 期）

打工在异乡（外二章）

□马东旭

我相信祖母重新活在各种花开里，含着芬芳，又含着悲伤。

在又深又黑的夜里。

这冰凉的街道上。

行人奔流不止，把一张张脸，深埋于灰色的尘埃，忘记了穹顶之美。我拥有辽远的孤独，是孤独国的主人。我是庄周梦蝶，聆听体内细小的嗡鸣。

它偶尔泛起的雷电。

煽动不了地球那壁的空气。

想起河南老家：草木，如此清净。风马，如此闪耀。辽阔的麦田，像绿绸缎，承接了我的灵魂有如飞雪，回旋。

我睡在蚂蚁一样的洞穴里。

是酒，睡在贝壳里。

申家沟的母亲

它是凉的，也是苦的。

它敞开秘方，永恒流淌着草药，医治我们虚空的灵魂。一身青草味的母亲，土里刨食，她与麦田吐露蜜语，与萝卜白菜成为姐妹，与三两桃花互换魂魄。她的命，在人间开得过于用力。牛羊归来兮，把悲苦捆成一束，以十枚银针拨十根手指上的刺。

疼，是细碎的。

幸福好像也是。

她连夜打造的灯盏，续满我们体内的饥馑。渐渐凹陷的母亲啊，没有一丝哀伤，泪水皆无。我为她诵读我曾经写下的句子：祖国的天穹姓羽，其实——申家沟的天穹也姓羽。而黑鸟倾泻，亵渎了我们原初的神灵。

纪念祖母她清凉的解脱

每天都有一些事物在消隐。

一些事物在生长。

十二只鸟飞过申家沟，祖母的骨头绿了。祖母绿。那些金色的花瓣，绽放在她的墓前。廿年前，月亮照着我们贫穷的屋顶、荒凉的谷仓，照着祖母绝望的眼神、枯干的手指、瘦小的肉身。有些病，咬咬牙是挺不过去的。

它推搡着我们稻草一样的命。

巴巴地活着。

只是一刹那。

一刹那，而已。我相信祖母重新活在各种花开里，含着芬芳，又含着悲伤。风磨损着豫东平原。

（选自《中国诗人》2015 年第 5 期）

□ 杨　锦　一只鸟撞在汽车挡风玻璃上 (外一章)

我一直记得，有一只鸟在挡风玻璃上，折断了飞翔的翅膀。

每小时 160 公里的高速路上，我看到一只鸟猛然撞上了汽车的挡风玻璃。砰然的响声只是瞬间，我看到，一片羽毛沾在血污的玻璃上。

我知道，田野上一只鸟已经死去，我想举手加额，在胸前划个十字。

真的，有点隐痛。

午后的阳光下，汽车继续在驰骋。

多年之后，我一直记得，有一只鸟在挡风玻璃上，折断了飞翔的翅膀。

羊的泪

草原深处，旅行的异乡人，在践踏了草原之后，又渴望美味的羊肉和羊汤……

　　于是，好客的牧人在栅栏里四处抓寻。

　　每一天，都有不幸的羔羊，被送上屠宰的灶台。

　　草原无语，异乡人载歌载舞，我看见羊圈里的羊，眼里都含着泪……

（选自《作品》2015 年第 10 期《散文诗小辑》）

草叶或白露

□ 晓　林

　　她的背影，从深夜的窗棂上，慢慢地扩大，直到成为我的北方。

1.　父亲，当你老了，昏花的眼神，只能看见内心的皱褶，你的隐忍，还在粗糙的掌心里——那些铁锨和镢头上的光亮，还来自泥土沙石的磨砺和撞击。

　　你的眼角，是我能触及到的潮湿——你的静默，让我回到你的膝下，幸福与羞愧，我是你少有出息的孩子。

2.　像我一直仰望着大山，不能使你免于忧伤，免于衰老。父亲，当你的大手从我幼小的头顶，滑落到那些闲置下来的农具后面，你远离了热爱的土地，但你的手里还常常握着一粒粒饱满的种子，让它们成为你神圣的偈语。

3.　牢记一些树木，我离开山中。那些阔叶或针叶，让我把秋风刮碎的乡心，重新搁置在丘峦的缺处；那些走完一生的秸秆，把爱向天边铺展，给我空旷，也给我荒凉。

4.　山寒水瘦了，两岸像宽大的衣袖，被朔风抖了抖，就落进厚厚的雪花。常常是一夜大雪，还能看清楚一条河的轮廓。

5.　那天夜里，父亲叫醒月光和兄长。还没有犁把高的兄长，一边牵着牛，一边睡着，他在山地里身影飘忽，慢慢地长高，成为肩扛朝阳和木犁的男人。

6.　那夜，枕上听雨，我在黑里收容着黑。

　　那山中的峰峦、草树、巉岩，因为雨声，高耸了许多，又沉降了许多。

　　只有我，还在原来的位置上泊下自己。

7. 　父亲，当你老了，那些农具都不再听你使唤了。

你拄着拐杖，无法追上一株禾苗的成长；你的叹息，在于你已望不见土地的尽头。你安静的坐在田埂上，用粗糙的手指，去触摸一棵野草疯长的心。

8. 　母亲，这些年，我一直在你病痛里活着，我和你拥有了一样难挨的时光。昨夜霜降，我想起山中的草木凋枯，想起虫儿忙碌的一生，留下霜一样的空白。

低头一刻看到你的白发，我心痛得又一次落草重生。

9. 　我的双脚踩在水里，也踩在泥里。弯下腰拔去一棵杂草，稻田的丰收就会扩大一份。在疼痛的腰部捣上两拳，那就是一颗稻粒变成大米的过程。总要慢慢地直起腰来，把谷物堆到落月的下面。

一个人面对这空旷的稻田，就会变小变轻，像一棵稻草，救回自己。

10. 　母亲在细小的针孔里，看见比棉衣更大的冬天。她将冰雪拢在自己的鬓发里，她的背影，从深夜的窗棂上，慢慢地扩大，直到成为我的北方。

（选自《天马散文诗专页》2015 年第 2 期）

□老　秋　　　　　　　**影子的低语**

今夜，北风呼啸。我是唯一站在你身边的人。

1. 　沉默啊，请不要掐住我的脖子。

我必须仰天长啸，喊出内心的悲怆与绝唱，之后，像铁锈一层层覆盖。我怀揣着你的温暖，成为水的倒影。

2. 　我们就是两行锃亮的铁轨，始终无法并拢站着。你在左边，我在右边，被一列火车拉拢一起又快速散开。在汹涌的人流中，你肯定不会将我抛弃。

有一盏灯，领着我们奔跑，大地似乎飘起来，我惊喜地看到，你的美丽云淡风轻。

3. 　小时候，我对你有点恐惧，生怕你扮着鬼脸，像深巷的梆声经久不散。现在，我对你满怀敬畏，你想到了什么，却对我保守秘密。我仿佛是你的俘虏，开始酝酿一次觉醒和抵抗。

4.　我从你的面前走过，你却把我抛到了身后。如果苍老来得更晚一些，我相信，你的睫毛上，也不会落下一朵飘浮的白云。

　　往哪里去，并不重要。重要的是在迎面扑来的大风中，我们容易走失。

5.　请将我撕碎，请将我零落成泥，我并非要探听你体内流动的桃花汛。

　　这个世界有多少伪命题，我们常常不知所措。正如你爱在春天，我却病在秋天。

6.　我要织一件十字绣，把你一针一线，深深嵌入。

　　在红色的纬度，我与你是同样的心情，只是结局难以预料。

　　此刻，我正从一面镜中启程，你却拒绝从另一片草地上出发。

7.　其实，我们必须保持步调一致。否则，你慢下来的时候，我却加快了速度。也许只有一个时辰，我们都会陷入了茫茫的暮色。

　　无论你是否跟上我的步伐，我都必须感激，必须回头等你。

8.　你的头发乱了，你的面容淡了，你的心碎了。

　　好在，还有我与你互道早安，把你的呼吸，在一轮红日中慢慢磨亮。

9.　必须倾听，让耳朵结满清脆的鸟鸣；

　　必须臣服，让眼窝划出绿色的桨声；

　　必须响应，让山谷接住动人的呼唤；

　　必须和你，住在一根麦穗的故乡。

10.　今夜，北风呼啸。我是唯一站在你身边的人。

（选自《天马散文诗专页》2015 年第 4 期）

□贾文华

星

命运在不同之处，构成遐想的角度。

1.　七位离家的孩子，在天空留下它们的投影。

　　又有谁去俯拾那串银钥匙。

2.　距离地平线远远的，只为区别于万家灯火。
　　没有谁像你们，敢从人间烟火中跳出来，成长为夜的顶峰。

3.　你的目光，像是被季节削成薄薄的雪片。

4.　远山像矮下去的篱笆，你的花朵在枝蔓上蓦然疯长。
　　又像季风中的鱼崽，在网眼中穿梭，溜达。

5.　无语的对白，彼此终生不改。
　　为揭穿黑幕，每粒文字都饱蘸血珠。

6.　被你照耀过的小苗，即使夭折，也会攥紧弥足珍贵的银珠。
　　那可是你历尽劫数，降下来的一滴光啊！

7.　相隔天地，却似近邻。
　　我情不自禁地把两束眼神的云梯，搭在你涨潮的雨季。

8.　夜，起自思想的深邃；
　　星光，源于九月的麦芒。

9.　舍弃长路，作引航的灯盏。
　　燃烧自己，托举天的蔚蓝。

10.　每晚，你都在乌黑的岩石上钻孔，取火。
　　就那么丁点光，却从没熄灭过。

11.　仰望你的时候，一颗露珠也在注视我。
　　命运，在不同之处，构成遐想的角度。

12.　一辈子不疲倦地闪烁。
　　好比，她对他的承诺。

13.　总有一天，你会寻不到我。
　　别为一扇关闭的小窗，停止你光芒的放射。
　　你得依旧灼热，还要比任何时候都要镇静。
　　你并非因我而生，我却是为你而诗。

14. 五岁那年一个冬夜，去铁道旁拾煤块的妈妈，久久未归。

我贴着冰凉的玻璃窗，朝向天上的星星久久地张望。

而夜，像无边的黑浪。点亮屋里的煤油灯，也帮不上妈妈的忙。

"求你了，洒给她一点光吧，让她找着回家的方向。"

（选自《北方文学》2015年10月号）

眼底的河流

□ 罗长江

河面上的波涛喧哗着，而波涛深处是沉默。

---

1. 哲人说：河流就是前进的道路，它把人带到他们想要去的地方。

诗人说：浪花急忙要奔向海洋，波涛却渴望回到土地。

——眼底的河流啊。

2. 是浣纱女于渴念中等待的码头，

是琴手将生命的弦索弹奏出来的自然韵律，

是理论家怀着乡愁的冲动寻找家园，

——眼底的河流啊。

3. 是流水选择了岸，

是岸使流水成为河。

这是顺其自然的一种律动与扬弃。

4. 河面上的波涛喧哗着，而波涛深处是沉默。

一切沉默都拥有巨大的力量。

一切巨大的力量都选择沉默。

5. 纤绳的痛苦，在于它经历了太多的痛苦；纸鸢的痛苦，在于它没有经历过痛苦。

灵魂，则是痛苦的发源地；

黎明与黄昏流淌成河……

6. 岸是等待的代名词。

岸是梦的故乡。

岸是男人心中母性的目光，妻子的臂弯；而在女人眼里，岸是男人那灼热的厚嘴唇和屏障似的宽胸膛……

据说有一种大海，没有岸……

7. 篙子常常在两种情形下出现。

逆水上滩的时候，激流涌进的紧要关头与船肝胆相照，共赴危难；停舟拢岸了，它则牢牢把船插稳在河边，给船以踏实安稳感。

篙子是搏击者的精神支注，是船魂。

8. 总想把船靠在岸畔一棵树下面，谛听生命的箴语。

于是，我亦站成了一棵树，屏声谛听着一条河流的歌，走进一条河流的梦。

9. 水底，天空的高爽里便有了落叶的影子。

云彩因了心事而格外美丽起来。

大海，总是在远方……

（选自《新花》2014 年第 3 期）

□ 萧　敏　　　　　　　　　# 端阳草 (二章)

炙香游走七经八脉，五脏六腑，热爱众生，身不留心留，暗香浮动！

菖　蒲

你立于水与岸之间，修炼为如剑的琴弦，面对世事轮回，气定神闲。弦弦丝丝，风送心中忧患。为一草一木，为每一棵幼芽，慈悲为怀。

芦蕈、蒹葭、岸芷、汀兰……芳草萋萋如茵，众多姐妹各拥其美。而你，喜欢立于风雨，让词语的涟漪缓缓荡开，怀抱温良苦心赶往尘世，投进瓦罐煎熬，心存一念——快些驱除世人的隐疾！

你苦你痛，低垂长发，抱紧硌人痛的骨骼，抱紧命运送给你的一切。

你立在水边，清波照影，独悬孤胆。把词语深埋，埋下恒与短，明与暗，埋下生死，温暖！蔓延根须和绿色，抬头望天！

陈　艾

矮小细碎，一身苦香一棵草本，被李时珍选中，身怀绝技：理气血，温经脉，逐寒湿，炙冷暖寒痛。

你想用一生之爱，治愈人间三生顽疾：那些找不到病因的风湿痛，神经痛，那些被失血带走的气脉……一缕微弱的药效慢慢撼动如磐重疾？提醒自己，心平气和，恰到好处，只要有艾炙，如爱而至，一分钟不短，一辈子不长。

炙香游走七经八脉，五脏六腑，热爱众生，身不留心留，暗香浮动！

你说：赴汤蹈火，向死而生——舍我其谁？！

（选自 2015 年《银河系》诗刊秋季刊、6 月 25 日重庆市作协《作家视野》报）

无法抵达

□崔明秋

题记：天空一遍遍吟咏着旷古的伤感，四处散落着时间的碎片。

1.　大地静止。天空中气若游丝的云，连同万物凋蔽，被阳光斑驳的眼神一一收留。

时间在冬日的低沉中换上了灰色的袍子，河流的蓝色血管中流满了忧伤。谁可以握得住宿命？风还没有咆哮，发丝间的乌黑就已被吹落。

没有控诉的理由，更没有抱怨的权利。树根在泥土的深处颤抖，暗无天日的孤独喂养着一次次萌发与茁壮。

2.　死亡的触角无处不在。夜晚暗藏玄机，游走在墙壁内部的虫子啃噬着时光的灰烬。

银质的月光在窗前涌动着几千年的寂寞，古老诗句里的失意与离别依然不绝于耳。无数个明天也无法拆解苦难、贫穷，以及梦境的虚无。

太阳金黄的眼角流淌着生命的挽歌，死亡在众人的口中，被牙齿的冰冷语言咬碎了抽象的筋骨。

3.　寒冷厚重，压伤了一月的路径。有些离开，不需要告别。冻僵的嗓音中翻滚着万千相思。

月光枯萎，思念渐渐高涨，就要淹没单薄的肉身。如果相遇是一场意外，沿着它的线索，我低到尘埃里，厚厚的夜曲晃动着黑夜。

4.　抽出寒冷的骨架，寒冷的血肉盘踞大地。杂沓的脚步践踏着雪的纯洁，吸入肺部的冷漠，感染着城市的暗疾。

我站在回忆的窗前，抚摸你的呼吸，你的眼神，凛冽的风瓦解了所有幻想中的温度。

一个看不到边际的冬天，始终找不到与温暖相遇的句点……

5.　一场无法点亮的爱情落荒而逃，内心的万马奔腾踏不破一道寡言的闪电。

隐藏一些暧昧的口音，咬破一颗红豆的隐喻，我皲裂的皮肤渗出痛苦的汁液。

多病的季节泄露了我无法触及的秘密，天空一遍遍吟咏着旷古的伤感，四处散落着时间的碎片。

6.　枯枝上干瘪的耳朵偷听着风与风的密语，一只猫的叫声让一个下午惊恐不安。

诺言落满了灰尘，早已面目全非。只有一个又一个冬天，握着嘲弄的剪刀，剪碎一年又一年的光阴。

乌鸦隐入暮色的苍凉，守望的窗口又如约亮起陈旧的光。记忆中的村庄老眼昏花，裸露的期待划不破亘古的宿命。

7.　把落日泡入杯中，时间的指尖拔节生命的嘶吼。

为欲望服着没有尽头的苦役，根的眼泪被尘世颠倒。即使在夏天，阳光下的万物也在压抑着激情。惊恐的眼神无法得到神的赦免。

抛弃了诉说的念头，在沙发上枯坐，思索的抬头纹一行行壮大。理解其实是个荒诞的词语。

（选自《岁月》2015 年第 6 期）

时光碎片

□如　风

告诉我，要经历怎样漫长的奔赴，才能抵达你？

1.　一条小路伸通往遥远，一片芦苇铺向苍茫。

一只白鹭划过天空，一位旅人在此驻足。

在艾比湖湿地，即使没有云飞来，大地也充满生机。

2.　荒原上的野草，野草之上的秋天；山川上的云朵，云朵之上的苍穹；

还有车厢内的方言，方言之外的故乡。

——请安静下来，一切的一切，请与一个旅人一起，沉入正午的睡眠。

3. 一眼望不到边的，除了浩浩荡荡的芦苇，还有我尚未打开的今生。

4. 人的一生，都在路上，在抵达的途中……
   告诉我，要经历怎样漫长的奔赴，才能抵达你？

5. 是风，让我路过本布特草原。
   路过这夏日里的阳光，路过这正午的一场盛宴！

6. 远处的巴音温都尔敖包。夏噶活佛。燃烧的虔诚。舞动的经幡。
   风云变幻，亘古不变的，是我心中圣洁的信仰。

7. 路的那头，是云；云的下面，是赛里木湖。
   赛里木湖，这汪荡漾着蓝色忧伤的湖水，是上天不慎滴落人间的一颗泪珠。

8. 哈密。庙尔沟。烽火台。高天。厚土。
   此刻，斜阳正好，时光正好。

9. 月圆风高之夜，喝一场大酒，聊几件小事？
   让我沉醉的，是湖水一样清澈的歌声？还是贝加尔湖那蓝天一样的忧伤？

10. 秋日的晨光，在《贝加尔湖畔》的旋律中渐渐苏醒、闪亮……
    日历翻过一页，昨天就成了新鲜的往事。比昨天更远的那些日子，渐渐发黄。
    渐渐被北方的秋天剪成碎片。

（选自《绿风》诗刊 2015 第 1 期）

□田字格

只以神遇（组章）

美人的发髻，第一层香雪，化蝶者从竹露上，滴下来。

低眉菩萨是我，怒目金刚是我。好脾气的我看着冷峻的我，互不相识；安忍的我撞上霸道的我，一再退让。很多个我织入不可思议的锦缎，过去，现在和未来同时进行，因即是果，聚即是散，你即是我。你若打个问号找我，我不显真身；你若提盏感叹号远去，我不追上来。三界之内，我们"不以目视，只以神遇"。

黄　昏

秘密的钟点到来，有什么进入身体，衔住我的心念？此刻属灵，碎片复位，光拂过，伤口愈合。我变得不爱说话，语言不是大于真相，就是偏离事实。一个人在纸的旷野上走，逗号指向归途，句号预示圆满，标题是香槟金，泛着气泡，结尾坐着夕阳下微醺的人。

妥　协

天亮前，收住雨；黎明前，噙住泪。用镇纸压画卷，用花布裹身体。雨没收住，那就下吧；泪没噙住，那就流吧。镇纸压不住画卷里的风，花布裹不住身体里的蝈蝈哭。

祭　祖

爷爷躺爸爸身边，盖条黄土被，睡了。祭祖前，我唤他们回家，碑上爷爷描红的名字，挨着奶奶黑色的名字。奶奶在家擦桌子，父子俩赶回家听她唠叨。烛焰欲诉，他们平静凝视家人，起风时目光炯炯，无风时眼神柔和。他俩生前爱对饮，如今仍坐八仙桌，举起偶有裂纹的酒盅对酌，盅底卧着他们的名字。奶奶和妈妈掌勺，我烧火，灶灰呈心形，我说——就在家里睡吧，外面冷。

（选自《中国诗人》2015 年第 6 期）

□ 司　舜　野　风 (外二章)

风，这样跑过一圈，就是功成名就，就是功德无量。

像顽皮的孩童，田野上到处都是风在撒野。

天上那些白云也在放牧它喜爱的风。

是风，带来一抹青翠两滴粉红，并带来一万吨芳香，它在布置洞房一样艳丽的乡村。

燕子也像风，填补花朵之间的标点。水面上涟漪正在与风窃窃私语，庄稼地里稼禾在和风一起嬉戏，阡陌上的风，在捡拾一个个鲜活的词语。

风，吹开农家的木门，先是把门槛上的石头吹热，再是把神龛上的挂钟吹响，最后是把墙上孩子的奖状吹红。

风，这样跑过一圈，就是功成名就，就是功德无量。

阡　陌

越看越像琴弦，越看越觉得展开的姿态真美。

阡陌，蜿蜒的身子整天都是叮叮当当，在庄稼齐刷刷的掌声和碧绿的注视中匍匐前行，它一回首，一颗庄稼就已经成熟。

在一片良田上躺着，多么幸福。阳光在它身上滚动，多么温暖。

一句劳动的歌谣响起，阡陌就加快了速度奔跑，它的方向正是歌声响起的地方。

我站在阡陌上，我带着我的影子。我不奔跑，我的内心已经开辟了坦途，我甚至已经惊异于自己近乎完美的张望。

不仅仅是目不转睛，还有目不暇接。

稻　场

谁都想把自己放在稻场晒一晒，豆子、米粒、棉花，还有老爷爷的故事，老奶奶的谣曲。

阳光愿意晒一晒，月色也愿意晒一晒。

啄食米粒的麻雀，晒它的勤快；拉动米粒的蚂蚁，晒它的力气。

扬起连枷的母亲，晒她的汗珠。

我，捡起一块泥巴，无意中发现这晒过的泥土亮出黄金的颜色。

孩童一样的风，吹呀吹，一个稻场到另一个稻场，打一个旋，再打一个滚，它要晒晒自己最想要的快乐。

（选自 2015 年 8 月 11 日《安庆日报》）

第四辑　大地上的事情（14 佳）

□ 王　剑　　　　# 大地上的事情（组章）

白天我住在城里，梦里住在乡下。/城乡之间，我是一只游离的鸟。

乡村的夜

静。层层裹起的花蕾般的静。

风扯出细细的私语。树木默然而立。田地里，遍布密密的麦子。群山一袭黑衣，他们是小村不眠的行者。

满天星斗，是一群荷花般的女子。正用多情的眸子，偷窥人间。

星河浩瀚。我似乎听到天在涨潮。

夜半时分，一切都熟睡了。天地如同一个巨大的摇篮，在夜色中摇曳。

清　明

两三点雨。从晚唐飘来。

它锋利的翼，划过迷濛的杏花村，在牧童的唇齿间，奏响挽歌。

鬼魅三三两两。它们的痛苦或微笑，隔着雨丝，或者泪光，与清明完成一次庄严的对视。

诗雨交织的日子，零落成泥的桃花，令每一位沐雨而立的人，

心如刀割。

想起粮食

想起粮食，便有一种神圣，从灵魂深处苏醒。

扶着一棵谷子，我矮下身来。用滴血的手指，写下粮食五千年的疾苦。稻、黍、稷、麦、菽、豆、薯。大地的史册上，他们饱满的样子，让我激动不已。

一颗颗粮食，是一句句结实的语言，书写着命运。

小米和野菜的故事，个个鲜活。

岁月深处，我为城市的暴力和荒唐，羞愧难当。

十一月的风

十一月的风，沿着田埂或茅舍，湿漉漉地吹来。

村外，河水静如处子。浣衣的女子两颊通红。鼓鼓的胸脯，羞得太阳睁不开眼。

这时，水鸟从季节的另一端，横穿而过。金色的啼鸣，在柳枝上发芽。

阳坡上，羊群开始啃食最后的青草。放下农具的三爷，用一根箫，吹凉了秋。

十一月，回不回家并不重要。

风已经冷出一种走向。一轮昏黄的月亮，轻唤我的感动，或想象。

城乡之间

从乡村起飞。我穷尽十年寒窗，总算抵达了城市。

栖息圣贤书里。我像啄木鸟一样，靠嘴巴谋生。

只是，城里的虫子太少，日子常常被饿得哇哇乱叫。

我想逃回乡下。可虚荣据守斗室，死也不答应。

无奈，白天我住在城里，梦里住在乡下。

城乡之间，我是一只游离的鸟。

（选自《山东文学》（下半月版）2015 年第 3 期）

□鲁绪刚

自然书 （组章）

天空中那些灵魂，它们肯定是在纷飞，而不是飘落。

风在吹

不必怀疑一阵风，能否牵出记忆里的疼，或是那些陈旧的风景。

一生中，常常遇到这样的风擦肩而过，甚至抗拒不了它曾经给我们带来的伤害。不是每一次风走过，都能动摇生活的安定；都能抚平内心的伤痕。

就像不是每一次春种，都可以在果实累累的秋天，收获喜悦！

就像不是每一场大雪，都可以掩盖这个世界的肮脏，虚伪，腐朽。

风在吹，有时我们在风中，面对沉寂和迷茫，不得不风言风语。

雨在下

像悬而未决的人生，显得无所适从。

天空是一本打开的书，不会影响犹豫之后的陈述，不会追问心灵的去处。

灵魂只是一个假设，你能看到前世和今生似有通途，犹如失去了江山的帝王，绕开曾经的是是非非，一种感伤在胸口徘徊。并以毁灭的方式，告别花朵和鸟羽。

仿佛卑微者，宿敌，隐身人，从假想中站出来，回答关于生命的试题。

青春是不可以折断的，而你折断了时间。你放弃卑微和世俗，一滴一滴从泥土开始，诉说着世界的平凡和芬芳。

雪在飘

内心撕裂的痛，不是一两个字词可以填补。

一场旷世的鏖战已经开始。

穿过固有的场景，那些散淡光阴，在路上寻找突围，或者呈现。

仿佛往日折断的修辞，掩埋曾经的情节，你可以沉默，依次设下光芒的迷阵。顺着风或逆着风，选择活着的理由。

大地开阔，美丑平衡。生命注定会有这么个阶段：背弃喧嚣，独对苍茫。

天空中那些灵魂，它们肯定是在纷飞，而不是飘落。

（选自《天马散文诗专页》2015 年第 1 期）

□徐　源　　# 阳光里的第七个人 （组章）

眼睛是两座小小的坟墓。

眼睛之诗

眼睛是两座小小的坟墓。

一座埋葬敌人。光阴。情妇……一座留来埋葬自己。

把风景和爱置于低处。在低处，低下头颅，将有两只透明的蝴蝶飞出。

一只叫做悲伤，一只叫做幸福。

阳光里的第七个人

天空散发传单，上面有家具的魂魄和小人牛奶味的阴谋。

他在那儿洗骨，影子像可爱的婴儿。世界矮下去，春天无故受孕。风沙被警察带走，对理想审讯。

马头上挂满黎明玻璃般的疼痛。

那罪人，他歌唱，像吸尘器从苍凉的大地上走过，掠夺所有卑微。我们听见，一只踩瘪的易拉罐，在荒芜上的呐喊，像前世所有的热爱——

傍 晚

天空俯下身子。金质的鳞片。落日是欲望的眼睛。这高贵的王！远山伏在脚下，仿佛地狱赶来的朝圣者。

黄狗对着陌生的影子狂吠不止。

莫名的悸怵，像一位没落诗人的吟唱。

（选自《天马散文诗专页》2015 年第 1 期）

□徐澄泉

上帝的恩赐（外一章）

所谓上帝，原本就是你家和蔼的爷爷，或是亲切的外公。

上帝向天下布施。

"我可怜的人子啊，你要什么？"

"我要雨露。我要白雪。我要阳光。我要月亮。我要自然和天籁。我要官职和爵位。我要诗酒和美色。我要福禄寿喜。我要故乡与亲人。我要和平与安宁。我要艺术与珍奇。我要从拥有一片森林，到征服一个地球。我要从豢养一只宠物，到拥有动物世界……"

"我要人类。"一只在上帝耳朵里筑巢的鹦鹉，偷听到人类的贪婪，"我代表全球动物提出强烈抗议！你们人类是什么东西？只是不合格的准动物而已，最多算是业余动物，不配做我们伟大的君王！"

上帝耸耸肩膀，摊着双手，继续对人类发问："还要什么？"

"要你！"

上帝宽恕了他的狂妄，把自己的影子送给他。外搭两件小饰品：一件善良，一件邪恶。

人类如获至宝，一件挂上胸口，一件拴在手腕。

天上人间都有风

树梢，牛角，我的头发。

还有风。

如果它们被风拔起，天天向上，拉远，疯长，成为伸向天空的大胆想象，成为撒向大地的蓬勃现实，你就一定会接收到一些发自天堂的信息。

譬如：

天上也有一棵树，叫月桂。趁着夜深人静，你可翻越人间的墙头，攀援高高的云梯或风的触须，偷偷进入神秘的月宫，窥视嫦娥载歌载舞，吴刚伐桂酿酒，发现人间悲欢离合、天上阴晴圆缺的绝对秘密。

天上也有一头牛，叫牛郎。你可乔装打扮，借他的真实身份，随风潜入银河的鹊桥，密会他的情人，即是会见你的情人，重温旧梦之余，回头反观或俯瞰人间形形色色的爱情。

天上也有一个人，叫上帝。至于上帝，以我的经验和浅见，怎么对待都行。你可以敬畏他，从而疏远他，甚至忽视他，鄙视他，痛恨他，消灭他，让他随风飘逝。你可以尊重他，亲近他，爱戴他，让风吹拂他珍贵的美髯。

对了！所谓上帝，原本就是你家和蔼的爷爷，或是亲切的外公。

（选自《天马散文诗专页》2015 年第 1 期）

□王猛仁　　## 远　香（组章）

一声清脆的雨，像一只鸟衔来的爱情，那寂寞的闪光，来自遥远的芬芳。

重拾漂泊的时日，让隔岸的烟花，挽住远行的手臂。

其实，可以有好多际遇，在如歌的潮头，听你千万层波澜。

我不知道，告别远方，是微笑或是哭泣。

误入蝉声的枝柯，早已升腾起滚烫的花语。

一切似已过去。想象又太遥远。

很想有个清静的假日，让如水的心悠悠地留着，让夜的余绪开启新的幽香，让红红的风衣淌过绿色的风景。

相距总是很短。期待总是很长。

一声清脆的雨，像一只鸟衔来的爱情，那寂寞的闪光，来自遥远的芬芳。

琴音静默。

目视沧然而去的流水，遥望残阳信手涂抹天际。

至此，一个萧条的背影，像暮霭中的花，开在台阶上，等待新的溅起。

眸　光

冷霜似的目光，每次经过我的桥头，就要凋零。

当其最后一抹夕阳涂尽，当其最后一颗星辰消隐，当其最后一个晚秋冰冻在小溪旁，那时，即使再予温熙，我也飘落殆尽。

那个冬天，只听见一阵沙沙的响声，荒凉的心塬，只剩下永恒的孤独。

宁静而斑驳。

让漆黑与阴晦一并沉寂。

任灰色的藤蔓爬满心窗，遮住阳光，遮住春风，遮住雨。

一枚手札，我珍藏了多年，濡湿了眼中期待的每个季节。

而你，关于冬的话题，关于温柔的嘱托，渐渐变少。

树木干瘦，青草枯萎。

依稀看见，那句吹响发烫年轮的短章，已成为不死的种子。

我把它置入心中。

一到春天，便从你的睫毛上长出一排排密密的防风林。

五　月

岁月总是那样逶迤，让遥遥无望的灯盏，在每一个驿站里都留下那不愿而不可留的夏的悲怆。

布谷鸟留在春烟里的孤独，擦拭着一次次被遗弃的梦的绿茵，只好用昔日的恋歌和已经泛黄的记忆，喂养着我任性、惬意的旅途。

在今后的日子里，好让我把握住途中的每一个流动的细节。

也许，我的季节已经失去了鲜嫩的色彩。

也许，天边已经没有了如水的月光。

一记梦吻，撕碎了长夜的宁静。

如同撕碎一轴泛黄的明清字画。

此刻，想必摇曳在月色里的跋涉和溅落在黎明前的问候，都是夜的佳酿。

一条被阻隔的芳径，已经渗透了我的沙砾，像一掬苦涩的微笑，溶入湖中。

一曲喑哑的琴歌，断落在五月。

微　吟

真想长出梦的双翅，让心的脚步破门而入。

多想亲吻幽兰色的花瓣，吸吮温馨的气息，让思念长成一串串一枝枝，如你花茎般修长。

曾经多少次，徘徊在夜的尽头，去追寻往日的那场雪，任风随意地吹，任泪恣意地流。

已经落后于时光的缓慢跋涉，在飓风的威慑下，依旧送来往日吟唱的节奏。

让我不忍丢下的回眸，跃入你浩淼的烟波，继而把从前的承诺修改成一幅壮锦。

得到和给予的好象都已足够，心里总惦记着多年前那支嘎然而止的曲子。

不是你执意远行，而是风靡两岸的猿声，啼得满山心事重重。

（选自《中国诗歌》2015 年第 5 期）

□林登豪

城之五重奏

无路的时候，涉河成了惟一的途径，涉河的时候，自己成了内河中的水流。

A.　一声哈欠——

一个时代的乞儿，来不及多思想就死去了，他的头颅变成一块落在地面的陨石。

一场冲洗道路的雨中，诞生了一个思想者。

思想者站在大厦的叠影中，看见许多男青年女青年涌进城市的教堂。

思想者从一块陨石看见另一块石头，撞击出的碎火，在公园中的花蕾上，凝成晶莹的露珠。

思想者站在夜半的水泥大道上，用纷飞的思絮，点亮众多的星星。

思想者在漫漫的长夜中，等待天明时出售自己心灵的负荷。

B.　一声门响——

我从沉醉的书中，抬起很深沉的目光，立即与一双会说话的眼睛相遇了。

爱的天平，增加了一个单相思的砝码。

人本是野兽，因为慢慢地懂得思想，才演绎成人。

我认识的另一个人，她当了他的模特，画出我春天的悲伤。

爱是高尚的，也是不可解释的，

一种回光返照在我心灵的窗口，

惟有时间在偷看我的心事。

我的王国中继续流行单相思，

许多年后，我必定在另一座大都市与她相逢。

C.　仿佛有呼声召唤，我走上她的眼睛斜坡。

湖边，她说，这是写文章的人必须要走的路，涟漪荡出微笑，令人心猿意马。

我是一个迷惘又不垮掉的青年，拥有浪漫的意识流。

当生命之水浓于酒时，

湖水，蔚蓝了。

脚印，暗红了。

湖边一双双足迹，正行进在人生的某种运算中，

一道道目光停留在蔚蓝的边沿上，回韵出什么呢？

D.　面对城中小山包而坐，生命流程中的一种纯净水声弥漫过来，在灵魂的极地，繁衍裂变的希望。

春潮脉动。季节汹涌。

我躲进情感的红房子，躺在地板上，微微闭上双眼，聆听公园中草长莺飞，只感到自己的手掌好温暖，似乎有一位哲人正在留意我的人格底片。

站在红房子的粉红色的窗口瞄风景，阳台似一艘宇宙飞船。

我突然发现——无路的时候，涉河成了惟一的途径，涉河的时候，自己成了内河中的水流。

E.　屈原，当我站在水边，虽然没有领到水中的通行证，却最接近你的本质。

于江滨的风光中反复索玩，苦思又冥想，突然灵光一闪，

有水就有诗吧！

我绕岸行吟，你从我的哦吟中听到许多人的声音吗？

历史在独白。

书桌上搁着我从汨罗江边捞起的九块小石头，抛向都市中的荒原，我见到了《四个四重奏》作者的指向，我在钢筋的森林中没有迷路，余音在空气中自由飘荡。

是想改变生存的态度与行为吗？

用一种生命的紧迫感。

（选自《星星·散文诗》2015 年第 2 期）

□汉　江　　　## 今夜经过你的城市 （外二章）

列车不会背叛光明倒退，今夜，我只从站台擦你而过……

喘一口长气，今夜的列车停靠你城市的站台——三分钟。

三分钟，站台的白炽灯光，足以照亮我深藏的记忆。

三分钟：沿着屋后的小河，你拉着女儿散步，而她的另一只手被谁牵着？女儿那滴委屈的泪，是否会被一片温存的餐巾纸擦干？

两分钟：你兴奋催促鼠标频频出招，不断删除、刷新……唯有廉价的贺年卡，会年复一年惯性地寄我一张。

一分钟：我熟悉的 KTV 包厢，你正亮开嗓门高歌——有一个美丽的传说。你的传说，总会那样美丽。

窗口光阴错动，列车重新启程。三分钟，你已永远隐去。列车不会背叛光明倒退，今夜，我只从站台擦你而过……

再次写在诗人墓地

今天，在我之前，还没有人到此放上一束沾有露珠或泪珠的花。

墓前，没有纸钱香烛，四周也没有合欢树生长，只有一座山，站成初冬萧瑟的背景。唯有白水泉旁，紫荆丛中——一只怀旧的纺织娘，披一袭青衣，在吊嗓，哦，它是在试图用清灵的嗓音，曳出八十年前的那一声毫无诗意的炸响？

他不忍心带走的那片云彩，今天，把积聚多年的情感化成霏霏细雨，飘下来、飘下来。

我没有撑开随身携带的"天堂"伞，我不想遮蔽眼中的真诚，也为了让雨和我的泪，一起滋润他干枯已久的诗魂……

最后的模样

一棵向日葵是一个梵高，一张黄金的脸——千百颗钻石的心，蕴含太阳烘焙的香。

一朵浪花是海的翅膀，一条船赶在起风前返回港湾，而浪花扬帆远航，在追赶拍打云的衣衫。

一株小草是艰辛的行者，没长到马蹄高，就与弟兄们手拉手，去尝试跨越地平线的门槛……

今天，你已闭上嘴唇、眼睛，让向日葵、浪花和小草，定格成自己最后的模样！

□陈爱民　　　**田之野**（选章）

风啊，把你所有的衣服解开吧，我要看我想亲亲的那个田野！

1.　黄昏，田野敞开了全部的遐思。

近处的山守着规矩，远山在远山之外。

一只鹰加入，盘旋，滑行。

所有的事物走出内心，一种淡淡的伤感缠绕。

你要捡拾自己，不如捡拾一粒尘土，或者一粒草芥。

2.　燕子的翅膀下，春天朝着高处攀登。

父亲犁田歇息，坐在田埂狠抽着纸烟的味道，面前一大片白花花的呼吸，这是一出大戏揭幕前的喧哗。老牛瞅着父亲，憨厚的样子比季节轻了许多。一只蝴蝶飞来，旋舞起欢实的阳光。

深秋走向空明，田野上散布着稻草垛，野菊花，冻茅草，偶然的一只野鸭，以及比季节略重一些的两个手牵着手、放学归来、一路正嘀嘀咕咕的小伙伴。

幸福啊，你其实多么简单。

3.　细节，偶然的，必然的，都是诗歌柔软和温暖的部分。

在整个开秧季，村姑们笑语张扬，起伏的腰，起伏的丰满，起伏的律动，叫一切的颂词俯首低眉。

镰刀一列阵，小伙子尽情释放轻狂，膨胀的胸，膨胀的力量，膨胀的火焰，使一切的歌唱黯然失声。

真的，你的目光不能再深了，再深，就碰到了肤浅和卑微。

4.　阳光真的很软。

母亲在清除杂草，她的影子缓缓前行，像清凉的泉；禾苗的呼吸均匀，都是吸吮的声音。

一个上午，母亲总是勾着身躯，眼神时而温柔，时而尖利。她的汗水滴落，在叶面打个唿哨，嗤的一声，就被暗处的凉融化了。

终于，满丘的劳作完工，母亲站立起来，迷离的田野十分深广，像静夜呢喃的大海。此时，我已急不可耐潜入禾苗的方队，和大家伙一道使劲踮起脚尖，我们必须让自己的每一丁点绿，都挤到母亲的眸子深处去。

5. 好时光都是悄悄离去的。

回到久别的田野，是夏天要冲向高潮的时候。

禾苗即将分娩，硕大的叶子和茎支撑起一丘丘急促的欲望。咋的啦，这么多的植物都像肥肥的少年笑着，一脸的慵懒和疲沓。

我多想用我丰盈的乡愁一掬幸福?!

田野继续向上攀登，但力道衰微，且有许多断章，那是抛荒的田块，野花在其间唱着摇滚。

小河只有浅浅的流水，堤上的野草彼此追赶抚慰，浪花逃遁了。

田野辽阔，心就饱满。

而我，只是一棵孤立的树，枯着，渴着，瘦着。

风啊，把你所有的衣服解开吧，我要看我想亲亲的那个田野!

（选自《天马散文诗专页》2015 年第 10 期）

腊八，我要敬一朵梅花

□牛合群

梅与梅之间，雪是花蕊。一片雪花，托举起生死相许。

一定是我无数次的注视，才唤醒了梅花。

阳台上的腊梅，含苞欲笑的样子，犹如吾家有女初长成的娇羞和盎然；又似我手中的一段文字，无风无波，却也深藏着青春的悸动和孤独。

梅花在为谁等待？她的纯洁，是冬天的一封情书。

我一会儿走进书中，看见的是一位姐姐。四十岁不到，花发斑驳了村口的风。

一把桀骜不驯的犁，陷入了疼痛的民俗，犁出故土的善良、蝈蝈的乖巧、被月光染白的诗行。

我一会儿走进梅里，看见的是一位旷世奇侠，在粗糙、干裂、寒冷、苦难的枝头，开出了超凡脱俗的美丽，溢出了动人的暗香。孤傲，幽香，成为这个季节最美的语言。

梅花，是我走远了的姐姐，最爱梅花三弄。

游离于尘世而拒绝落地，就因为她看到了自己的梦，看见了距离之上的光明，看到了与她同龄的庄稼、同宗的果树、同心的爱情、同行的乡愁。

一层梅花，一层天。有多少梅花，就有多少血泪。

喊出一朵梅花的名字，就喊出了无数姐姐的思念。

梅花的遒劲，梅花的凝望，梅花的抗争，成了一副憨厚、朴实、冷艳、磅礴的国画。让万物知道了痛苦源于一枚青青的梅枝，唯有铁骨和冰魂，化为梵音。

梅与梅之间，雪是花蕊。一片雪花，托举起生死相许。

她就是那把犁，一面犁破了冬的心，一面掘开了生命的新起源。

（选自《天马散文诗专页》2015 年第 10 期）

春天·雨 （外一章）

□徐金秋

当她表达出来的时候，已是散落一地月光，或是湿漉漉的黎明。

还是习惯低处飞翔。只是心跳不断加速。路越走越长了。

无数只透明羽翼，被春天轻轻接住。与大地不谋而合。

那些秘密，一切作好迎接的准备。以色彩或以舞蹈：花蕾轻挑珠帘，芳唇欲启，万般柔情，尽在其中。

鱼儿跳出镜面。再卑微的小草，在多情的季节，也会一夜间欢快翻身。

一切的柔软，欢欣，珍藏内心，隐在事物的本质激流暗涌或细水长流。

那些绚烂，那些繁华，那些光鲜，让春风和阳光说去吧。

爱，一直在生命的低处。

梨　花

那些白，从冬天转身后，再一次放飞翅膀，恋上梨的肩头。

她已不说冬天的冷了，也没说出春天的热闹。

芬芳是有的，喜悦也有，更多的是清纯。

当她表达出来的时候，已是散落一地月光，或是湿漉漉的黎明。

（选自《天马散文诗专页》2015 年第 7 期）

运草车和灯芯草

□ 徐　泽

乡村有一种草叫灯芯草，苦涩的胸中包裹着一颗光亮的心。

如果一辆运草车在乡村的土路上走，傍边一定要有夕阳。

一定要有被夕阳染红的河流，最好还有童年的牧笛和少女的歌声。

但我的乡村是贫困的，我只看到牛在河塘边吃草，夜就这样降临了。

乌鸦的翅膀开始覆盖村庄。这时的乡村是静美的。我好像回到童年，又好像回到人类的初始。

运草车啊运草车，你是我灵魂中抽出的秋天的血脉。

村庄啊村庄，我的一生都起伏在那片变幻的云朵之上。

如果白云还在天上，河流还在流淌，我躺在干草堆上，无法说出我的忧伤。

村庄也会老去。我记住了我的姑娘，我的亲娘，还有那黄昏里消失的村庄。

运草车运着干草，我和星光下的牛车，走完了平静的一生，我知道那是我的宿命。

乡村有一种草叫灯芯草，苦涩的胸中包裹着一颗光亮的心。

她不怕黑夜，也不怕末日来临，灯芯草生长在故乡高高的山岗上。

她点燃了河流和村庄，也点燃了红灯笼和我捧在手心里的温暖。

灯芯草啊灯芯草，我今生是否要读完贫寒的诗篇；

然后，将骨架铺展成秋天的白杨，迎迓最初的明月？

我相信善良的操守和朴素真诚的爱，我相信大地的春天。

没有一块冰，能把火光和春天冻结；草是苍凉的，也是易碎的。

我要用黄昏的眼睛，看看大河中走远的炊烟和一棵老树。

一衣带水的故乡啊，如果光明从我的肩上升起，我还要看一眼和平鸽子的忧郁，以及稻草堆里怀旧的影子。

（选自《天马散文诗专页》2015 年第 7 期）

城市的黎明

□ 古　铜

掏出睡眠不足的居住区，掏出惺忪的楼宇，掏出异乡人的抱怨和抱怨的异乡人。

鸟声拉开黎明的拉链。

掏出睡眠不足的居住区，掏出惺忪的楼宇，掏出异乡人的抱怨和抱怨的异乡人。

掏出面包摊。还有太阳。

——跳出海面的一只滚烫的煎鸡蛋。

这是重复的黎明。那些幸福和忧伤已经很旧了。

鸟叫。车水马龙。类似的命运。

更多的人来到这座城市，就有更多的陌生漫延。

一些情绪像流感一样传播。

一些被复制的生活方式，被复制的幸福感，被复制的思想。

蚂蟥一样，游走成一座城市的理念，用它的潜规则，吸走人们的血液，血性。

晨光开始漫延，数字沿着晨光泛滥。

亲情，成就，尊严，甚至身份，都隐藏到一些数字里。

有人被数字吹成气球，就有人被数字压成饼干。

数字是金壁辉煌的王宫，也是微不足道的灰尘。

无数蛀虫，把人从内部蛀空。

当闹钟响起来，就意味着起床，吃饭，上班。

——你将重新被生活侮辱一次。

而我只想卸下身上沉重的壳，重新发芽一次。

（选自《诗潮》2015 年第 1 期）

□萧　琴

海丝起点

—— 《大美泉州》之一

千帆竞发，崭新的海上丝绸之路起点又从这里开始……

这里有天地蛮荒，生生不息的远古印证。这里有七彩灯光，迷离的现代都市风情。

凝聚九日山摩崖石刻上所有的目光，有多少故事，在海上丝绸之路上演绎一场必然的相遇，用淳朴的情谊留下万国织锦。

一段记忆，因为久远可以只剩黑白，一座城市，因为"海上丝绸之路"变得流光溢彩。

站在泉州湾的海岸上回眸，沉船、古陶、瓷艺、石雕、木器……盛满曾经繁华的重量，沉淀着一方土地的历史变迁，风起云涌。看山川岁月，长街陌巷；高山流水，摩崖石塔；凸显一个城市的绿色背景。风土民情，方言俚语；柴米油盐，陶碗瓷盏；南音古韵，梨园腔调；还有拍胸舞、高甲与木偶……是永不磨灭的独特乡情。如此接地气的神奇城市，总有幸福宜居的地基，让贫穷一步步走远，让繁华一代代延续，魅力就会自然而然地流淌在我们的笔下或是长长的镜头里，相看两不厌。

我们没有理由不用一支笔、一幅画、一个镜头来好好记录这片神奇的土地，它的人和事，它的呼吸与心跳，它的跌宕历史和现实的波澜。独特的城市肌理，石头一般的沧桑，却有丝绸一般的质感，令无数的研究者为之着迷，如追逐一座光明之城。

这是一个刺桐花开的地方，万国商从古到今在这里聚集，它以独特的气质和风格引导我们不断的揭开它的谜底，并被一次一次的震撼。它就像地层化石一样，层层累积在一起，每一层都记录了一个叫泉州的故事，并永远的保存了下来，那怕残缺，却留给我们更多的思考，你可以通过不同的断层，发现不同时代演绎的故事，这个故事，有你、有我、有他，成为津津乐道的话题。

千帆竞发，崭新的海上丝绸之路起点又从这里开始……

（选自 2015 年泉州市委宣传部、泉州市文联主编的摄影大赛获奖集《大美泉州》）

□方齐杨　　　　一座虚构之城（外一章）

这虚构之城，脆弱灵魂的归处，读不到冷若冰霜的叙述。

在内心，安放一座自言自语的草原，无须隐忍和伪装，任他风吹草低见牛羊。

在这他人不易抵达的广阔领土，我仍然不当自己册封的王，不需要豪迈的情怀与挺立不屈的威严。可以随意弯下腰亲吻或拥抱一块石头，不打马赛克，甚至不需要往返于白天和黑夜。

简单到不能再简单的生活和思想，算不上追求，生命原本简单。好吧，有了一座草原，没有理由自卑也不需要妄自菲薄，就与多年不见的炊烟结伴而行，把诗歌放牧成可以随口吟唱的歌谣。

如果有一天，你走出自己的内心，这草原也不仅只是一场梦。

这虚构之城，脆弱灵魂的归处，读不到冷若冰霜的叙述。

爱着这世界

每个人的诗歌里，都有一个小世界，活色生香或自言自语。

这没有炮火或子弹呼啸的现场，也有一片无病呻吟的鬼哭狼嚎。

我们有安逸的阳光，我们忘记了或者从未理解过一个叫做伟大的名词。

我们的平凡，我们的无能为力，我们在一个小世界里风花雪月。

我想拥有大视野，把世界拥抱；我想拥有大情怀，给予苦难以怜悯。

然而，我在麻木与不仁中逐渐迷失。我不知道这是不是我一个人的病症。

我忽然间感觉丢失了与世界沟通的密码，世界已被重复上锁。

我默默地写上一个感叹号，与世界一起唉声叹息。

（选自《星星·散文诗》2015 年第 6 期）

第五辑　热爱与感恩（14 佳）

□空　一　　　　　　# 玉米的怀念（外一章）

记住朴素的味道，我便是幸福的一粒种子。

此时的田野，玉米应该骄傲地站着。

麻雀可以过来休息，蜘蛛可以尽情结网，露水染透宽阔的叶片，风吹过田垄，金黄的牙齿，摩擦出成熟的渴望。我曾在夕阳的余晖里燃起火堆，将来不及褪去水份的玉米投进最热烈的怀抱。玉米过滤掉所有忧伤，他散发出最本朴的味道。略略有些许焦黄，却那么自然地芳香。

比泥土要幽美，比花朵要诚实。

而今我蜗居于城市，以盆栽的小草去链接遥不可及的童年，值得庆幸的，是我还能从流浪到城市的玉米中，煮出一些消逝的泥土记忆。

显然他们丧失了儿时的滋味，但却足以应对不再浓郁的心情。

玉米一年又一年地饱满。

谁！

在风中哭泣。

风干眼泪的人生，能否如秋光里的玉米枯梗，失去所有，依然以苍老的手，抚慰不忍消逝的斜阳。

天空逐渐发白，我咽下两只新鲜的玉米，听着少有的鸣啾声，写下我转身便可以看见却无法挽留的过往。

玉米的余味如此美好，又何必做无谓的回望。

记住朴素的味道，我便是幸福的一粒种子。

一粒饱满的，金黄的种子。

无尽·藏

1.　　一头牦牛在风雪里站着。
　　　它被染成了白色。
　　　它像雕塑一样。

被岁月雕琢的生命无以计数，但有一些忍辱负重的沉默，总让人肃然起敬。

飞鸟都无法喘息的唐古拉山，牦牛和小尾寒羊以泰然的步子，把一场突如其来的雪，踏得惨白。

2. 睁开眼睛，火车正好穿越可可西里的晨曦。

真的有藏羚羊！它们跳跃看，我的心，砰砰地跌进陆川的伤口。

陆川当年的电影，让可可西里的血迹用尽圣水也无法洗涤。

枪声激活藏羚羊的神经，但无法改变唾沫沾着钱币的粘度。多么充满粘性的口水，让一只只精灵，死死地定在荒草与石子铺就的大地。

大地承载生命，也承载肮脏的心。

我隔着玻璃，远远望着她们，沉重的心，如压住雪山的阴云。

阴云终会散去。枪声与无知是否会如那片被太阳眷顾的云。

3. 与我们迎面驶来的是一辆大卡车。

在擦身的刹那，我看见一群牛。

他们被牢牢拴在卡车围栏上，他们围绕着卡车，他们紧紧贴着，互相取暖。

卡车开得很快，风很寒。我只能依稀记得一头牛的眼神。

他低着头，思念着草原上的同伴。

他在祝福他们。

死在草原上，骨头会被青草覆盖。

而他们的骨头，将在污浊的城市流浪。

一块骨头也会有生命。

一块骨头，也会思念自由的家乡。

（选自《稍安》2015版）

□许泽夫　　　　　**感　恩**（组章）

牛绳攥在父亲的手里，奇迹发生了，父亲是牛的前世，牛是父亲的来生。

牛脖子

坚实的木轭架在牛脖子上，轭的重量取决于牛的身后，是犁是铧是耙还是缓缓的架子车。

牛的脖子令我惊叹，力拔山兮，无坚不摧，可以承受一座山、一条河、一个家庭悲欢、一个村庄的丰歉。

牛的脖子，是我童年的天堂。

那么一条坚韧不拨的脖子，却对一个幼童俯首贴耳，逆来顺受，我们在牛脖子上自由运动，它俯仰之间，充满着善良和慈祥。

牛的脖子和父亲的脖子，是那样地酷似，同样负重一家的生活，同样经历扁担的来回换位，同样结着厚厚的硬茧，同样像钢铁一样不肯屈服，同样是我童年的乐园。

唯　独

地里打出的粮食，村里人人有份，好吃懒做的哑巴、酒后撒疯的大蛋、失手打人进了号子的二愣子……人均一份口粮。

麻雀也有份；

扁嘴鸭也有份。

甚至不见天日的耗子偷偷摸摸有一份。每一个生命都有一份，人们习以为常了，似乎是祖传的规矩，似乎是村庄与大自然达成的默契。

唯独任劳任怨的牛，一粒米也没有，一勺白面也没有，它只得到一捆脱去谷的干草，知足地干嚼干咽。牛知道自己食量大，省下一口，够村里人吃上一顿，省下一顿，够村里人吃上半月。

整个村庄都在消耗着粮食。

只有牛在节省。

最后，它把自己也节省成一顿粮食了……

牛绳攥在父亲手上

棉麻织成绳子，命运各不相同，用在箩筐终日负重，系在腰际代替裤带。

做了牛缰绳，便有了灵性，一头在牛的鼻钩上打成死结，另一头牢牢抓在父亲的手里。父亲须臾不松开，耕地、放牧、拉车，牛绳像长在父亲的手上。

牛绳攥在父亲手里，他像悬丝诊脉的老中医，牛粗重的鼻息传来，父亲能诊断出牛的喜怒哀乐。

牛绳攥在父亲的手里，牛和父亲就分不开了，牛的心跳和父亲的心跳合着一个节拍，他们好像共拥同一个心脏，同声呼吸。

牛绳攥在父亲的手里，奇迹发生了，父亲是牛的前世，牛是父亲的来生。

难怪他们的性格、脾气、力气、命运都是惊人地相似。

牛绳像一根生命线，牛和父亲融为一体，永相伴，不相离。

（选自《散文诗》2015 年第 6 期）

□任剑锋

燕　语 (外一章)

我背着洒过老屋灯光和装满母亲叮嘱的行囊，朝城市的方向去。我同你一样，开始了季节的迁徙……

你又来了，微亮的黑背承载着温暖的向往，顶着狂风暴雨，越过千山万水，从飘寒的北方一路风尘仆仆。你光滑的白腹在高空翱翔，就如一道道闪电，告诉我们：春天到了！

你睁着明亮的眼睛，展着矫健的双翅，抖落风雨兼程的疲惫，在这四季如春的大地上，寻觅着属于飘泊心灵的归宿。

你衔来泥巴、稻草、树枝，一点点，一趟趟，千百次来回不息地奔波，用自己的唾液粘合着日子。一个又一个皱壁重叠在巢窝上，记载着你的艰辛和细腻。故乡的屋檐为你遮风挡雨，你给宁静的农屋带来生气，给寂寞的日子带来欢笑。

你与我的母亲一样，忙碌的脚步永不停息。你在半圆形的巢窝里与儿女共享天伦之乐，繁殖生息。雏儿那叽叽喳喳的鸣啭声，是乡村的交响乐。默默地注视你，是我成长岁月里生活的一部分。在你嘴含虫子，轻轻地喂进雏儿小嘴里，细弱的鸣啭声戛然停止的那一瞬，母亲那忙里忙外操劳的背影从我身旁穿梭而过，她那开始发白的双鬓映进了我的眼帘。我的心头一热，我不也是像你的雏儿一样，在母亲的庇荫下成长吗？

不久，我背着洒过老屋灯光和装满母亲叮嘱的行囊，朝城市的方向去。我同你一样，开始了季节的迁徙……

麦　子

麦子，是父老乡亲的命根。有了麦子，才会升起炊烟。有了炊烟，才会让老人健康长寿，让儿女茁壮成长，让自己有健康的体魄。父老乡亲披星戴月，赤着双脚翻遍土地的每一角落，用汗水和泪水浇灌着一年四季，祈盼着麦子的金黄，收获一年的希冀。

麦秸在灶膛熊熊燃烧，锅里的麦面沸腾着诱人的香味和父老乡亲最朴实的感恩：谁让我们的一日三餐有麦面，谁就是我们的恩人！

六十年前那场著名的"保卫麦收"晋中战役，如同这袅袅升腾的炊烟，弥漫在这世世代代与父老乡亲命运紧紧相连的土地上，永不消失。

那年六月，晋中平原的骄阳似火，成熟的麦子急切地等待着父老乡亲的抢收。那诱人的麦香，却蕴藏着一触即发的战火：一个残忍的用铡刀把年仅十六岁的小刘胡兰铡成两截，也铡断了通往民心之路的部队，要抢夺父老乡亲的麦子；另一个托起了父老乡亲一日三餐有麦面吃的梦想的部队，保护着他们日夜抢收麦子。

我们的父老乡亲用最朴实的感恩和最实在的后援，让保卫麦收的部队在中华大地纵横驰骋，所向无敌。

保卫麦收的战火已经平静了，但父老乡亲和麦子一代又一代如同历史的真理一样衍传不息，时刻地警醒着我们：保卫父老乡亲的一日三餐，才能保住我们这个伟大民族的未来！

（选自《作品》2015 年第 10 期《散文诗小辑》）

樵　路

□ 郭　辉

那是一条铺着碎石的土路，很瘦的样子，仿佛饿了很久很久了，只剩了一点骨头。

1.　从三堂街到龙头坝，有多远？从龙头坝到荆竹仑，又有多远？

那是一条铺着碎石的土路，很瘦的样子，仿佛饿了很久很久了，只剩了一点骨头。

在秋寒晓月的阴影下，曲里拐弯的，若站在山头上看，就像一根细细的黑线，总也缝不拢那一片有几分衰败，几分凄冷的乡野。

2.　路上走着小小的樵子。

一双赤足，套着被露水打湿的草鞋。草鞋已看不到半点原先金黄的成色，冷了，哑了。

踏花了溪桥上寡白的霜迹。

冻僵的手，握着冻僵的柴刀，拼命敲打瘦弱的扦担，哪哪哪哪地响着，一路上如泣如咽。

忽地，嗓眼里就嚎出一句来——

"荆竹仑取柴宝，冷风嗖嗖那哈……"

3.　荆竹仑，被一级一级的青石板，越抬越陡，越高。脚踏在上面，石的深处痛，发出久远的回声。

石缝间的小草黄了，蔫了，有气无力，与石径一同贫着血。

突然，一条乌沙蛇，吐着腥红的信子，一跃而过，在青石板上，写下了一行突如其来的惊恐。

人畜都是无辜的呀，不意间偶遇，只是因为这无常的生活！

4.　在背阴的山沟里，选一棵树，打下樵窝。

　　黑干菜拌就的饭团，用一块旧手帕包着，午饭时分，就用它来填充饥饿的胃。

　　被一根枝桠挑到空中，为的是不让蚂蚁嗅到，老鼠寻到。

　　圆圆的，黑黑的，多么像小小的鸟巢。

　　比鸟巢冷。

5.　或爬，或攀，或钻，穿行于坡坡坎坎，沟沟壑壑，荆丛棘莽间。

　　用柴刀砍翻勾人的刺，拾取干杉叶，竹丫子，受伤的灌木；爬上老高老高的梓树，肢解下那一根根发暗的枯枝。

　　顾不了呀，若从树上掉下来，不大死，也会小死一回。

　　母亲呵，今天要捡再干再好的柴禾给你，把灶膛里的火烧得旺上加旺，好去熬那一炉罐薯干碎米粥，炒无一点油星子的菜肴。

　　也烘暖你经年的风湿和潮冷的心。

6.　柴捡拢了，要打捆了，举起刀来，狠狠砍向一根斜牵着的藤蔓。

　　是用力太猛，还是刀太快？藤蔓断了，那冷铁的锋刃，也叩在了膝盖上，刹时皮开肉绽。

　　欲哭，不能！

　　旁无一人，只能靠自己了！

　　从枳木枝头上，扯下一把叶子，放进口里使劲嚼着，嚼得满嘴绿汁。嚼烂了，嚼碎了，然后敷到伤口上。

　　血止住了，但那钻心的痛，怎能止住！

7.　夕阳西下，樵子回程。

　　肩上的一担，风轻轻一摇，又沉重了几分。脚早软了，快要支撑不住这过早的荷负。

　　突地一个趔趄，一块尖尖的石头，像獠牙，狠狠咬破了脚指。

　　血一滴一滴涌流出来，染红了碎石路颤栗的神经……

8.　几十年过去了，那些血滴还在吗？固化了吗？

　　抠出来尝一尝，也许，比所有曾经的苦痛，都要咸！

（选自《星星·散文诗》2015 年第 10 期）

□ 刘向民

乡村，热爱与感恩 (三章)

深埋地下的骨头，是土地的魂魄与支撑。

我命中的土地

这片土地，静静地匍匐着，已经几千年几万年几亿年了。

低沉，稳重，默默不语，始终生长着庄稼，也始终收获着。

当然，也生长着野草，蓬勃着青纱帐，叙说着今生与往事。

夜晚里游动的磷火，一阵阵游离的风。

深埋地下的骨头，是土地的魂魄与支撑。

一方土地，一方风雪，神定的月光，跃上竿头，风水荡漾。

大雪覆盖村子，是空寂的时刻。风掠过洁净的原野，祭祀时光。

这片土地，是沉稳，可以依靠的。

像庄稼一样热爱土地

像四月的天气一样，下着湿润的雨，让土地变得更加温暖。

像飞鸟一样，飞翔四月的天空，把自由释放在天空，划着悠扬的弧线。

始终以不变的姿势，始终以无比挚爱的感情倾注于土地的是我们的父老乡亲，对土地刻骨铭心的热爱，是许久以来不变的品性。

所有的美好，都不是想像的，哪怕是不长庄稼的不毛之地，也能生长希望，也不能仅仅是怨言。

那些传说和故事，包括爱情，是从热爱一口井、一棵草、一朵花开始的，以喜悦的心情对待土地。土地生长爱情，爱情就是一地茂盛的庄稼。

土地永远是土地。土地不是那些恍惚的事物，一脚踏上去，都是很扎实的。

土地总是泛着铁的品质。

一亩三分地，一直静静地在原野里。

却成为我的心疼，一直担心着丰与歉。

祖上留下的土地，渗透着汗水，

甚至鲜红的血，滋润着鲜亮的土地。

铁质的锄头，一遍又一遍地深入土地。

土地总是泛着铁的味道，铁的品质。

还有那些被遗留的骨头和话语、空旷，都疯长着。

疯长着一丛又一丛的谷子和淳朴。

荷锄者

这乡村的圣者，土地的工匠。

沿着日子的轨迹，抚摸或者探寻土地，以及土地的意义。

以漫不经心的动作，松一松僵硬的土，除去一棵又一棵盘根交错的草，以廉价的力气，打造神圣的生活殿堂。

锄深入土地，是荷锄者在探寻，探寻土地和芬芳和神秘。

其实，神秘者是荷锄者，指尖划过，便是一地灿烂。

（选自《诗潮》2015年第1期）

□蔡兴乐

故乡谣（三章）

在分水岭瓦蓝瓦蓝的天空下，它们一起构成故乡辽阔的江山，一起构成我牵肠挂肚的家。

每一寸土地都是金子不换的江山

在故乡江淮分水岭，花朵们从来不知道什么叫含蓄。她们就这样肆无忌惮地开着，她们就这样淋漓尽致地香着。她们的勇气和热烈，总是叫春天大红大紫，毫无节制……

每一株庄稼其实都有名有姓，比如岭脊上的玉米、高粱和大豆，它们都是我的同胞兄弟；比如岭坡下的小麦、棉花和红薯，它们都是我的嫡血姐妹。整天偎依在母亲的身边，它们才是天底下最孝顺的孩子。

在故乡江淮分水岭，每一个日子，贫困的亦或富足的，它们都是珍贵无比的良辰；每一寸土地，肥沃的亦或贫瘠的，它们都是金子不换的江山。

母亲不知道黄昏已悄悄逼近

黄昏悄悄逼近我的村庄，天空也随之渐渐矮了下来，直矮到一片玉米林的高度。此时，成熟的玉米棒一个个生生从玉米秸上掰下来。秋风中，瑟瑟发抖的玉米秸一个劲地憋着刻骨的疼——孩子大了，终究要离开……这骨肉分离的场景，年年都会在我的故乡上演。

母亲不知道黄昏已悄悄逼近，她仍然在玉米地里劳作。直到岭坡下村庄的点点灯光次第亮了，她才吃力地直起腰杆，用那一方蓝印花头巾揩去满脸的汗水和草屑。之后，向着坡下的灯光一步一步挪去，最终完全融化在浓浓暮色里。

（选自《散文诗》上半月版 2015 年第 5 期）

回不去的故乡（二章）

□苏启平

一个孩子用天真的微笑拉住我的衣角。回不去的童年里，自己只是一个影子。

老　屋

时光用青苔做脚，从山涧走上了台阶。
那刻我不知道谁是房子的主人。父母、我，还是门前朝夕相处的树影。
瓦片整齐地排列在屋顶，如同我胸腔的肋骨，连着我的心脏。
我的心扉被煅烧得同瓦片一样青黄。

红绸的花伞，鲜艳得如同我汹涌澎湃的血液。
故乡的雨滴是散落一地的纸鸢。沿着我的经脉，游历了整个中华。
我退着走回老屋，犹如从中年一直回到童年。扒开每一片残败的瓦片，寻找每一个儿时的脚印。
一个孩子用天真的微笑拉住我的衣角。回不去的童年里，自己只是一个影子。

老屋的墙脚恰似一个粮仓，里面是我一辈子吃不尽的谷子。
从一个房子跨进另一个房子，用一段记忆覆盖另一段记忆。
昔日锋利的犁铧，怎样才能卷起我泥土下蠢蠢欲动的憧憬。阁楼上那轮破旧的水车还在，怎样才能卷起我恰似溪水的乡愁。
披一身蓑衣，戴一顶斗笠，从堂屋祖辈的神龛前出发。却永远没有踏出老屋的门槛。
老屋空荡荡的厅堂，是我的心房。

晒谷坪

每一个晒谷坪都有一段辉煌的历史。抑或孩子的摇篮，藏着些许的温馨，欢乐。

隆起的谷堆，使我想来了母亲的乳房。

谷粒的形状就是奶滴的形状，一粒一粒滋养了我的身心。

沿着晒谷坪的每一道裂缝，摸爬，行走。

儿时的某一个夜晚，心悄悄地上了蜿蜒的山路。远方，成了充满希冀的梦。

晒谷坪边的小花，一定是儿时遗落的笑声。哪朵至今还在感受着我蹦蹦跳跳的欢乐？

屋前的桃树早已有了它的轮回，不变的是孤独的梧桐，年年换上了别样的新装。

从破败的石块中翻捡出一串串的笑容；用记忆焊接，成了尘世间最美丽的项链，挂在故乡的脖子上。

猪圈。牛栏。还有你。就像门前树上的落叶，摇摇晃晃。

我轻轻的走过你，像一阵风。没有惊扰一个人，包括长眠对面山岭的爷爷和奶奶。

此刻，泪水是风中夹杂的沙粒，停留在你斑驳的坪里。

（选自《诗潮》2015 年第 8 期）

□ 陈　亮

乡间书（二章）

> 大地死过了一次又活了过来，似乎已经没什么可怕的事情。

春风又一次来到人间

春风又一次来到人间，血液流速加快，屋前屋后还有屋顶上的耗子们也兴奋地直发抖、哆嗦，彻夜不眠，大地死过了一次又活了过来，似乎已经没什么可怕的事情。

我注意到住在村子最后头的老哑巴也打开了院门，他的黑棉袄敞开着，腰间扎了一根油灰的绳子，我大约有一个冬天都没见到他了。整个冬天里，人们靠他家的烟囱里飘出的烟来分辨他是否还活着。

他的岁数连他自己也数不清了，这个寂寞的人，把门打开的声音很大并啊啊叫着打扑着喉咙里的尘土，他似乎也在向村人证明他还活着，并顺手拿起一把生锈的铁锨向村后的菜园走去，他这是想去试试园子里的土地有多么喧腾吧！

他在菜园里上瘾地翻了好大一片地，出了很多汗，就走到旁边的一棵老梨树干上去蹭痒，边蹭边嘎嘎笑着，老梨树黑色的丫杈处就猛地迸出几个柔嫩的叶芽。

这是老哑巴出生那年栽下的一棵梨树，每年它窜出的叶子和花都比周围的梨树多得多，果实也多，但却紧巴和酸涩，似乎那么多年仍有很多东西不能释怀，连哑巴也不爱吃。

很多果实就那么一直在树上吊着，发黑，直到春天解冻才慢慢地落到了地上——

父亲已经说不出话了

因为肺病，父亲半年来昼夜咳嗽，已经说不出话了，春风再度吹着他这个 63 岁，几乎一夜间就衰老的老人。

当他渴了，他就用手指一指暖瓶，饿了就拍拍肚子，生气了就任性地不吃也不喝，仿佛是我们全家人的孩子。

连一向顽皮的儿子都在学着哄他了！儿子把平时自己喜欢玩的吃的一股脑全部放在了父亲的炕头上，他吃力地抚弄着儿子的头，想说什么，却哑哑的怎么也说不明白。

儿子给玩具们上足了弦，让它们喊爷爷——或者把妙脆角戴在手指上给父亲吃，父亲想笑一笑，除了脸上的皱纹在动，喉咙里只发出了一些干燥的沙沙声——

这就是我现在的父亲，已经好久没说过一句囫囵话的父亲，曾经喊我去打狗而我却去撵鸡，最后鸡飞蛋打狗急跳墙怒火烧糊了头发的父亲。

他也许再也骂不动我们了，尽管他教给我们的农活我们依旧没有干好。春天里，我们望着自己耕过的歪扭的犁沟，有些沮丧地坐在地头上不说一句话。

春风吹过来，我们竖起来耳朵使劲听着，村庄里除了鸡狗牛羊的声音，就只剩下父亲的咳嗽声在沙沙地响着——

（选自《天马散文诗专页》2015 年第 4 期）

□马亭华

九月的苏北

一枚落叶的命运，悄悄隐藏了忧伤，一滴水，在秋天，保持轮回的秘密。

九月的河流，收拢大地之上的细雨。

九月的河流，穿过漆黑荒凉的黑夜。

唯有残灯下的经卷，守护圣洁的心灵。唯有九月的虫鸣，阅读黄沙古老的火焰。

盛大的秋天褪去戎装，一万条手臂挥舞的金菊，推动着秋天的盛典和骊歌。

一首诗，穿过一条老街的平平仄仄，在逼退黄昏和向日葵的黎明中，呈现体温。

我们要在刀锋上，完成一首诗的抑扬顿挫，在苏北的一个小镇上纵情放歌，诗酒年华。

当梦想的露珠一再被迂回的火焰打湿。种子归于大地，河流灌溉村庄，我的苏北，拥有永恒的动力。一座秘密的花园向往盛夏的果实，每一只苹果都有一颗牛顿的心，时光的芳香悬在空中。

十里的芦苇荡，被秋虫一次次抬高了梦境。

节气里的农谚，在蛙鸣与收割机轰鸣的和声中，传递焦渴的记忆。醉美的人间，这星夜朦胧的美，被多情的风一一捕获。

在收割后的旷野，秋风中的诗朗诵，交还给一双苏醒的耳朵。

一枚落叶的命运，悄悄隐藏了忧伤，一滴水，在秋天，保持轮回的秘密。

落叶渴望飞翔，拒绝闪电的光阴，被风吹动的卑微的虫鸣，那里有一个人小小的忧愁。时光啊，到底怎样才能追得上跑得最慢的童年？

月光，从我的身体内部升起。那么轻，像走得越来越慢的梦想，它放弃用力，它那么慢，那么淡泊，我感觉到了浅浅的笔墨，在渐渐的扩大中，带来了淡泊的宁静。

这是在九月的苏北，我走过十里沙河果园。怀抱巨大的信仰，我走过。

（选自《大沽河》2015年第3期）

□周根红　　　　**风吹村庄**（组章）

　　一行大雁，把秋天抬得很高很高。/一滴水，把夜晚的时光滴得越来越深。

总　是

走在村庄的路上，我的目光，总是先落在一片叶子一只虫子身上，总是幻想长成一颗麦子一条黄瓜的样子。

我总是守口如瓶。不去说破一只蟋蟀在草尖的秘密，不去说出青草和树叶间的时光。

我总是将月亮铺成一张白纸，写上村庄，写上屋后的杂草，墙上挂着的锄头，猪圈的犁耙，还要种上爱情、雨水、飞翔和阳光。

然后，坐在一朵叫做同盟村的云片上，让它们长高的长高、长粗的长粗。那些不能长高、不能长粗的，就让它们坐看云淡风轻、水流花静。

微　小

一行大雁，把秋天抬得很高很高。

一滴水，把夜晚的时光滴得越来越深。

一群蚂蚁，把卑微的幸福垒得越来越高。

三十年的路途上，感动、痛苦和热爱，还有那些雨水和收成。

我总是想起父亲弯腰扛着犁的背影，逐渐消失在一线田野中，小得像一只蚂蚁爬上我的方格纸。

弧　度

一阵阵躁动的风，把大地翻过来，又翻过去。像母亲翻晒着稻谷场上的蚕豆和花生。

成千上万奔波的兄弟和亲人，都弯成天空的弧度，在风中噼里啪啦地乱响。

我不止一次地害怕一场风。一场秋天的风。它们带走落叶、花朵和收成。只有我两手空空，只剩下衰老、消瘦和叹息。

在这收获的季节，我手捧泥土，抱紧村庄。把天空的云朵，看成是一垛垛堆高的棉花。

风吹起来吧，让我身体充实起来吧。

让那些雨水、疼痛和劳累，在我的身体里生长成骨头和血吧。

（选自《散文诗世界》2015 年第 3 期）

□鲁本胜

凝望大沽河（外一章）

凝望你，体味：历史与人生的每一个节点。

在一个晴朗的日子与你对视，阅读你的蜿蜒秀丽。
一个写在大地上的执政理念，在你怀中，风韵绰约，生机勃勃。

数百年，你吟风弄雪，一边缓行，一边伫立。
每一朵浪花，卷扬着雨雪霜寒。
风看见岸边，荡漾着的林涛河水，传承千年的风俗民情……

数千年风花雪月，阅尽了人间冷暖。
一河曲折，流着岁月沧桑，演绎百姓的贫困生活。
每一朵浪花，有种种期盼。
每一行足迹，有血泪苦难。

凝望你，体味：历史与人生的每一个节点。
凝望你，感受：净水林木，无言的美。
做一株立在岸边的芦苇吧，或者，做一枝莲，盛开抑或凋谢，
然后，走进每一寸时光，每一片火焰……

树叶落下来

碎碎的缤纷，秋风中她孤独。
一阵马嘶传来，丝丝缕缕的累累伤痕，藤萝般萌生暖意。
岁月深处，悬着太阳鸟的暖巢，它与世界，相濡以沫。

树叶随时着地。一种仰望的坠落，凛然有疼痛之感。
在潮湿的月夜，闪烁一种奇异光泽。
美，以及对美的发现，那一种诱惑，遗世独立，似秋风，交糅着心灵。

这个秋天，大地上有多少往事，需要我去记忆？

（选自《大沽河》2015 年第 3 期）

风　吹

□谢正龙

风吹。从皮吹到肉，再吹入骨。/风，把异乡吹成了故乡。

1.　树上的香蕉和荔枝离桃花和梅子有多远，我离故乡就有多远。

月总从圆润到残缺，从皎洁到昏暗。山总起伏连绵，水总将东方流得曲曲弯弯。

同样的，燕语呢喃，鸟留空巢；同样的，有母亲的白发；同样的，有父亲的秃顶。

同样的，有门内虚掩的灯光。

总有风，低低而轻轻地吹。总有黄叶从枝上簌簌地落。

总有一声呐喊，青草般向故乡的方向倒伏或奔跑。

异乡总有故乡的影子。

盐是咸的，酒是香的，米是白的。茄子呈紫，蛋里有黄。

故乡就在日常朴素的啜饮里。

故乡就在这里：一道道加深沧桑的皱纹，一双双老茧粗糙的手掌，一股股呛人刺鼻的烟味，一句句无意说出的土语。

故乡就在我的眼耳鼻嘴里。

风吹。从皮吹到肉，再吹入骨。

风，把异乡吹成了故乡。

2.　风，轻轻而低低地吹。

将壁挂的蓑衣吹出湿意的大雨，将生锈的镰刀吹出闪闪的银光，将门后的锄头吹出淋漓的大汗。

吹出母亲的咳嗽，吹出父亲疼痛的关节。

吹着犁、耙和斗笠，吹着少小时的补丁。吹着母性的图腾。

风钻进玉米地里，寻找拔草的母亲，叶片拍响，喊着：母亲母亲；

风看到河沿上喝水的父亲，将波浪推向岸边，喊着：父亲父亲。

一缕风喊醒天空，另一缕风抚弄树影，还有一缕风挟来暗香。

风在敲门。深睡的父母惊坐而起。

儿女不在身边的母亲，抱起一棵棵白菜，幽幽地说：回家回家；

儿女不在身边的父亲，拔出冬天的萝卜，喃喃地说：回家回家。

风停了一会，看着袅袅升腾的炊烟，潸然泪下。

一夜风吹，把河岸的芦苇吹白了。

真担心，下一阵风，就把父母吹没了。

风，把故乡吹成故乡。

（选自《邵阳日报》2015. 4. 18 "双清" 副刊）

□陆晓旭　　　　　　　　　**娘**（选章）

题记：娘，在你的身影里，我望见了自己的人生。

船　娘

春夏秋冬。寒来暑往。

摆渡。摆渡。哪怕露出一点微笑，也显得晶莹透亮。船行湖上，任水网如何稠密，都能自如穿梭。凡是可以收获的，一并打捞而起。即使河流全部冰冻，渐自温暖的时光，也会把生活慢慢捂烫。

以船为生。从未驶离神圣的水域。摘星星，摘月亮，母性的光芒，鼓起一片帆。

夜晚，枕着涛声入眠。黎明，拽着太阳起床。摆渡别人，故事很浓，很浓；摆渡自己，水路很长，很长。

桨橹轻轻摇动。日子，常常风生水响。

织　娘

日夜不停地织。日以继夜地织。好生活和好时光是织出来的。

梦，是织出来的。织出来的梦，五彩缤纷。

你的梦，我的梦，大家的梦，相同的梦。

一个梦，五十六根弦：开口。引纬。打纬。送经。卷取。补纬。供纬。

梦想开花的声音，也是织出来的！

织一条河流，渡我们过河。织一条道路，让我们上路。织一个天空，给我们遥想。织一个梦想，给我们幸福。

途经春天，我要的是万紫千红。

夏日的热烈和蓬勃。我也要。

如果你要织出金色的收获，我给你所有秋天。

冬天，是织爱的最佳时节，不信，请你用真情燃一堆篝火。

现在，炉火正旺，我极想从指缝间还乡。天地之间响彻你织布的声音。我知道，那是你把我的思绪也织成了云朵。

我不仅仅要炉火中的春天，也要你在春天的门口等我。和你一起拥抱一个春天，今生今世，我都会感到富足。

（选自《散文诗》上半月版 2015 年 9 期）

汪维伦　　# 水　稻 _{（组章）}

最初的乳白色芽嘴拱破苞壳，这便是种子的晨曦……

催　芽

学着母鸡孵蛋的样子，一团稻草正在孵化一筐刚刚浸泡过的种子。

这一切都来自于种庄稼的爷爷精心安排。他还时不时地去给它们洒点水，仿佛是在模仿下雨，或是制造一些露珠。这是对种子的一种最好的催促方式，要比正宗的乡下土话更有说服力。

说种子是在那一团稻草下睡觉，倒不如说是它们在揣摩着庄稼人的心思。最初的乳白色芽嘴拱破苞壳，这便是种子的晨曦，接下来会是细小的根须，打开种子的黎明。

秧　苗

如果你想看一看梦是什么样子，就到这长满青嫩秧苗的秧田边来吧。

这凝聚于秧床上的一片嫩嫩的绿，多像一团团绿色的梦。

这梦有形又有色，一株株细小的茎上，几片细嫩的绿叶伸展着，簇拥着，密集成一个绿的整体。夜间偶尔从秧田里流进流出的细细的水声，像是它们的梦呓。这不是一个躲在冬天的热被窝里的梦。它是公开的，醒着的。

夜间向星露敞开着胸怀，白天接纳滴落下的鸟鸣。

等到该拔起的那一天，又会让你惊喜地发现：这原来是一田被布谷鸟喊醒的嫩绿的乳名。

拔　节

水稻拔节声里，我听到爷爷的骨节在响。

他曾经青春的躯杆，稻禾一样节节攀升，顶天立地，结实，挺拔。

鼓凸的茎节生长，一种向上的行走。小时候，我经常会在夜里梦见自己飞了起来，飞得很高很高……我把这个梦告诉了奶奶。奶奶说，这是因为你在长个子。

不知道正处在拔节期的稻子，可否也做过飞翔的梦？

但从那些像翅膀一样展开的叶子上，不难看出：它们也是有着飞翔的欲望的。如果不是扎在泥土里的根拖拽着，也许它们早已像鸟儿一样，在天空扇动着绿色的翅膀呢。

扬　花

不像那些把花开得轰轰烈烈、热热闹闹的植物，水稻的花开得悄无声息。

谁曾体念过"稻花香里话丰年"的滋味？

青青的穗这时并没有低垂，向上扬起着，小女孩头上的马尾辫子似的。

青包壳里吐出的花比米粒还要小，赶在夏末秋初的正午时分，在晴朗的阳光下，让风吹扬起芳香和花粉。水稻是一种注重成果的植物，它把花期一再地简短，成全那迅速而又短暂的爱情。

金　黄

金黄宣告稻子进入了秋天。

金黄，也是进入到秋天的稻子成熟的证明——这谷物中的黄金。

当稻子进入到秋天，金黄着它们的茎秆和叶片，还有那沉甸甸低垂着的谷穗时，我就心情激动，情绪高涨。我就想让自己成为一把镰刀，去亲自体会收获的幸福，去实质性地咀嚼一回那金黄的香味。

哪怕是做一次偷嘴的麻雀也行——能最先品尝新鲜的成熟，灿烂的金黄。

当谷粒用金黄敲打着秋天，敲打掉从空中晾过的那些目光里的轻狂，一颗心不再浮躁：要做一粒秋天的谷子，先要壮实和饱满起自己。

（选自《天马散文诗专页》2015 年第 7 期）

第六辑　无声的季节 (8佳)

□鲁　丹　　　　　　　　　# 春天小札 (组章)

> 树交出花朵，草根交出叶子三千，诗人们交出了姹紫嫣红的赞美。

春　雨

仿佛神的旨意，一夜之间垂下无数条雨水的绳索，春天就这样顺着它漱漱下滑。百万小小的天降神兵，挥动它们更小的脚步，迅速潜入大地。十面埋伏，静待揭竿而起，策动四面灿烂的楚歌。

看起来完全是一场阴谋或暴动，甚至掘地三尺，要把种子摇醒，把草芥拖出地面，上树捉拿花朵，把那些小懒虫也通通赶出来，开始歌唱。

但这场暴动带来的不安还远不止此。接下来还有更多的雨水，内心的档案，如何通风，如何存放，还真是个问题。

兰草花

春天最先埋伏在一株兰花的根部，一点一点，向上递进，到茎，到叶，差点就要溢出。

趁着一夜无休止的雨水，兰草花忍不住说穿蓄积已久的秘密。这个秘密是鹅黄的，一共有两朵，每朵有五瓣。

鹅黄的秘密，香气氤氲，不立文字。

三　月

洞庭八百里，赤山岛打坐在浩大的汹涌之上。

在这里，我向一棵树学习站立，用根子思考，用鲜润的芽苞，描叙时间。

春光三千丈，最先的那一寸，停在这里随便一根枝条上。

剪　枝

我只能说是，把一首旧诗展开、扶起。操起剪刀剪掉陈词、滥调和俗气的抒情。

一首旧诗，因此通风、透光，可容鸟雀从一个词跳到另一个词，词面反射的阳光晃动在它花白的羽毛上。

剪　刀

树交出花朵，草根交出叶子三千，诗人们交出了姹紫嫣红的赞美。

令人心碎的春光啊，我迟迟交不出一个恰当的词语，我捏着时间这张单薄的白纸。

柳叶似剪刀，竹叶似剪刀。

风动剪刀，铰碎它……

春　暮

树放下繁花。

我放下了一生的修辞。

（选自《星星·散文诗》2015 年第 1 期）

□ 晓　婷

雪韵·竹韵·海韵

在海的壮阔、磅礴里，那千年的奔涌为谁吟诵，安抚着谁的灵魂？

雪　韵

被白雪和篝火所诱惑的季节里，苍穹的缝隙间留着一抹残阳，稻草人的帽子早已被无情的寒风吹落，只剩下几只麻雀在叽叽喳喳地议论着什么。

一只红泥小炉温暖着欲雪的黄昏，思绪如摄影师将画面推向童年——一双通红的小手，用竹棒敲打着屋檐下被阳光折射得如梦似幻的冰帘，犹如叩击那个未曾完全认知的世界，而庭院的梅花安然承受着零落成泥的造化。

冬日的小河边，有孩童踩着银琢玉雕的水晶世界欢舞，做着冰上芭蕾的美梦。这醉人的画面缓缓移动，温暖了谁的双眼？

一朵朵雪花如一只只飞舞的蝴蝶，闪动着冬之灵韵。

喜欢这样独行在苍茫的雪地上，喜欢任由雪温柔的声音在耳边呢喃。雪，解了谁的情怀，清了谁的容颜？

有声音仿佛从天际飘来，"下雪天谁最高兴？"，"当然是我啦"，"不是，是小狗最开心啊"。谁的开怀大笑震落了片片雪花？打雪仗，堆雪人，用父亲自制的滑雪板从高坡冲下，雪温暖了贫穷年代的记忆，雪也搓红了童年的岁月，在雪花恬然飘落的柔美声中，谁的生命在飞扬？

雪融化的过程就是渗透生命的过程，一种滋润的过程。仿佛有蛰伏于泥土的根正倔强地透出一种鲜活的光泽。渐渐地，是谁化作了一瓣雪片，在那寒冬腊月里凝为一种无声的渴求！

竹 韵

万倾碧波的竹海，宁静而幽雅，苍翠欲滴。

一路行程，两岸风光，极目处遍山的竹子倾绿泄翠，我贪婪地深吸一口气，一股淡淡的竹香沁入心脾。原来，除了酒，竹也会醉人。

泡一杯安吉白茶坐在农家小院的竹椅上，杯中袅袅升腾的热气氤氲氲氲飘散开来，将心化得像水一样柔一样软，品一口清香的茶水，感觉有什么东西抚过心扉。

周身被青翠的竹围绕，在我的面前展开，再展开，绰约，再绰约。竹的鲜嫩、摇曳，委婉，是怎样的一种舞动，撩拨着谁的心弦？

有丝丝细雨飘来，更见竹的翠绿，风过处竹叶在枝头轻轻絮语，侧耳细听时竹叶又含羞无语，想必挺拔苍翠的竹子心思千千结，世人是无法读懂的吧。

登上竹峰栈道，四周翠竹环绕，极目远眺，竹子连绵，仿佛自己置身于竹海的一叶扁舟上随波荡漾着，于是心情也飘荡起来。

"未出土时便有节，及凌云处尚虚心。"做人当如竹，虚怀若谷。此刻，谁的心事空灵地悬挂在枝头？

一株竹就是一种人生。奇篁异筱，竹影婆娑，如凤的竹舞动了江南的韵，日子便沿着竹的生长盎然，露出欢欣的笑。

蓦然想到如果有一天，竹叶殆尽，满身是花，曾经茂盛的竹林只剩下干枯的枝杆突兀着，生命简单得让人不知所措。

人生易老，竹亦老。

一定有些什么正在消失。

一定有些什么正在萌芽。

海 韵

不知与海有着怎样的渊缘，对海的热爱近乎痴迷。海用宽厚的手，将我轻轻托举，给我柔柔抚慰，于是，我的心思为那湛蓝倾吐。

春华秋实，多少人敬仰海澎湃的胸怀，多少人倾慕海优雅的浪姿、多少人欣赏海冷艳的孤傲，却不知有多少人能读懂海的寂寞，或许只有岩石上那一层覆一层的青痕，才知海的旷古伤情。

清晨，海醒来，薄薄的雾似轻扬的帷幔，无边无际地推动层层叠叠的潮水，潮声起伏中感觉自己仿佛矗立于这永恒的壮观里。

极目眺望，海的尽头，有微弱的橙黄色显现，渐渐地，天空的色彩明亮起来，海变得斑斓多姿，波光粼粼。

潮起时，海的胸襟是我舒软的温床；潮落了，海的安静是我心灵的港湾，潮起潮落，我的生命仿佛在高潮与低谷中成长。

海，被风掀起高高的浪，一个优美的旋转又优雅地归向大海，海将所有的欢欣、愉悦、坎坷、苦痛汇入海的最深处，仿佛什么也没生发过。海，溶天地之万物，纳百川之细流，浪淘金沙，雪溅礁石，添满了海的每一寸肌肤。阳光下蔚蓝的海水传递着一份剔透明亮的心情，其韵，只能用心灵去感受。

光着脚丫，我轻轻地趟入海水，把自己的身心融入海的广阔，就这样放松自己、放逐一颗浪迹天涯的心，在海的壮阔、磅礴里，那千年的奔涌为谁吟诵，安抚着谁的灵魂？

（选自《天马散文诗专页》2015 年第 9 期）

□ 夏　梦　　　　　# 无声的季节（组章）

绿竹，就是以一颗种子方式的发芽，穿透石头的中心，破解生命的源。

黑水彩林，请你把我染透

在这里，我想就停留在这里……

或许，时间会静止；

或许，一切都安好；

或许，就只想在这片深秋的老林里终老。

碧透的水，蓝透的天，白透的雪山和亮透的心，都已飘在云层之上，生命在这里变得没有什么色彩，可能是直白的墨，可能是直白的绿，也可能是直白的黄，还有可能就是直白的中国红。

黑水彩林，就是一个季节的调色板，霜降后的林子如韵味十足的女子，忽就绽出层林尽染，万山五彩的光韵。

黑水彩林，我想让你给我进行一次前所未有的洗礼，从里到外，把我洗染成透明的生灵，其实我什么也不想要，就想在海子半边静坐，在挂有白雪的山下发呆，在云端的翅膀下冥想。

人生中所有桎梏，在我逃出后就已土崩瓦解，时间静止的端口，我只想与色彩做个伴。

寻　雨

秋雨来了。

凉风刮过季节就更衣了。

一场秋雨一场寒。

寻你。

你却以水的姿势，亲吻土地。你大可不必以这样的方式表示忠诚。

白鹭轻轻翻过淯江，我看见倒影里你翩翩的落寞和空气一样清新。你早已是离不开这场平静的雨了吗？它在你的生活中或许已成为一种常态。

估计阳光散尽，你又会回到我的身边，陪我，再一次在空寂中听雨。

我还记得起，北方的雨来的爽快，南方的雨连绵悠长……不管在北方还是南方，你都带有故乡地气的味道，离我很近，好比淯江穿城而过。

我闭上眼睛，就想寻寻乡愁，把自己立成一片白桦林或是年代久远的胡杨林，用心抚摸记忆里老天的眼泪。

乌云轻轻飘过来，低低的说，不要勉强自己，幸福就象雨，来的快去的快，不如独守平如湖面的时光。

我懂，寻不寻你都要来的。不管在北方还是南方，你就是我骨中的一抹乡愁。

就在来年。

谷雨，一定还会如期而至……

以一颗种子的方式发芽

铁犁，松软的土地里包裹的一粒桦籽，半钩心月沉落至此。

秋蝉低吟，清风过痕，荷塘上点点蚊虫只是绕过最后的季节。

你的绿瘦你的红肥，都与黑夜无关。或许白天与黑夜更关注繁衍生息的交替。

金沙江与泯江汇交后，长江就此诞生，一席清水一席沙。怀抱的是季节的温暖，我们牵手走过无数多个城市，闪烁的流萤，照亮着下一个春天里更加溢长的暖意。

明天，后天或者是更长的时光里，我们把爇苗文化通过篝火的热度传递，叹息在那里悬着的棺，在那里未破解的谜…

在那里有干谢的古石，在那里有震撼人心的川江号子，混浊江水早已埋没在城市的版图之下，在呻吟或是赞歌熔炉里我们炼就了的是石一样的坚强。

绿竹，就是以一颗种子方式的发芽，穿透石头的中心，破解生命的源。在这个色彩不多的季节里，就用音乐的方式理解一下成长的根和源吧……

（选自《散文诗世界》2015 年第 11 期）

□ 海 叶

五月的琴弦（外一章）

一根诗人的手指，拨动了五月的琴弦，支起五月背面那巨大的虚空。

谁在艾草撑开的光阴里，拨动了五月的琴弦？谁又在奋力张开双臂，承受着一场来自楚地雨水的重量？

青青艾草，年年岁岁在疯长。

纵使有月光的倒影，也无法安妥我此刻颤栗不安的灵魂。

谁在与历史一道分享那首《九歌》的魅力？那些方方正正的汉字，每一行都绽放着微妙的气息。

在这个不适宜倾诉的季节里，我只好反复阅读着远方的那个背影，阅读着一部朝圣的典籍。被房产商包装过的江景，只是一场虚设的华宴。此刻，我合上线装的诗集，也合上遐想和那些夸张的笑声，对庸人的嘴脸视而不见。

其实，那些静默的，远远胜过我此刻的表白。

"没有梦想的人是可耻的。"那些静默的风依旧在游移，那些良心之外的蛮荒，何时才能被分解成碎片？

一根诗人的手指，拨动了五月的琴弦，支起五月背面那巨大的虚空。

端午水

端午降落的雨水，带股尘埃的腥味。光着脚用一根香烟，支起江南微凉的夜色，仿佛夜色如此地不堪重负。

甚至，背不起诗人背后的那些时光。

那就背一点儿大地的芬芳吧。

雨水，在急急地赶路，仿佛只为了爬上那长满青草的屋檐。

端午，我的表情如艾草一样新鲜。草香带着雨滴钻帘入户，轻翅一擦，就把这个传统的节日，变得温厚、明亮、轻盈而结实。

端午的雨水，冲散了草木游移的阴影。其实，沉默或遗忘也是一种永恒，能让亘古的日子，在那些入典的草叶间氤氲。

古往今来，已有无数人书写过这个日子。那些诗句里安放下的心愿和孤独，真的能消解对时间和命运无休止的追问吗？

绵延的雨水，带着音律般的节奏，依旧在一个和无数个背影中起伏……

（选自《大沽河》2015 年第 3 期）

奔跑的花朵 (组章)

□ 王　平

大江还在沉睡，我却听到了一场雪的歌吟。

1.　花朵在时光中奔跑也会累吗？

那一刻，你的一缕芬芳溶进了我的心。

小小的蕊，象星辰的泪滴，打开我封闭的春天。

而秋天的火焰正在熄灭，一地庄稼从一场洪水中逃出。你的双亲，是否在远方一遍遍地念叨着你的乳名？

2.　一朵花，在喧嚣中盛开，需要多少体力和勇气？

你走进我的视线，没有鸟鸣，没有风，只有小小的心跳，让我心疼。

一转身，你却已在灯火阑珊中走远。

大江还在沉睡，我却听到了一场雪的歌吟。

3.　是谁把我们捆在一束时光之中？

你的芳香，让我陶醉，陷入一种沉静和麻木。

一朵百合，一定经历了风雨，被阳光温润得如此洁白和灿烂。

一朵百合，记着玉米和麦子的呢喃，沐浴着飘飞的月光，走进生命的春天。

4.　深秋即将来临，一地金黄。鸟语却注定不能打开你内心的一盏光明。

虚伪的阳光片片坠落，你的痛一瓣瓣开放，野兽的影子正在上升。

握住你的一缕花香，记住你的明媚和温暖。

分离是一杯苦酒，是否够我品尝一生？

（选自《天马散文诗专页》2015 年第 8 期）

□韩欣然

荷

逝水的光阴迈进了秋天。挽起思念的手，苍老了一池落荷。

一个夏天，用尽思量，我耗尽了热情的汗滴和泪珠，浇润着那一汪洁白。

洁白莲子根在心房。

汲取着一瓢从盛夏流转到清秋的弱水，绕过重重缠绕着那一汪清白。

神圣的白，素雅的白，纯爱的白。

它怯怯地，向立在花蕾上振翅的蜻蜓，向站在花茎上歇脚的翠鸟，微笑着。

它们一次次将我啄醒，给了我很好的回答。

我不能跟你离开。

在浩瀚无边的蓝天上，还有纯洁的云彩，等着我，一起漫步云端。荷儿安静地绽放着她的生命。盛开，凋落，从容不迫。甚至不带任何眷恋，用余香填补了留下的空白。

那些寂寞生长的浓密的阔叶，终于将蓬勃的晨曦释在暮色里。

逝水的光阴迈进了秋天。挽起思念的手，苍老了一池落荷。

莲子变成了黑色，陷入了黑黑的泥中。

孕育着新的洁白。

夏走了，我的心穿空了，已陷落在了那比故乡还难征服的思念。

我为荷而来，我为荷去荷存。

我的荷还在心里。

（选自《天马散文诗专页》2015 年第 9 期）

□刘素珍

春天畅想曲（二章）

如能让我呆在你身边，哪里都是春天。

永远的春天

这个轻寒轻暖的冬日，每天享受阳光的照耀，我仿佛住进了春天。

春天，你的影子如潮，昼夜在我的心湖澎湃荡漾，内心那条藏得很深的河流从春天起就开始汹涌，无法言说，却一浪高过一浪。

偶尔，你也会让我生出无穷无尽的恐慌和反反复复的疼痛，留下的却是持久不衰的甘甜。即使长夜无眠，尤愿长梦不醒。迟醒的清晨，阳光沸腾，我的思念沸腾。当一缕缕阳光把你带到面前的时候，我的眼前就惊现一片片多彩的云，惊现一阵阵温暖潮湿的喘息。

物可以有一万种理由休眠，而我愿独醒，你的怀抱让我感知春天最神秘的悸动，血液升温，身体颤栗。

你是我永恒的春天，我要把这个季节所有的缤纷和妖娆牢牢记住，把所有的疾苦都酿成甘甜。

我靠在对面山的胸脯上，心中满是翠绿，我的愿望那么轻，溅出身体之外，被我无限延伸，无限放纵。生生死死贪恋永恒的春天。

怀念春天

无论寒冬怎么来袭，我在窗前，眺望春天，怀念春天，怀念春暖花开。那画面早已种植在我的心里，早已长成一片葱茏的天地。

无论冬天的衰败多么的铺天盖地，枯萎、凋零、霜白、苍茫、随处可见，还有无孔不入的寒风，可它吹不进我心里那片春天。那一片葳蕤的景致，那一蓬幸福堆积在内心，像丰收的果园，到处挂满金黄的果子，在阳光下耀动，比起阳光更夺目。

春天已过去那么久了，那再难踏上的弯弯曲曲的故乡小路，那娇绿欲滴的麦地，那老屋后拔高的竹笋，那一盘鲜美的野枸杞尖菜……

春天走多久，思念就有多久。那一幅画卷一直在我的眼前，在我生命最深的地方。

如能让我呆在你身边，哪里都是春天。

（选自《伊犁晚报·天马散文诗专页》2015 年第 5 期、《中国诗人》2015 年第 3 期）

□王舒漫

八月的浅秋（外一章）

我们将长江层层波澜，雪原茫茫逆光描摹在光韵与光韵之上，我们将受难于贝壳之中。

银杏的气味早已逝去，我注视着沉默的天空，世界仍在你对岸。

山的背面有我们熟悉的香樟树，还有你窗下随处可见的婆婆丁，马齿苋和几处泛着紫蓝色的刺儿菜。又到了八月。

你和我只隔着一条江，可我看不见你，看不见雨下宽大的肩，看不见时光的长发甩向何处？时间聚敛了智慧也消瘦了生命。脚下风起，黑夜瘦而深远。时光是简史，我捧着浅秋，捧着八月的梦和动人心弦的静默，独自站在深草处，怀揣着你给我的热烈，悄悄拧开月光，去哪？

现在只有，一人，一舟，一楫。

听你的话，我挨着春风坐下

听你的话，我挨着春风坐下，我在春里，你却在春分之外。

说思念却无法思念，或许被春殇到埋葬！

我们注定相聚在树篱的冬季，在温暖的山丘，在那淙淙流水的地方，在一个古朴美丽到多舛的城市，我是你最不待见那个地域的人，尽管那里有春天明媚的雅致与喧闹，当然也有夏风的宁静和炎热。为了款待，你毫无保留，为了友情，我们将长江层层波澜，雪原茫茫逆光描摹在光韵与光韵之上，我们将受难于贝壳之中。

我们同在一条南北回归线上仰望苍穹，我们同在叫做故乡的词语中寻找灵魂的摇篮，我们在不同的轨道中和睦相处，我们在落叶林里吻着阳光的香气，我们在温暖的日子奔过黑暗下亮晶晶的小路，我来，你深情地收留，我走了，你横竖都会话别，这高贵的灵魂，交情浓到生与死维度的深厚。

（选自《山东文学》2013年第11期下半月刊）

第七辑　爱情的证词（10佳）

□天　涯　　　　　　# 给　你（外一章）

梦中，他的怀抱成了千山万水之后致命的诱惑。

就这样凝望。

穿越熙攘的人群，错失的空白与流年。眼前只有那棵叫青春的树，摇曳多姿。

梦中，他的怀抱成了千山万水之后致命的诱惑。

是谁给你这样的暗示？奔向他，就是奔向生命的美好？却忘了你们之间早已踏入两条陌生的河流。

句号代表的是结束，并非圆满。

脚步停止，心的原野万马奔腾。模糊的记忆在一夜之间恢复清晰，平常的细节，因为有爱生动无比。

真想成为那只扑火的飞蛾，燃尽此生所有的思念。又怕那一堆冰冷的灰烬，让你从此走不出彻骨的寒意。

就这样远远地看他。

越过时空与距离的障碍，现实与幻想的割裂，看他：浪迹江湖的风霜。起伏人生的历练。真真假假的情感游戏。

他说他从不曾忘记。而你只能在虚构的场景里与他深情，重温年少时的痴迷。醒来，只剩下点滴碎片，与昔日毫无关联。

我知道，其实，你只想要一个最后的拥抱，然后转身离去。

从今以后，他依然风生水起。

你继续岁月静美。

隐形人

你在每一个夜晚复活。

戴上神秘的面具，系上黑色披风，头戴斗篷，游戏风尘的侠客。

一剑在手，你想踏平世间所有的不平，却发现那只能是一场徒劳的争斗。

高山在远方沉默，荒原上有马蹄疾驶而过。你在寻找河流的走向，终点就是梦中的故乡。疼痛突然而至，你看到遗落的记忆碎片，多年后依然闪烁寒光。

心，日日坚硬似钢制的盔甲。你是勇士，从一个江湖到另一个江湖，闯荡。

刀刃上的日子，无人能懂你的大爱悲悯。

夜太深，你仰天长啸，被困现实的铜壁，你在渴望一双飞翔的翅膀。

等待裂变。等待浴火重生的涅槃。

等天边那一滴月华之泪，彻底消融你沉重的生命忧伤。

（选自《诗歌月刊》2015 年第 4 期》）

伊丽莎白是一匹马（外一章）

□韩　冰

虚度的脚印越来越远。时光的离合器，分离出一片蜗牛脊背上的月光。

伊丽莎白是一匹马，一匹伊犁马。

它仿佛刚刚从一场森林舞会上回来。一个热闹的车站，一条清冷的轨道。它们和它一起延伸着，风车一样旋转的耳朵。

各种不一样的声音，贴在火车的尾部，忽明忽暗。

它有树一样伸入云端的眼睛，可以认出河流的湍急，湖泊的微凉。和，微风过后，巨人甩动的面具。有多远就走多远的绿野，脚下长出的根须。

它的脚印，作为街道的慰藉，有众多刚好分开的路口。一部分转动黑夜的经筒，一部分试着敲打白天的寂静。浮华的月光飘起来，

那个不时转动着脑筋的小狐狸，一会儿送走耳朵，一会儿送走嘴巴。

就连它一双忽闪忽闪的大眼睛，也丢在了森林里的灌木丛。它一会儿左，一会儿右，一对慌乱的小脚丫跳着、蹦着，陷入黑夜的裂缝里。

不能自拔。

一场新雨的到来，为它铺平了道路。它一定是从另一片草原上赶来，飞驰的风声，溅起你心中的浪花。它驮着自己的山河，一路颠簸，遮住坐在上面的人。

越走越凉的色彩和天空，无法退却内心的草木和鸟鸣。星辰寥落，它不凡的一生，孤独而高贵。一直在人世间，晃动。

回味。疾驰。

我们总是离自己太远

我们总是离自己太远。一会儿左，一会儿右，那些模糊的脸庞，融进太多的速度和颜色。

一片一片的树叶赶过来。一枝老树干伸过透明的窗口，男人一样的黄昏，堵着幻觉的胸口。四季的灯火，搜索时光的影子和乔木，避风宽阔的水面。

伸出一只手，我们如此确信地等待自己。

来。西山的马，东山的草，和南山的梅花。

月色扶起北方的美人。它们用另一幅面孔，打开一扇门，又打开一扇门。用碰撞，消除内心的黑暗和绝壁。

混迹于世的季风，任何流向都会成为暗示我们的理由。

在箭离开弦之前。岁月顿悟成石，烈焰涅槃成灰。沿途不断替换的景物，还会在其它地方出现。而我们，总是走得太快，找不到自己依存的河流。

我们置身于巨大的，生活制造的迷宫里。却毫不知情。

我们离自己的欢颜越来越远。我们不断窥视异乡的秘密。却在对抗中，互为异乡。

途中，突然出现笔直的白杨树，像一道意外的闪电，穿透我们多余的肉身。

（选自《天马散文诗专页》2015 年第 8 期）

□陈惠琼　　**唱着《父亲的草原母亲的河》**

歌溢出，不能耸入云霄，在车中回荡……

草香吹不进，醒来的歌中车没有提速。

歌溢出，不能耸入云霄，在车中回荡……

我的窗向一个席慕蓉的世界，并没有完全敞开，隔着一片透明的玻璃。车在一个说得出辽河之源——西拉沐沦河的边上舒缓。

窗外阳光和车内歌里的阳光金羽击拍我暗淡的窗沿——

歌的精灵降临我和环绕我，旋律依然不顾门的反锁，从天而降的草原母亲河，在玻璃的反光中正在飘过，滑行或者飞向远方。

而此刻歌的通道遏制着心的碰撞，一如我眼睛的方向，隔着玻璃窗望出去，父亲的草原多么的柔和，带着起伏苍茫，沿着席慕蓉的寻根，魂牵梦萦。

无意掉失沉默……

习惯用歌声让内心的积淀去沐浴，纷纷扬扬和着西拉沐沦大峡谷，记住的歌词，悠然反复唱出几段。

蓦地，不会在意自己是否唱得优秀，确信自己激荡什么？只为一首歌的波澜深情？仍然包含热情和征服之心。仿佛歌的拳头不怕流血冲击力打出窗外，伴随恍惚的清醒和歌的麻醉，感应天地间神秘的悸动，顺流云遁，远方的歌声驾牛羊从从容容流向我。一首歌的家门在此敞开，梦幻般走过……

惹躁动，流连的节拍激活了辽河一贯，不朽的大草原翠绿表情的真实，把所有能涌动的马都涌动，把所有能涌动的都涌动到显赫的母亲河，包括常穿的红衣裙和长丝巾。

包括这首歌的重现。

（选自《作品》2015 年第 10 期《散文诗小辑》）

□钟建平　　# 记忆深处的少女 <small>（外一章）</small>

在美与善的眼波里，生命又一次复活。

每晚在这海滨一隅，总出现一位白衣少女的身影，海风吹起她的裙裾，像一朵八月里盛开的白莲。

是从我的记忆深处走出来的那位不知名的少女吗？

只有轻轻的海风如淡淡的思绪飘过，我分不清是在梦里还是在海滨。

我呼唤你的名字，只有轻轻的海风在我心灵的窗下吹过。

我描绘你的形象，只有凝重的岁月在我记忆的深处泛起。

我思念你的感情，只有潺潺的流水在我诗歌的音韵流淌。

爱情的步履总是那样的来去匆匆，那样沉重和那样忧伤。

失落了你，也失落了一段最美的感情。

我拾到的只有褪色的岁月和大海丢失的眼泪。

无边的思绪

无边的思绪又一次在心灵里泛起，连结着门外世界无尽的道路。
一切未占有和不完善的事物分散在宇宙之中。
心灵寻求着解放。精神四处找寻突破的方向。
心灵的秘密联结着宇宙的秘密，宇宙随着心灵的飘荡而飘荡。
一切存在完善的美之中，都蕴含心灵的光辉，照亮美的心底。
在美与善的眼波里，生命又一次复活。

（选自《作品》2015 年第 10 期《散文诗小辑》）

□ 清　水

彼岸的水声

彼岸啊，水声很近。/也很远。

1.　谁能听到水声？
　　整整一个冬天，是谁穿过荒林，穿过了冷冽的风，取回那火的冰？
　　是谁，赶在一盏灯点亮前，斟上这干净之水？
　　是谁怀抱谦卑，结伴那远古振翅的大鸟，御风而来，在江畔听涛？

2.　水，在很远的地方流着。面容纯净。姿态优美。
　　比起那些大山和绿树，它以更低的姿势行走，孕育土地。
　　常常，水静默。不发一声。
　　致虚怀，守静笃，是水的美德。
　　但当它雷一样轰鸣的时候，那正是它破土而出之时。
　　月照水影。月照江畔上问月的那个人。

3.　一些年轻的水流出大河和湖泊。
　　它们总能找到一条出路，进入温度适中的原野，或者高高耸立的一棵树旁。
　　一只红尾歌鸲在这里饮水。她把小小的身子洗的透亮。农夫们在树荫下休息。沐浴凉风。
　　这些新鲜的泉水会向上急流，挂成一道透明帘子。它们从更高的地面喷涌而出，彼特拉克见了也禁不住欢喜。"如果我是这泉水的主人，那么我最喜欢的就只能是它，而不是城市中别的更美的东西。"

4. 溪水穿过疲惫不堪的身体，冲走那些肮脏的沉淀物。它们和一些鳟鱼，银鱼，野鸭，田凫们约好，要搬到更远的牧场和草滩上去。

那里，风更凉爽。雨更充沛。

仙子们的珍珠一颗颗散落在花瓣上，那些暗香教人抖颤。

我看见，依水而居的泥土长出了新绿，那颤动的水影忽闪在一棵云杉树上，叮咚作响。水声清澈。几株草儿钻出水面，它们伸长了脖子，欣赏一只细长腿儿的黑翅脚鹬，凌波起舞。

5. 灰雁们总是要在湖边多呆一会儿。

草青色的水岸，是鸟儿们恋爱的乐园。诗人们四处眺望。沉思。它们深沉的雁鸣，引来一群好听的鸟儿：小青脚鹬，白翅浮鸥，灰鹤，白鹤，蓝翡翠，黄头鹡鸰，白喉针尾雨燕……

鸟鸣让湖水更加清澈。

我看见，叶子颤动，鱼群欢快游曳在天空。我看见，香气沉埋的泥土，开花。结实。每一粒苦咸都在轻轻的称颂。

这一片水呵，让每一只鸟儿都出落得灵秀。俊俏。

它们让鸟儿成为了世间最天真的诗人。

6. 一缕风画出孤独。水珠儿透亮。野鸭。鸥鹭。青苍苍水岸。

水气一点点洇上来，雾霭苍茫，凝白可望。

苇丛起伏，水清烟波处的小洲，已是灵光氤氲，宛然在目。

谁在梦里恍惚而来？

这一片奇异的水域。这一个执意水湄之人。天还未放亮就起了身，独对茫茫秋水吟唱。

水意难及。芳菲难即。唯见流水绵长。那粼粼万顷的蒹葭哟，河水一样漫上了岸堤……

7. 水以其大慈大柔滋养了人类。人，却离水越来越远。

一些水耿直，不愿蒙受灰尘。它们托付雨云和大风，从一个春日出发，去山峦的另一头。

水的行踪被一些好事者告密。还有怎样的水，能躲过城市猎人的觊觎？

一些水乘机逃走。它们的眼神忧伤，它们忍着悲痛，在岸边流浪。

抵达大海之前，这些卑微之水学会了更大的智慧和坚强。

8. 当我看到一溪云时，素衣的青莲正低头轻抚生锈的宝剑。

孤独的身影。

屈子的清泪跌落在汨罗江水里。仰望忠贞。湘流滚滚。悲泣。往何处招魂？

只有那一盏行吟的灯，带着伤痛，独自在水边踯躅。

水道轰鸣。绵延。那些雨水。雪水。怒涛拍岸之水。那些春水。秋水。一泻千里之水。那脉脉无声的水。那泠泠作响的水。那踽踽独行的水。

水在悬坠。浩浩东去的水呵，一步一叩。大水。将天地隔断。

一些水，淡泊。宁静。

9. 我小心地翻看沉淀水底的每一片树叶。它们曾经长在深深的幽谷里。

一只陶罐。盛满了一条银色的河。

我看到，流水闪烁的夏日的烈焰里，酢浆草长势很好，开出了紫香。

彼岸啊，水声很近。

也很远。

（选自《诗潮》2015 年第 7 期）

访问远方（选章）

雪 漪

题记：只有远方，让我心向召唤，心却比远方走得更远……

----

1. 远方，是我与生活最原始的一条纽带。

我经常在文字里，带着神思色彩提到它，却不考虑是否合乎逻辑。我一直酷爱远方，死心塌地地酷爱，我有这样、那样的姿态去期待。

它是一个诱惑的、朦胧一片的世界，给我痴狂，给我激荡。期待的境界，是最无法了解的一片汪洋。

远方，有时，就在我的眼前，一点一点把我磨钝。有时，躲在我的背后，形成一个独特的传奇。

远方围绕着我的心，我的远方情结不知不觉蓄积了许多年。不知道，是不是一场宿命。我和远方之间，是一生的纠缠。

我一直期待，远方到来时，有一种体验与我产生灵魂的交响。

2. 我知道，我的每一次出没都是为了远方行走，城市的鼾声和情感的呓语是听不懂我复杂的感受的。

我躲在夕阳背后，它寄托了我对生活最高渴意的全部哲思。

目前，我和远方只能握手不能挥手。因为，一想起它，我就前后左右地惭愧，必然露出压抑的眼神，想要把干裂的土地全部一股脑灌溉。

就算远方再尖锐，还是一次一次以希望的姿态进入，它已将我彻底俘虏。

大地、炊烟、河流、山脉，我的文字里有着它抑扬顿挫的声音和不可磨灭的痕迹。

远方最终要将我引向哪里？哪种境界？我到底是谁？还得留给远方仔细辨认吗？

我一层一层剥开远方，它远成我的另一个故乡。

把一切未知都装进漂流瓶飘给远方。

也许，远方会消失。也许，是一座根本无法抵达的梦幻城堡。

也许，最终是一地清寂。可是，一生是一次远行，一声呼唤，我仍然把它当作故乡那样亲亲地怀想。

（选自《散文诗》上半月版 2015 年 10 期）

□云　子　　# 女人魂（二章）

大白天的猫声叫。花园里，一个世界的春情就发芽了。

我的下唇上有颗痣

入夜。不知名的野花开在下唇上，上帝在女儿河中，用泥土的颜色赐我这一痣。

黑色，若隐若现，你从云雾中走来，偷了我的心。

为你，我要梦幻成第十一个处子，上下五千年，女儿身全在你的亲吻里。

穿越时光，你是我前世和今生的情人。

夜夜。清蒸桂花鱼，鱼儿吃着我的唇，你吐着爱的泡泡。蚂蚁书写情话，你我对饮天空。

桂花鱼中的桂花酒，我是你酒中妩媚的女人。我唇上的痣，桂花粉儿，朦胧深情。红晕柔情。

为你，我要梦幻成一百零一个处子，我的泪，在你的抚摸中，灿烂出女儿红。

从此，我的唇，我的痣，在你的身体里嚼出动人的歌，我情里情的情哥哥！

永恒。你是我的往世和今生，往世和今生。捧着月光，我要做你百合花的女人，纯情中的烧。抱着太阳，我要做你牡丹花的女人，艳丽中的骚。

我的唇，唇上的痣，为你梦幻成一千零一个处子。纯中的骚，骚中的纯，那是我为你痴情的灵魂。

风伴我，星星陪我，我就睡在山野中，做你耕耘的土地。高雅的黑玫瑰。丰富而性感的想，我梦里梦的情哥哥！

永远。雨声点点，你满目桃花情。雨声潺潺，我满目含黛，似水含烟。密密丛林，叶片上，水长流。晶莹。

丛林两岸，花蕊中，水横流。含香。

你说这是莲花的风情，女人花的时刻。你高举着男性的经典，一下跳到水中央，洗浴我的美丽。海水的摇篮，高潮的享受，我是花中的女人，女人花的女人。

这时的你是男人最美的风景，诗中最美的阳刚。我的唇，我的痣，燃烧出入魂的醉。我的唇，我的痣，风骚出入魂的女人心，女人味。

为你，我要梦幻成一万零一个处子，来世，你还是我风与骚的情人，无论你走与不走，都在那里，我命里命的情哥哥！

沐 浴

大白天的猫声叫。花园里，一个世界的春情就发芽了。

她把欲望搓进洁白的肌肤里。让美丽的浴泡儿对镜欣赏，泛潮的浪花，涨潮的女儿地，带着膨胀的相思。

大白天的鸡声一串串。树叶儿上春水荡漾。

那绿色的梦，翩遍起舞，99 株盆景，种下的是她的风韵，开出激情之花 999 朵。这花园通向浴室的心，能读懂对你的盼。

浴室的门开启着，水雾袅袅，来一滴粉红魅惑香水，雾气绵绵。

她眼含秋波，满眼情思，满脸沉醉，她自我诱惑。

梦中呼唤了千万遍的你，前世今生的你，快来将她占领，最好是带着刀枪弓剑，像占领你的江山那样占领她。

大白天的狗声一遍遍。花瓣儿上的水珠儿春潮激荡。真想裸浴在阳光下，与你做成醉人的风景。可是，没你影。

她只好把燃烧的身子淹没在浴缸里，让水温撩拨她炽热的呼吸，自恋迷情的春天，自我抚摸滚烫的身子。

此刻的她是一首发情的诗，一点就燃的快感女人。

（选自《散文诗世界》2015 年第 4 期）

□徐丽萍

寂静的时光（组章）

我们用婴儿般纯洁的眼神彼此注视着，诗歌在前面张开了翅膀。

寂静的夜

这时候，时间也变得温柔起来，黑夜似乎要把全世界湮灭在黑暗之中，唯有你我被一束诗的微光照耀着。

时间变得多么宁静，没有一丝声响，那些推波助澜的诗句从你的心底跳出来，又钻进我的心里。

我们在诗的簇拥下享受时光，多么美，多么明亮，这些闪闪烁烁的诗行引领我走向梦的远方。

多么不可思议，两个骄傲的灵魂在此时相遇，诗神用她的掌心为我们铺展一块灵魂的净地，我们用婴儿般纯洁的眼神彼此注视着，诗歌在前面张开了翅膀。

寂静的时光

时间在它的分针秒针上跳着欢快的舞蹈，把那些馨香的诗歌的花瓣撒落在我们身上，两颗坚贞不渝的诗心轻轻碰撞，这样的碰撞是那样的危险，但寂静的时光在轻轻歌唱。

我还停留在这些博大又精美的诗歌里，乘着小船泛舟海上，抑或在湖边采莲，穿越不可能的可能，直至抵达灵魂深处的奇异景象。

时间似乎正一步步走向我们的反面，但这些动人的安宁在薰衣草曼妙的芬芳中徜徉。多么令人回味！与你在浸透着诗歌味道的夜晚奇迹般的相遇！

流转的时光

也许，生命原本就是流动的，那些透明的时间，像一把黄金的箭，被击中的是那些宿命里的谜团。

我无力抓住时间之手，那些从我们指缝间漏掉的可能是你我短暂又遗憾的一生。

那些漂浮在我眼前的，只有一些破碎的记忆，它们浮出水面或沉落到海底，覆盖了一个个烟雨飘摇、舞榭歌台的王朝。

时光流转，无边的苦海里有多少浮浮沉沉的灵魂，谁也无力拯救谁，谁也无力扭转命运的航向。

我多么渴望有一束光，照亮我黯淡的灵魂。也许我能在这些透明又五彩斑斓的光里行走，宛若灵魂漂流在时光的海上。

（选自《伊犁河》2015 第 1 期）

□周文禾　　　　　　　　　**与路人书**（外一章）

一个被泪水烫伤的女子，她已择吉日良辰，在忘却里隐姓埋名。

过路的人，你要放慢脚步。

在我抹去时光铜镜上那些锈绿的伤痕前，请在七月的树荫下，先读一读我唯有的田野。

阡陌之上，我栽下的禾苗、甜瓜、芝麻，它们正在艳阳下，悄悄地蓬勃我曾经迷失的念想。

请不要大声说话。另一棵树上，为七月初七飞翔的小喜鹊，正在梦里寻找最后一片柔软的羽毛。

现在，我已打开庭院。

过路的人，你若非口渴，请不要驻足，这是我一个人的村庄。

我只为心有伤痕的人，奉献凉茶、瓜果、问候。

你要原谅我的冷漠，七月的季节不适合打探问路。

去异乡，你往门前右边走。

去前尘，你只有绕弯走水路。

而如果，你一定要和我说说话，那请你给远方带个信，就说，一个被泪水烫伤的女子，她已择吉日良辰，在忘却里隐姓埋名。

两个人的菜谱

我在晚上六点半坐下。

你坐在六点十五分，和你一起坐下的，是一束新鲜的玫瑰。

这多像一场旧电影，男女主角俗套的接头，暗号是：喜欢吗？回答是：谢谢。我们所要从事的，是按照心灵的指令，以味蕾做掩护，交换关于一颗心几种跳荡的秘密。

一壶咖啡，被幽深的注视反复煮沸，浅品或啜饮，都会烫红嘴唇，烫疼相望的眼睛。一盘菠菜，摆在桌上，却在两汪秋水里，回到青葱的菜地。

后上的糖醋莲藕，多么像我见你之前，晨梦的滋味，

而那盘清炒土豆，是你多次取笑我的样子，薄到要透明，软到想哭泣。

菜上齐了，却剩余小半瓶血色的酒水，和两个半小时的夜光阴。

灯火走神。桌子边的玫瑰似乎要站起来，提醒你，请注意组织纪律，注意接头后，另一个任务的到来。

（选自《散文诗·校园文学》2015年第10期）

□石世红　　# 爱情的证词 _{（组章）}

极目远眺，远方的身影伴随阳春三月，悄然萌芽。

靠　近

轮子疾走，渴望蓓蕾开启红唇，双手捧出心灵之泉，让滚动的激情引领春天的华章。终点不停地孕育起点，所有段落与情节泄露温热冷暖。

鲜花也谦逊地垂下头，把由远而近的日子染红了。

心怀焰火的人，无法平息轮子的心跳，无法降下面对远方的呼声，把爱的光芒装修一新。随着生活阅历的加深，曲折的梦充满弹性与张力。

极目远眺，远方的身影伴随阳春三月，悄然萌芽。

抵　达

现在，只伸出洁白的手，相视无语。

滚滚波涛学会收紧芳心，轮子刻进温柔的爱情日记。

相爱的夜晚，风吹动一首首情诗，词语中的波澜此起彼伏。让笔墨去搭乘温柔的月光吧！我们去领养孤单，领养属于自己的快乐与幸福。

你看，那歌舞的流萤，在为谁悄悄点灯？

一小点快乐的星光，照亮温暖的手指，跳入沉默的眼睛。

（选自2015年7月31日《湖南工人报》）

第八辑　号角·灵魂 (13 佳)

梦回吹角连营 (二章)

□ 堆 雪

四方四正，结结实实的背包。此时，有梦的质感和重量。

背　包

在背上。裹进血肉舒绽的香味，战争的体温，和平的烟尘。

四方四正，结结实实的背包。此时，有梦的质感和重量。

这一朵，时而超重时而失重的云。

黎明前打成井字状的呓语与叮嘱。行军途中必备的一块面包。中途卸下来，可以坐在上面小憩的马扎或石头。

压在肩头。使一个人随时成为一个家，一个温情脉脉的掩体，一个战斗单元，一个在呼啸的弹片与弥漫的硝烟之间能够回到自我的帐篷。

温柔的姑娘，用长长手臂从身后揽住的感觉。让你知道有人总是在拉拽你，又在怂恿你。让你犹豫不决，又让你义无反顾。

夜空展开的星光，清晨震落的露水。

帐篷里或树丛中，背包是一片片散发阳光腥味的泥土，翻来覆去的呓语。

在被黑暗打开之前，背包还可以是一个枕头。代替枪，被压在黎明或黄昏的地平。

另一块炸药包。我用它的当量和光芒，把灵魂埋葬在另一块战场。

高　地

有着比天空更弯曲的海拔。

地图上，我们必须攻克或占领的，一个你死我活的数据。

等高线突然密集、直插云霄的，突兀之地。

多少人敬畏它，仰望它。在地图上、沙盘上模仿它，并且趁着夜色偷偷抵近侦察。

然后渴望着，狠狠地，把它踩在自己的脚下。

一个，可以强攻或巧取的点。海拔，面积，坡度。武器，兵力，补给。选择或回避的道路，有可能撕开的缺口。

　　巍巍高地，汇集战争的智慧和生死的秘密。

　　山冈、凸岭，或者一条山脉的突出部，经过武装后不再朴素。不再生长庄稼、植物以及穿云破雾的歌谣。

　　不露声色，按兵不动。茂密或稀疏的植被下，布满密集的铁丝网、三角锥、雷区、壕沟、掩体、工事，以及各式各样的火器和操作它的那颗心。暗藏，百转千回的战术和定律。

　　在信号弹划破苍穹之前，高地闪耀无数壮怀激烈的可能。

　　并且以居高临下的姿势，挑战英雄。

　　高地极高，正好埋下我，接近云天的野心。

（选自《西北军事文学》2015 年第 1 期）

□赵宏兴　　　　　　# 灵　魂（外一章）

任凭他们在寻找，其实，我也是他们中的一员。

　　大约十五年前的一个夏天，那天我喝多了，在小便池前撒尿，我忽然站不住了，慢慢地蹲下身去，接着躺在碎花磁砖的地板上。此刻，在这个安静的空间里，我是如此的舒爽、轻松，仿佛一动就能飞起来，飞到无垠的天空。

　　这时，另一个我脱离了身体，悬在几米高的地方，冷眼审视着躺在地上的我。他看到的是一个弱小的、平庸的身体，被捆绑着，没有人能给他解开这个绳索。他的背上有许多沉重的石头，他要背负着，不能卸去。

　　另一个我，不禁叹息一声，为地板上这个可怜的人。

　　有个瘦高个子的人进来，吓得惊叫："不得了啦，有人躺到地上了！"然后跑出门去。他的叫声打扰了另一个我，一下子扑进躺着的肉体里。这时，我站了起来，进到厕所的隔断里插上门栓，蹲下。

　　瞬间，我听到外面拥进一群人，他们在寻找着、叫嚷着："人呢？那个躺在地上的人呢？不会出事吧。"

　　瘦高个子的声音："我刚才真的看到，那个人就躺在这里。"

　　我隐藏在厕所的隔断里，没有作声，任凭他们在寻找，其实，我也是他们中的一员。

叔　叔

　　我分明看他很老了，他微笑着喊我叔叔。

笑容在他的脸上堆积，目光显得那么慌张、局促。

他用蓝色的水笔，在自己白色的 T 恤上，涂出一块污渍，又从手提袋里拿出一瓶喷剂，喷到上面，用手绢擦擦，T 恤马上就恢复了洁白，然后，让我买他的产品。

（他是一位推销者，他为了讨好我，竟喊我叔叔？）

我坐在车里，冷漠地看着他所做的一切。

他又开始喊我叔叔，口齿流利，语速快捷。

我仍然冷漠地沉默，表示我的不屑。

他无奈地提着袋子，从我车前的马路上低着头走过，他的背有些弯了，头发也有些花白。他走远了，但我的耳朵分明又听到他在喊叔叔，内心里骤然一紧。

我看到了年轻时的一幕，我背着包奔波在城市的街头，常常一天下来，生活还没有着落。

（选自《分水岭》杂志 2015 年第 2 期）

青　虫

□程洪飞

那粒落在缝隙深处想起一朵红花的青虫，摇曳一丝青光，倏然飞起。

第三声哈欠，一粒青虫飞进嘴里。瞌睡人伸出舌头，牙齿贴紧舌根，惶恐地刮向舌尖，"卟"，摔向地板上的青虫，在唾液中爬起滑倒的缝隙刹那间，它一阵恍惚，想起自己方才触摸的苔蕾，如同雨中触摸过的一朵红花，湿润且妖娆，此刻是否红软地蜷曲着睡在瞌睡人打开的唇中？灯光昏黄，与跌倒在地板上的青虫同时滑入夜晚的几粒青虫仍然在灯下飞动，确切地说是青虫飞进灯光中被灯光煮着。灯光温暖，青虫载歌载舞，不时有三二只青虫煮熟，又三二只青虫煮熟。煮熟的青虫们纷纷落下，跌落的刹那间，恍若丝丝青烟，横或竖着匍匐在灯下。四围寂寥。瞌睡人怀抱死亡者的阴影睡熟。而灯亮着，仍然没有睡意。窗外的雨没有睡意，我听见雨落在瓦上的簌簌声响。更没有睡意的是青烟，它已然飘向窗外雨中，东走西顾，找到它喜欢的枝叶，丝丝袅袅缠绕、并抱紧它们在风雨中的树林中左右摇晃。落在枝叶上的雨，呼吸急促、濡湿；不，是青烟，抱紧枝叶不停蠕动湿漉漉的青烟。不停蠕动地青烟，是让枝叶安静地躺在它的怀抱中，给枝叶每根脉络注满雨水。为什么会在黑夜的黑中同时流浪？而互不相识？即使听到呼吸，触摸到肌肤，也寻不到各自呼吸的始发居所。落雨的深夜，四野微响，睡熟的瞌睡人走入梦的深处，仍然找不到自己的居所？恍然来

去的声音，是不是有盏来自你的小城、我的乡村，悬挂在同一条电源线上的光亮，一路奔跑、照亮一间间空荡荡的房间，又漫出野外，拍动一座石岸又一座石岸溅起的光的响声？窗外，雨声不止，雨声沙沙丝丝。空荡荡的房间，恍若梦里梦外。那粒落在缝隙深处想起一朵红花的青虫，摇曳一丝青光，倏然飞起。今夜，如果与你说有一粒活下来的青虫举一盏青灯在缝隙中越梦越远，沿途落在雨中的红花更为红艳，不如说青虫是在自己灯光下逐渐消失自己的身体更为准确。

（选自《酉水》文艺双月刊 2015 年第 3 期）

码头坐在它的影子里（外一章）

□陈德根

我看到父亲的犁铧，从泥土下，轻快地滑过。

这些傍晚的灯柱一再低垂，仿佛收获之后的果树林。
这些刚下船的人，刚完成漫长、起伏不定的旅程。
他们像一封封寄给自己的书信。封皮潮湿，涌动的波涛，拍打着鸿雁的翅膀。

码头上，夕阳刚从这里，缓缓穿越一座城市。
从人们的衣角，高高举起的手上，落下的那些水沫长出了翅膀，像是要飞回大海。

这艘客船，它交出夜航灯。
码头安静地坐在自己长长的影子里。
路灯落在码头长长的影子里。风吹一下，它动一下。
码头的旁边，大海在一遍又一遍地翻身。

赞　美

天空深远又明亮，暖风在拍打去年的鸟巢，清洁工往两旁清扫枯叶，仿佛要打扫出一条通往时间深处的密径。
一条河流在把波浪推开。柳枝在水面荡漾一圈一圈的暖意，那种情怀，无法用语言来表白。

这时有什么照在瓦屋上。

我闭上眼睛，如同拥有了一切。

有人离开异地，回到故乡，有人老去。
我的父亲在温室里给种子催芽⋯⋯
我知道有什么，正在流传。

风吹过泥糊的墙壁，吹过屋顶的青瓦，吹过奔跑的孩子的背影。
风吹过我暖融融的身子，吹向辽阔的大地。
我看到父亲的犁铧，从泥土下，轻快地滑过。

（选自《中国诗人》2015 年第 2 期）

□曹　雷　　私奔的闪电和雷（外一章）

> 以手足相连般的默契，只为完成地老天荒的一次缠绵。

私奔。我把这个词连同赞美一齐送给了你们：闪电和雷。
在人世浸淫已久，我选择的字眼，去除不了观念的气息，它疑似一个为你精心布置的话语陷阱。
或许，它就是我和我的同类深藏不露的那个暧昧眼神。
多少个雨夜，我用这样的含蓄，观摩着你们上天入地的恣意狂舞，
沉湎你们逃离后空出的大片寂静。

闪电和雷。经过这里，每一次出现都是完美的私奔：一个前面照耀，一个后面大声呼应。
脱下划地为牢的紧身夜衣，一个撕开云层自由蜿蜒，一个跳上屋脊放肆翻滚。
以手足相连般的默契，只为完成地老天荒的一次缠绵。
越下越大的雨，只是你们浪漫的背景。

是的，你们是拆不开的兄弟，是打不散的冤家，是生生死死纠缠不休的情人，闪电和雷。
今夜，你们又一次惊动着沉寂的人世，枯燥的一生。

穿裙子的风敲响门窗

门窗紧闭，谁在敲响。风，穿着裙子走来走去，那声音，有着一贯的

执拗。

　　人过中年的我，日子被过成了锈锁，握不紧钥匙的手，已无力拧开春色，独揽裙边风光。

　　陈旧的小屋，再也无法装下原有的急促和舒缓。

　　季节循环往复，穿裙子的风一刻也不老。

　　光阴中的匆匆过客，多少开花结果的名声，都成了滚落裙下的花絮。敲响紧闭的门窗，是否要拿走你短暂的一生，去匹配片刻的欢愉。

　　衣裙拂处，一地狼藉。

　　打开门窗，去与风妥协，与裙共舞，与旧情相拥并重蹈覆辙。

　　一条路走到黑，也不轻易开口说出放弃。

　　别无选择。我剩下的喘息，在透明中日渐清澈，被引领着去向晚景，慢慢散发成余晖。

　　此时，能唤起我回眸的，一定还是——

　　穿裙子的风敲响门窗。

（选自《散文诗世界》2015 年第 3 期）

内心的盐（选章）

□ 川北藻雪

最初的盐和英雄

　　陷进庸常的日子，我常会想起英雄，想到最初的盐。盐与英雄，仿佛远方的天山雪莲。

　　英雄的躯体缚于岩石，气息熏蒸，灵气结晶于石块内部，饮之，开盲明目，是为光明之盐；

　　英雄的四肢立于天地之间，鞭石上山，也被巨石追赶，山坡荒芜，救赎无边，郁积之气，泛着微苦，是为岩盐；

　　英雄的鼻息潜行大地暗处，幽怨深沉，无始无终，洞穴之囚，修炼无常，禁锢与突围，沦为宿命，是为井盐。

　　最初的盐和英雄，决绝于修辞，让人轻易地看出破绽，逮住命门。可是，哪怕纵然将其吞没，你也逃不出一粒盐朴拙的布防，因为他早已融进众生的骨骼与血液。

　　就像英雄，哪怕一直匿名，甚至站在民众的背后，或藏进时光深处，它的影子和记忆也会从众生胸中腾出风来。

　　他的对手深谙，他会消弥于无形，成为悲剧咀嚼的佐料，然而，谁又能否认一粒盐不是一条最小的河，一朵浪不是暗夜的一盏灯？

盐客调

歌声有毒。初入盐道的背脚子，请看守好你的青春，你沿途寄存的名字，你迷一样的芒，你一不小心暴露的苦，以耳为城，拒绝招安。

歌声有毒。这算是劝世书，或入道初篇吗？

"不，这只是一缸卤水，"老盐客说，"每一个闯关的人都得饮下，入口须慢，卷舌要轻，尔后提取这晶莹的初心。有人舍命，有人滴血。"

歌声有毒。在经年的路口，吼一句上坡调，银针喷发，刺向兵道，匪道，情道，关卡，赌场，妓院，烟馆……刺人伤己的暗器，不停地硬着脖子往深处赶，往幺店子赶，往悬崖上赶。坠落之后，一地江湖。

歌声有毒。自然，沉浸其中，有的异变成鬼见愁，有的蜷缩成夜嚎溪，九死一生炼大狱的，则成了好汉坡。

最终，谁开始百毒不侵，在异乡，把它当成了安魂曲。

（选自《诗潮》2015 年第 1 期）

□田汉文

生命的颜色 (二章)

一杯黑茶

动了心思的女人，站在安化山上站成了一棵茶树，种在我的梦里。

一个女人的青春，一年年地展开生命的颜色。

我可否变成为一只小鸟，带着我青涩的梦想，飞上你浓密翠绿的枝头，安安稳稳地栖息？

要不。就给我沏上一杯浓酽的黑茶吧，那微烫金黄的汤色里，有你青春柔美的身姿，有一个你我眼对眼、心对心交流的世界。

露出颜色的山

刚刚露出颜色的山，山路上留下你我的笑声和脚步。

那山一般凝固的时间，投射在我们感情的湖泊里早晚不停地荡漾。

那条山路上泛起的泥香，打开你我一步一步延伸的想望。

你的眼色，在我怀里杜鹃花一样地绽放，温馨山里人浪漫的空间。

那山上。曾经发生过一个冬天里抱团取暖的故事。

（选自《诗潮》2015 年第 8 期）

月下独酌（外一章）

□庞　白

以一道月色的方式，向迷惘的心扉射来一丝温暖……

日落。月升。春暖。花开。

岁月的齿轮，经年往返，一环扣一环，如此精细，又如此简单。

时间行经此处，此处即世事；时间行经彼处，彼处即浮云。

时间如今行经至此，正逢银色月光洒满大地，小径蜿蜒，空谷幽鸣，四野温存，天地寂静。

时间潜入季节深处……

一枝山花，一缕清香，倩影摇曳孤寂，在山涧久久萦绕。

一轮明月，一抹斜影，天地间徘徊的倒影，诉说不尽惆怅。

一壶浊酒，茕茕孑立，形影相吊，脚步凌乱了，人要酩酊大醉。

时间如今行经至此，花香淡，鸟不语。

微风轻拂，我凌乱，我徘徊，我孤独；

皓月当空，我独饮，我自斟，我歌吟。

衣袂飘飘醉且乐，让群山起伏影憧憧去吧。

无情正是痴情时——把酒临风，管什么世间变幻？

放歌天地，坎坷坦途！

吹笛的人

只闻笛声，不见吹笛的人。

笛子的声音，在风中微微颤动。笛子护送一队梅花，掠过树梢，掠过屋檐，掠过黄鹤楼下极目远眺的李白的脸，向远处的长江落去，向长沙飘去，向长安飞去……

夕阳西下，四野茫茫。

每一朵梅花，都既眷恋，又愤懑。

她们列队而行，却又各自独立。

（选自《诗潮》2015 年第 12 期）

□伍荣祥

割耳朵自画像（外二章）

——题梵高同名绘画作品

感激陶罐，感激救赎。/器皿的一滴水给了我最后一次飞翔。

从未正视自己，也惧怕正视自己。

此刻，我紧紧关闭门窗，我匆忙点燃一盏明亮的灯，我将刚刚自残的右耳包裹着厚厚的白色纱布。难得这番闲适，我在自己的木椅上端坐。

正襟危坐，我在看自己的丑和世界的罪恶。

我仔细用画笔画自己的丑：右耳突然没了，眼睑有些浮肿，眼神模糊无光，棉帽和厚实的冬衣布满世俗的污垢与尘土。而下颏的胡须让岁月稀疏泛白。

唉，我的左耳还隐隐听到从门缝不断传来的计谋和灾难，以及谎言和贪婪的牙齿磨动声。

四周依然有响动，不因我的右耳自残而停止。

我惊恐万状，我怕瞬间失去自己唯一的左耳。

花瓶里十四朵向日葵

或许，这是最后的一次呈现。

为了来之不易的活着，我无须任何背景相衬。

我在呈现，我以最后的激情和持守呈现，并用十四种表情合唱同一首歌，包括懊恼、苦笑、无奈和隐匿。

我一点也不在乎，即使有些卑微、难堪和丑陋，十四朵盛开的花瓣就是一世的见证。

感激陶罐，感激救赎。

器皿的一滴水给了我最后一次飞翔。

我在竭力呈现，以一种极端的方式。

麦田群鸦

太阳沉睡，月亮躲进后山。

群鸦横行天空，以怪异和狂叫主宰今夜。

许多麦穗被鸦声吵醒，睡意全无。一边呻吟，一边呼救，一边用锋利的麦芒尽力抗争。

这夜将发生什么？

麦田轰鸣，罪恶密布头顶，这是谁给谁的恐怖？无法阻挡，一种惯性让群鸦肆无忌惮。

恶兆终于降临，而一束束麦穗在惊惧中颤抖！

（选自《诗潮》2015 年第 12 期）

日子的另一面（外一章）

□ 曼　畅

> 那场雪还在飘，一些美学的声音，当然，雪还是飘落在雪花里……

小雨一直落在这一日，慢下来的时光无限长，一切都是从原始到自然，这是一种必然；那场雪还在飘，一些美学的声音，当然，雪还是飘落在雪花里，接受命运的给予与帮助。

终于可以放下，谁数过等候是多久？一条路可以长，也可以短，缓步而行，其实风说去年它就曾来过这里，一条废弃的马路，让另一条路快速接替。

比风高，比远方远，抓一把嗅觉出来，能听到灵魂与灵魂剥离的声音，可以有故事，也可以佯装没有。那年冬天也是个下雪的日子，风闪在身边，或许风装作是个乖顺的鸟，一个影子向我移动，一片黑折叠起来。

那么安静，又那么温暖。

发　现

从完整的事物开始，河水自西向东流过，唯有风才可以抵达遥远的遥远，时间总是向上生长着，光芒临近。流水与花朵一直想做点什么，而低头赶路的人，沿着河岸疾走。

必须声明，青春不该是隐喻，夕阳也无所谓冷暖，起风了，一阵雨与一阵雨的音节，会把我们推得更远。大片的蜀黍已经种植完毕，一些风在旷野，看上去比我更显得洞察。

是谁漏下的脚步声？想起一个词，说什么好呢，空的，一天又一天，无法想象一朵云要多久才能移过来。再次渲染那些看得见的风景，钟表，斜阳，归雁，或许无需传说中的回音，云飘走了，雨才落下来。

因为一阵风的深入，却将洞穿我的一生一世。

（选自《星星·散文诗》2015 年第 4 期）

□徐　文

书房，无岸的河流

瑞雪，在窗外唠叨诱惑，暖阳，沐浴无岸的河流。

心窗，关住了最后的喧哗。

心灯，照亮在岁月的深处。

我无法穿越那层薄薄的纱。

目光，在蜿蜒深邃的文字中，蔓延着纷扬的槐花雨。

书柜，晾晒着从田野采撷的，飘着故乡气息的五谷杂粮，像薰衣草一样，香薰着我的心绪与信念。

坐在这朵暖色下，灵魂不会潮湿，思绪羞于说谎，那怕跌倒，也会找到回家的路径。

每一粒食粮，都是一片发光的鳞片，在深蓝的海中，点点闪闪。

每一本书，都浸着我经年的记忆。

眼眸中没有迷茫的徘徊，呼吸中没有干涩的微尘，惟有一支笔，从心底悠悠滴落一个个亲如兄弟的文字。

瑞雪，在窗外唠叨诱惑，暖阳，沐浴无岸的河流。

在离梦最近的地方，我把诗缝成行囊，装进书香。

一路跋涉在四季交替的森林，匆匆行走在历史与现实的秋天……

收获栖在心灵田野的庄稼。

（选自《散文诗世界》2015 年第 11 期）

□鸽　子

自语者（外一章）

语言花蕊的深处，是黎明的诞生地，是春天的入口。

他一直在说话，自己说，自己听。自己说，让整个世界听。

他把黄金储在云层之上，他把翅膀藏到闪电之中，他把惊雷埋在了梦想间。而后，开始说话。

声音和缓，恍如春风。自语者，有一颗温柔的心。

把大海放进一粒盐中。把江河放进一杯水中。把春天，放进一个小小的词中。把自己，放进喃喃吐露的一句话里。

我看见，自语者一说话，世界就震惊了。

与此同时，高枝之上，松鼠跳跃着，摇落阳光。众鸟高歌，声音清亮。流水。游鱼。浪花。水草。是自语者语言。飞鸟。树木。花朵。果实。是自语者的语言。芬芳的飞舞的语词，将延伸为桥梁、成为坦途、成为天梯！

自语者说着天使和神的语言，两袖里挥洒出的清风啊，足以放牧千千万万为理想而生的千里马。

语言花蕊的深处，是黎明的诞生地，是春天的入口。

自语者，你一开口，世界就亮了！

一缕阳光

一缕阳光轻盈地一飞，钻进了一枚树叶。

树叶黄了，在凋零之前，阳光通过树叶，潜进了一株梨树。

这缕阳光在梨树体内奔跑着，游动着，欢笑着。

最后，它钻进了一只饱满的梨子。在梨子里，酿造蜜，培育甜，泽润香。

多么丰满的梨子，在秋天的梨树上摇晃，在我的目光中摇晃。像一个新奇的意象。不，像一句动心的诗句。

我摘下了梨子，闻着淡淡的香，我津津有味吃下了梨子。在梨子甘美的滋味里，我面带微笑，心情如花。

那缕阳光，静静地穿行在我的体内。它让我光明，让我幸福地仰起笑脸，朝着阳光灿烂的世界或阳光还没照亮的世界，坚定而坚强地笑。

我的笑里，流淌着干净的水流，漫溢出平和的温暖。

（选自《天马散文诗专页》2015 年第 5 期）

□曲全胜　　# 篝火·铜钟（外一章）

青铜钟撞击的轰鸣，是夜半令人心跳的私奔。

烈火与干柴，火的舌，舐亮夜空。

马与牛羊。青稞酒与冬不拉。草原之夜帐房的乳，被篝火温柔地抚摸，热烈地弹拨。

男人的马靴，女人的长裙，唤醒草尖上夜风展开的青痕。

篝火被团团围住，柴是饥渴的心，火是久别的意。雄性的胸肌，雌性的缠绕。

火苗搭上星星的背。裙带拖住月亮的脚步。

草原夜色的尽头，有一簇红柳，在舞。裙的柳丝，被夜的漠风掀动。

铜　钟

轰鸣空灵的钟声，带着金属的光环，涟漪般荡开。

庙宇，画龙雕栋。总有木鱼敲打的声响伴着诵经的唱辞翻出古刹深深的院墙。

钟楼，在深院的一角。

一口钟，吊着。圆圆的青铜，镶嵌着"开元"亘古的年号。

青铜的钟，被绳索牢牢地栓吊在钟楼横向的栋梁上。是一种捆挷悬挂吊拷吗？

青铜钟冶炼的痛，是一种刮骨疗毒。

青铜钟被埋没又被出土修复的刺青，是历史上忘不了的痛。

青铜钟撞击的轰鸣，是夜半令人心跳的私奔。

（选自《青岛文学》2015 年第 3 期）

岸柳依依 (外二章)

□倪俊宇

那几缕易动感情的柳丝，斜倚在季节里，曾拂动过多少心绪的涟漪？

秋雨，渗进缄口的磊岩，和一种韧性的岁月，斑驳出悠远的表情。
那几缕易动感情的柳丝，斜倚在季节里，曾拂动过多少心绪的涟漪？

路边的野花，如期绽开不违诺言的浅靥。
而跫音不响，红纱巾不曾摇动笑语。
未见到一束红妍涉过秋河，徒让岸树扭弯了许多情节。

雀翅在暮岚里颤动不安，棹歌游弋在波光上，渐行渐远。
而晚风，仍在沙渚苇叶的唇边，默诵谁的名字。

光阴洇化的身影，晃痛我守望的视线。
你在哪一处烟水尽头？你在哪一曲箫声背后？
哦，凝眸处，毕竟逝水悠悠东去……

少女与陶罐

从黎明的半空流来的山溪，被吻醒。款款絮语。
游着蓝鱼的陶罐，向着生长笑声的山野，倾斜。
春水躁动，漫向四方，蓬勃了一地想象。

赤裸的脚，踏过断枝、腐叶，踏过苍苔、沙砾。
更迭的岁月，在步声中蜿蜒。前方的水流，闪烁生命的鳞光。
水珠与汗滴，洒在树木上，枝头垂挂起期盼的目光，一摞又一摞。洒
在草莽间，有芒穗，摇曳袅袅炊烟的情韵。

民谣的鸟群盘旋，在田野的额头，溅起回声。
那片土地，飘散胼手胝足的气息。
智性的雨露，滋润黑白日子，砾石，也会葳蕤五彩的四季……

月夜的琴声

清泉数股潺潺而来，溅起一地月华碎片。

涟漪，明澈而细。倒映桃红或几声断鸿。

顺流而下或逆水而上，便都能触摸到，岁月中的涧畔山花、石棱，和许多往事……

烟雨青翠的气息，自时光深处，飘来。

透过柳丝的绿雾，彩笺便成兰舟，于粼粼琴声上飘浮。

一方罗帕，一篙叮咛，沿丝弦走过几多碧水青山？

竹影间的期待，与红伞下的诺言，都搁浅在回忆的背面。

指尖的颤栗，是多梦季节的思绪。

总有一盏飘曳的灯，闪烁着明明灭灭的诱惑……

来自昨夜的独白，有谁，能聆听它刻骨的忧伤？

（选自《星星·散文诗》2015 年）

琴声响起（外二章） □王　琪

那些我素不相识的陌生人，我们无需互问名姓，却走在同一条归乡的路上。

琴声响起，一股或悲凉或欢愉的气氛蓦然升起，是无须以言语来表达的。

——即使在某个深夜，四周沉寂。

谁能听懂弦音上颤抖的凄凄然，谁的灵魂就一定受过创伤；谁能纵情起舞，笑意飞扬，谁的内心就必定与这轻快的节拍融为一体。

乐章跌宕起伏，上升或下沉，其间的各种蕴涵，你该平心体悟。

一如高山与流水，组合在一起，是多么美妙。

不为琴声，就为一条淙淙而流的溪水，为一座云雾缭绕、久久不散的山峰。

琴声响起，有什么样的旋律，就有什么样的力量慑人心魄。

——无论是在金碧辉煌的演播大厅里，还是在繁星满天的草原上。

窗 台 上 的 麻 雀

麻雀在窗台跳跃。那一瞬间，它左顾右盼的样子，让正在阅读的我打了一个激灵。它自何处飞来，又因何在此环视？

如果在乡下，我会不假思索的答道，它从乡野来，还到乡野去。而这城西的小区，钢筋与水泥林立的地方，我对窗台上一只麻雀的出现，有些意外。

我的目光，忍不住要对它轻轻一瞥。可就是我眼神上一次微小的举动，麻雀有些惊慌，扑棱一声，逃也似的迅疾飞走。连头也不回。

在这有些凉意的晨间，这只麻雀能去哪里？飞向城市某一处茂密的树林，抑或郊外无垠的田野？我不得而知，悻悻而坐。

它孤独着。灰色的孤独着。

我多想变成一只麻雀，飞来飞去不留痕迹。

想这一生，也不过一缕烟尘，随时可能飘散，别去，乃至消匿。

水天相接

那一定是在天际与水域相连之处。空茫之中的渺小。

我不能跟时光流转，在下落不明的地方，把自己断送。秋天，我的走向，总是与河水的流向，相承一脉。

说大地的颜色有多枯黄，我不能；说羽毛的重量有多轻，我不能。我宁愿守着这片广大与深远，把生锈的思想洗净，把累赘的肉身腾空。在沉沉暮霭里，端坐一块石头上，听风、听雨，看世态炎凉。

我用流传民间的版本，把一首秋天的歌谣深情唱起。内心的浩大，能辨认水路，也能辨认出陆路。

极目楚天阔。

暗礁、阴风都在远处。灯塔上的光，指向寂寂天涯处。

我承认，我矮小的身影，历经过这残缺不全的生活。

而谁能收走这黑暗里，一些慌里慌张、游离不定的眼神？

（选自《长白诗世界》2015年第1辑）

草根的寂静（二章）

□崔国发

我喜欢下里巴人，像草根一样的，一再地压低生存的姿态。

草　根

草根在地下，与弯曲的蚯蚓一起，谈论生存者的寂寞。

它只是深藏不露——

一生之中有过多少次枯荣，尽量地让叶子在湿润的露珠下，说出它们平凡的身世。

让温暖的骄阳，高高在上。

透过泥土，深入细致地延伸：我喜欢下里巴人，像草根一样的，一再地压低生存的姿态。

不是不可以破土而出，不是不可以超乎风的想象，在通透的地面上，有条不紊地展示部分根须的坚韧，它只是不愿张扬——

潜伏的草根，既尊重叶子的遗世独立，也更愿意匿名的自己，那一份匍匐的坚持。

无论是袒露，还是隐秘，都是一种生命的真实。

春雨绵绵，首先滋润的是叶子的碧绿，到了最后，它不可能不进一步渗透到卑微的草根。也许就是这不起眼的草根，作为一种陪衬，使竖子成名，精英一族愈发葱郁茂盛。

请记住这些草根！如果可能，我还愿意默默无闻地呈现：草的草根性。

锄的想法

与草的搏斗是需要智慧的。

不在于草是不是蔓延，也不在于草是不是一寸寸拔高。

关键是，它们是否影响到正在生长中的麦子？

锄的想法其实就是这么简单：不是说那些草绝对没有存在的必要，它可以去美化荒野，可以去护堤固坝，可以使无边的大草原更加繁茂。

锄想说的是，一定要坚持自己的立场，未必要排斥异己纠住草儿不放，但野草也必须尊重而不能染指一望无际而郁郁葱葱的麦苗。

一切的一切都一目了然。天地可以阔，心胸可以宽，但无论如何也要让草知道，理直气壮的麦子却不可欺。锄头最擅长的，或许就是刨根究底。

请告诉每一棵草，事物有一个良好的成长环境，比什么都重要。

然而，再小的草，它一旦苗壮，用不了多久，便可能形成对麦子的一次围困，因而锄头的目光不可以不犀利，要让那些草儿一眼就认得出：是刃，又岂止是一道所向披靡的狂飙！

（选自 2015 年《青年文摘》9 月号下半月刊《星星·散文诗》3 月号）

□ 虞锦贵

生命的原点（二章）

黑与白是生命的原色，和这个秋天的色彩斑斓毫无相关。

废　墟

一抔泥土，两只铁锹，翻动岁月。
踏上褐色沙丘，阳光没有了色彩。
乱石参差林立，大地颤抖。
废墟上，一粒粒黯淡的灰烬，依然在燃烧。
芳草萋萋，昆虫呻吟，灵魂深处涌动的声音，隐秘在夜晚走失的琴弦弹奏。
我用生命的权杖探寻，流淌出人间烟火沧桑。

废墟上，那只低飞的乌鸦。
孤傲。孤独。
徘徊，犹豫。
它目睹了多少世间的迷局，胸中是否有一方破碎的山河。
它用沉默，把自己从喧嚣的天空上析出。
不时传递出神秘的暗语。

我一言不发，裹着沉默的口罩。
呆呆地守望土坡上，从这遗弃的废墟里走出。
满身灰烬，发出声响的是风。

生　命

生命的质量，不是肉体的忍痛。
是一种燃烧，一种勇气，一种欲念。

在窗外无眠的夜晚，建筑锤打的工地，每一次睡梦中，都要触到灵魂的痛处，孤傲的心在颤抖。
要能顶承多少生命。
生与死的距离，反复荡漾。

风曾远去从没有停下来，沿着身体，寻觅、徘徊、旋转。

生命退化了，躯体落下尘埃。
人人都明白，生命于自己只有一次。
黑与白是生命的原色，和这个秋天的色彩斑斓毫无相关。
仍要用痛苦铺筑，丈量失去睡眠的协调。
我哀怨绝望的目光，在深夜的静默中。

（选自《散文诗世界》2015 年第 8 期）

□陈旭明   **没见过大海，但阻止不了我想象它**

身体在沙滩散步。/灵魂，朝着日出的海平线，长跪不起。

宽，比人生窄了九分。也至少比命运浅三寸。
却是一首诗的长度。
"直挂云帆"。"天容海色"。
是太白的风格。是东坡的风格。
"洪波涌起"。"白浪滔天"。
是孟德的风范。是润之的风范。
只有清。只有蓝。清是平声。蓝为仄韵。
比远更远。比近更近。海，始终居于诗的上游。
生在野外的，叫风景。
植入灵魂的，才是美。
一个在洞庭湖畔出生的中年男子，与大海的距离，不是飞机、高铁、火车；不是盘缠、自驾游、旅行社。只要轻轻跨过几个汉字。
美，若看不见，摸不着，那是还没有找到灵魂的故乡。

波浪是时光的趔趄。鱼比我们的乳名还活泼好动。影子纷纷溅湿穹宇。
最细小的波纹，也是一条命。
荒芜，如此繁华；空旷，如此饱满。日子美好，海豚、鲨鱼、鲸们，从不碰疼每一纹粼光。
鸥鸟、贝壳、水母、珊瑚、牡蛎种族平等。礁石、岛屿无贵贱之分。
曾经被唤作洼、塘、溪、涧、河、江、湖……众多之水团结一起，任何城邦和掳掠，任何仇怨和觊觎，任何暴力和毁灭……都是肤浅的。
——它的大，是每一滴水里坐着一位神灵。

星空一遍一遍把它刷干净。骑浪饮虹。弄舟戏月。捧起任何一朵潮音，我就稳稳掐住生命的穴位。

想象，其实是寂寞在撒野。是空闲所做的行为艺术。

我怯于抖出诗歌的幌子。艺术，有时充当某些人的遮羞布。

抵达美：需要最好的机缘。需要最佳的时辰。

那天，我的目光会穿越应酬、楼盘、绿灯、雾霾、晕眩、朝九晚五……

那天，纵然鬓发如雪，步履蹒跚，你将看见，我会省略繁文缛节、首鼠两端，剔除身外之物，直扑浪花。

身体在沙滩散步。

灵魂，朝着日出的海平线，长跪不起。

（选自《星星·散文诗》2015年第4期）

□ 林柏松

新鲜的黑暗记忆（三章）

题记：一切黑暗智慧都与腐烂吻合。

逾 越

因为身体和年龄的原因，一整个冬天，我一次次参观自己冰冷的笑。冬天，对于我，意味着死者早已看到了，一座小小的墓碑就站在书房窗外。吊唁的文字分明可见，从头到脚，如同一份沾满奇迹的草稿，我的以往总会被寒冷一遍遍过滤。

旧日记里的自己可能有些青涩，抑或有时早熟，尽管活着就是一场巨大的厌倦，但其中的许多细节，却调亮了我的生活……

除了自身的往事，还有无法隐姓埋名的躯体，在我一生的笔法里，刀是刀，锋是锋，敌意难逃。谁言春秋梦，沧桑对笔说。我，就像一颗自恋的小草，造就了自己的山山水水……

寒流一次次涌来，仿佛命运的血和生命中的血，统统被抽空。这就是死亡的退稿，不着一字，只有惨淡的白色躲在我的背后。

冬天的手就要拍下，呼救声总是晚一点，比死亡只晚一步。

我有些心灰意冷。可是没想到，当天空黑到骨头时，我的黑暗也被它带走。

映 象

触摸天文，让我贴近一个遥远的主题。夜想暗就暗，一条玉链想亮就亮。脸上的表情被打磨了上千次，最后都被撕下。

恶梦在肉里，一寸一寸把你凿空。死过多少次，美才被凿成美学。佩戴上一道闪电，赠你爱与漂泊，赠你无尽的青春。犹如十万光年，时空之痛，一颗星，沿着能被摸到的穹顶滑落。沧桑偷吻街市，于是霓虹袅袅。

一场暴风雪，隐身地下，酝酿一个难以想象的现实。闹市一角有个广场，堆积一群肮脏萎缩的孩子。这与光无关，光收敛了一天的茫然。曼德尔施塔姆暴露着每场雪都是初雪，一首诗暴露着毁灭一尽的生活。

有些人的手一伸，就离贪婪和杀戮不远。一枚小小的六角形像锋利的刀子，不会轻易过去，它的舌尖上挂着大千世界。一生的滑落，托举着风的焦点，然后联起手来喷绘一座城市。

一滴泪，驱逐不认识的眼窝。一首诗着了火，从空中跃下，摔出一声声尖叫！当挣出岩石的马头，倒映一匹马，当两个远古锁进目光那块玉，石质的摇篮，令体香石屑四散……

当痛苦的生机无法测试它的高度时，寒冷拥挤不堪，时间孤零零逃亡……

闯　入

我是一个在丽日当空之时，闯入了一场梦。那里是一个没有记忆的地方，后来我才知道，记忆不过是活在我自己头脑里的鬼魂。

我的闯入，使我走出原来的我。我杜撰了茫茫人流中的落日，在那里遍地是灾难的中心，更是人们永恒嬉戏的世界。我目睹了一片不属于任何主宰的黄昏。我的目光伫立成石。

我游走于众多陶俑的墓地，发现它们的死亡，不过是一片黄土的死亡。而黄土下的节日，又是风中阵阵的松涛……

人类第一次敲击石头收获的火，代替了火本身的死亡。我从陶俑的寂静，找到了摧毁孤独的最后的据点。

由于闯入，任何冲撞，都可能复活一段历史。我创造了对称的形式，使我的手又生出另一双手。

在天边，在我骨髓的黑色砾石间，同样是一个没有记忆的地方。我试图去扑灭数千年前那一把焚书之火，一直延续到今天的焚尸之火……

每个人生于死亡，而生命死于生命，每一个躯体又被躯体所包围。死亡，像一个贼，偷偷地踢我的门。不断闯入，一盏灯在灵魂深处熄灭，最终就像葬礼被葬礼遗弃……

（选自《诗林》2015 年第 1 期）

□ 丹　菲

地理书 (组章)

无需怀疑，岁月流逝的并不是时间，流逝的是我们。

石匣寺——悬崖上的《心经》

原谅我，亲爱的！我还是相信这支物质的沉香袅袅，不相信一曲又一曲的歌声表达。

相信她，采自一棵疼痛的树，拒绝呻吟；也相信她采自一棵死亡的树，灵魂飘散时风姿卓越。我还相信，悬崖上的这块石壁，在唐初留下的刀痕；一字一字地告诉我，万物葱茏，没有一样是前一秒的温情。我只有携带着此生的小身体，像一团烈焰，滚滚向前。

运城池神庙——浩瀚的白

那些白，你怎样能一眼望穿？就像你怎样能将一座雪山走完？

亿万年前潮水退却，剩余的骨头在风神和日神的鞭策下一粒粒析解，生生世世，融入黎民百姓的汗水、眼泪，甚至血液，干涸后是微小的盐，以供日常起居。

太阳当头啊，四千年前虞舜在盐池畔卧龙岗抚琴吟唱《南风歌》。伟大的盐南风从中条山吹来，它让亲民的虞舜悲欣交集。"南风之熏兮，可以解吾民之愠兮；南风之时兮，可以阜吾民之财兮。"

如今，我在苍茫的黄昏登上歌熏楼，面对这一片辽阔的故乡，那个小小的我已没有其他选择，只能怀抱一颗与生俱来的老灵魂，越来越爱。

如一粒盐献出自己，将前世的大海追忆。

鹳雀楼——甚至一条大河

唯一不变的，就是我们必须更上一层楼。

看远方，看时间怎样改变了空间布局。改变了一位唐朝诗人和众多非唐朝诗人的视线和听觉。

夕阳依然贴着远山落下，黄河却隐藏起涛声和雀声。一切只是为了让我们站得更高，看得辽阔无边。

无须怀疑，岁月流逝的并不是时间，流逝的是我们。时间一直就在那里，亘古至今，我们像绸布上勤奋的小蚂蚁，忘情地搬动着自己 。

　　甚至一条大河，它将蜿蜒曲折的身体向西摆动五公里十公里，躲开一座楼缠绵的回忆。时间就是它温暖的河床，它努力流淌，争取比人类有更生动的舞姿，更长久的寿命。

（选自《诗潮》2015 年第 3 期）

□刘定中　父亲，让我永远背着你的灵魂<small>（外一章）</small>

这个世界上，每一个人一辈子都在写着人字。

　　父亲，你背过我多少次，我实在记不清了。
　　也许，父亲背儿女，是不需要计算清楚的。
　　是啊，人世间，
　　哪位父亲记得背过儿女多少次？
　　哪位儿女记得父亲背过自己多少次？
　　这么一想，我似乎不那么纠结愧疚了。
　　然而，心却更沉重，断了线似的往下沉往下沉，
　　沉向无底的情感深渊。

　　父亲背着我的现场生动在眼前：
　　一个秋天的上午。
　　父亲背着 10 岁的我去老中医家治脚疮。
　　十五里山路如一头长蛇，蠕动在一个又一个山腰。
　　我的右脚后跟烂得现了白色的骨头，无法从父亲背上下来行走半步。

　　也记不清翻过几个山头。
　　父亲背上的汗水浸透了单衣，我的胸膛与父亲的脊背湿漉漉热乎乎地粘着。
　　一阵狂风几声炸雷乌云追赶过来，玉米粒一般的雨点哗哗地撒落着。
　　父亲朝前面的山头爬着，忽然左脚往后一滑，跪在一颗石头上。
　　父亲双手紧紧地抱住我的双腿，生怕我掉下来摔着。
　　父亲站立起来，短裤下的左腿膝盖皮破血流，却依然艰难地一步一步向上爬着。
　　我贴在父亲背上，雨水和着泪水流着的眼睛看着父亲膝盖上雨水和着血在流。

啊，个子矮小的父亲，
从来不向高山低头！

我的脚后跟没有留下一点疤疤。
父亲的膝盖却刻着一条紫色的疤痕。
父亲，以流汗的背和伤疤的脚将我背出了小山村。
我远离小山村远离父亲，淡漠了父亲的脊背淡漠了父亲的伤痕。
当那一天急电将我叫回小山村，父亲的双眼紧闭脊背凉如冰。
啊父亲，我没有背过一次你的肉体，
让我永远背负着你的灵魂……

写人字

门球场边，老王在教他二岁半的孙儿写人字。
孩子手中的小树枝颤颤地在沙地上画着，把人字写歪了，好像一个人
站立不稳就要倒下去，逗得我们这些老头儿哈哈大笑。
孩子见爷爷们笑，自己也张开小嘴嘻嘻笑着。

笑过之后，我不禁沉思起来。
人字，谁不是从儿时就学着写呢？

有的人把人字写得浩气凛然，顶天立地；
有的人把人字写得认认真真，堂堂正正；
有的人把人字写得马马虎虎，歪歪斜斜；
有的人把人字写得头脚倒立，栽进了兽的行列。

啊，这个世界上，每一个人一辈子都在写着人字。
我们这些打门球的老头，依然在认认真真地写。
我们亲眼看到，有的人在退休之后，自以为人生已经画了圆满的句号。
于是随意涂写人生，把人字写歪，以至写颠倒，
栽进了人生的黑洞。

人啊，
当你离开尘寰的时候，能给这个世界留下一个端端正正的人字吗？

（选自《社区与教育》2015 年第第 4 期）

□ 毅　剑　　　# 一种不确定归宿的流动（外一章）

很多人，因为寂寞而错爱了一人，但更多的人，因为错爱一人，而寂寞了一生。

子夜时分，总有一只鸟的鸣叫穿透岁月，让我习惯了于此刻写诗的手一瞬间战栗。

那是多年前的一个农场，当时的我，就在这个农场的学校里教书。

雪，纷纷扬扬的大雪，是从黄昏一直下到子夜的。

那鸟的鸣叫，是伴着推开雪封已久的房门，让我惊心的听到的——充满了警觉的声音，从雪夜的空中划过，长长的，穿透我记忆深处所有光亮和暗淡的日子。我不知道，这是怎样一只不容易停留的鸟，但我能够想像出它的一直在飞。

许多年来，每当此刻，不眠的我，总能莫明其妙地感觉到那鸟的翅膀在空气里的振动。那是——一种喧嚣而凛冽的，充满了恐惧又奋起抗击着的声音。

一种——总无法确定归宿的流动——

关于你和一条河流

你早就知道的，我是一条河流的儿子。

你不只一次的说过，今生今世，你终将与我携手沿着这条河流一起赶路。

如今，河与我还在，你却不见了。我来到你的城市，走过你来时曾走过的路，想像着，在没有我的日子，你又是怎样的生活？拿着你给我留下的照片，熟悉的那一条街，那一片风景，却不再有你出现的画面，即便我背转身，我们也再回不到从前的那些天、那些月和那些年——

一个有着优美背影的女人的最佳动作是背身离去——我知道，回忆——就是这样的一种女人！

那些曾经开花的石头，它们一直绽放在我内心的深处，许多想念你的日子，我就让思绪沿着那条河岸奔走。你知道的，那条河就是黄河，让我越是走近她，也就越是离她久远的河流，她终将穿过我的生命和梦想，在一个我和你今生已永远无法一起抵达的世界：命中注定——我将是来世里，她怀中那条跃过千网的鱼！

（选自《岁月》（原创版）2015 年第 9 期）

第十辑　一只秋雁的想象（10 佳）

□黄曙辉　　　　　　## 透明的秋水（外一章）

> 面对长天，能够写下一生唯一一个"人"字的人，只有自己。

　　这个时候，一切都可以放下了。该成熟的已经成熟，不该成熟的，已经没有机会。天高云淡，大雁已经南飞。只有空是唯一不变的存在，就像透明的光阴，没有谁能感觉到它的来来去去，踪迹全无。

　　水懂得一切。秋水是内心放不下的明镜。

　　昨夜的一场梦，关乎水——

　　那应该是仲春时节，陡峭的悬崖之下，头顶的瀑布突然倾泻，泥沙俱下，以不可阻遏之势，当头泼来。我无法躲藏，呼吸困难之时，凭着本能，逃离了恐怖的梦境。

　　不久，我爬上了一座高山，世间一切，都在眼底。我骑着一辆自行车在结冰的山路上向下飞速滑行。雪崩。泥石流。我已经知道了走错道路的悲惨结局即将发生。翻身跃下自行车，随着坍塌的山体下坠。忽而，我逆向上升，以单薄的身体，扛住命运。

　　黄水。雪水。我躲闪不及的血水。唯独没有泪水。

　　男儿有泪不轻弹。我把泪水集合在秋天，惊鸿照影。

　　错误在错误里修正。我把快要耗尽的光阴，以秋水的形式放纵在天空，让天蓝，云白，雁行成大写的人字。面对长天，能够写下一生唯一一个"人"字的人，只有自己。

　　秋水透明。心思不再浑浊。脚步不再慌乱。

　　也许一切都开始枯黄，最终死去，但是，一切已经在秋水里沉净。

　　透明。有人看见了我的五脏六腑。可我，仅仅读懂了一点点水的哲学。

在秋天经过的地方

　　那里，已经留下了太多凌乱的足迹。泥土散乱，草叶枯黄，三三两两的鸟雀，在各处寻找撒落的果实。待我靠近，它们噗噗飞走，留下诸多的碎影，像一些闲墨，不小心滴落在空茫的纸上。

　　光秃秃的柿子树上，残留的几个红色的柿子，好像是丰子恺故意点缀的。我站在柿子树下，只那么傻呆呆地望着，其实什么问题都没有思考。

薄霜浅浅的，于昨夜开始在我的发际集合。我听到了霜雪遥相呼应的声音。

其实，此时阳光明媚，漫山遍野的红叶，还多少有点宛若我少年时浮在我脸蛋上的羞涩。我知道我一直两手空空，没有收获到一粒可以炫耀的种子。

秋天的脚步越来越响，像坠落的橡果，落地有声。

我自觉地敲开了板结的大地，一条条巨大的裂缝，足可以安葬我的思想。

当然，也可以安葬下我的肉身。

还有，那一些坚硬的橡果。

我的思想也到处有着巨大的裂缝。缺水的季节太多，没有什么可以填充它们。

在秋天经过的地方，我将所有的落叶收集，作为越冬的柴薪。飞鸟经过我的头顶，我不用抬头张望，所有的鸟鸣也一齐落入其间，成为度过寂寞的寒夜，必需的音符。

那些橡果一样的种子，肯定必须接纳，让它们为我的骨头添加钙质。

秋天经过的地方，梵音响起。

我紧随其后。

凄厉的风和寒冷的霜，我不知道它们是不是在紧追在我的身后。

一个两手空空的人，早已不在乎向着近处的冬天或者远处的春天独行的时候，依旧两手空空。

（选自 2015 年《散文诗》上半月版第 4 期、《中国诗人》第 2 期）

□夏　寒　　　## 秋天，迷蒙的白桦林 (外二章)

静静的白桦林，挽起七彩的绚丽，跳跃着金黄的诗句。

秋日。走进林间小径，红尘荡尽，疲劳无踪。

圣洁的黑土地，无限深情地托起金秋的日子。

静静的白桦林，挽起七彩的绚丽，跳跃着金黄的诗句。

白桦树的身姿，宛如童话中美丽的仙子。

娜娜多姿的身影撒着娇，轻轻摇曳着迷蒙，幻化成迷人的梦境。

白桦叶，脸庞绽放的笑靥如花，像是在喃喃细语，一直守望着，寻找圣洁的梦想。

走进寂静的白桦林。天空低语，把无奈洒落一地。

秋意暖暖，摇曳的梦披一身欲作嫁衣的盛装。

是谁，迷蒙了大山的双眼？是谁，迷蒙了林中的鸟鸣？是谁，迷蒙了我彩色的思绪？歌声的翅膀，在林梢上飞翔。

秋风，抚摸着身穿洁白连衣裙的白桦，听白桦树舞动的乐章。

秋日里，你的倩影与谁的目光相撞？看。白桦枝头上，一首首抒情诗在肆意生长。我若是小鸟，必会在枝头欢唱。

晨雾秋水，漫过沙湖、草原和山峦

静静的河水，丈量着雾的高度，把脊梁弯成一座座起起伏伏的山峦。

然后，把雾托起。雾，舞着轻盈的身姿，在山间起舞，飘渺成青山碧水，穿越唐诗宋词的韵律。

暮然回首，在平平仄仄的视线里，不远处一簇簇秋天的树木迎来了一缕阳光，于是，在三分朦胧七分诗意之中露出了金灿灿的笑脸。

季节，打开一扇门扉，只见山和水相伴，天与地相依，不问花开花落，悸动的心曼妙着无限牵挂。薄雾，却情不自禁地把绵绵的思念洒进河水里。

水和雾交融，一如两颗心心相印的心，见证着那种圣洁的爱情。

秋，一枚红彤彤的银杏叶

当漫山红叶笑满枝头，红遍了整个秋季，我把世界所有的美丽拒绝。

让一片红叶，浓缩成夺目的艳丽。当欲滴的鲜艳成为极至，叶片从失去了枝权的缝隙间支撑起太阳的光环被岁月染上的斑驳也在睡梦中惊醒。

我。双手触摸到的红，通过叶片的血管渗进整个秋季。

秋季，赤裸的胸怀，晶莹，折射成一股迷人的气息，使人沉醉。

（选自《中国诗歌》2015年第8期）

□郭　毅　　　**一只秋雁的想象**（外一章）

而爱和静，撤开秋天，正盛装在一条崭新的路上。

倾听，滑过湖面。一群高涨的鱼，撩开裙裾，散发出流水的香。

清澈的天空，倒影中的山峦、民居……点点绿茵，朴实而高尚。

我要在此落下，以百花的温暖去爱。巢间的果实熟了，我要以教训药引酿酒，去疗治枯根败叶。和阳光一起，是我腾飞的愿望，也一定会照耀。

没什么信仰，我的追逐只是热爱。

雷霆应有尽有，与我比肩的闪电是耀眼的一部分，是消隐的一部分。

不去跋涉，怎会洞见晴朗。正在收割的远方，黄的红的巅峰，切分出袅娜的炊烟。

而我的所见所为，多么肤浅，多么羞愤。

再高一点，或许更宽的湖面，还有高耸的江山。

只是那时，风的雪花更猛，砸着人间，溅起绵延的灯火。

需要尊崇的是，那青苔下的孕育，正在井里升腾起甘甜。

曲曲天籁的和弦，诱惑了我的再生。

在春天，我会抛开顾虑和忧患，再次滑过湖面。

只是那时，我正怀着繁衍的卵。

雨后阳光

我也曾在昨夜的梦中与阳光纠缠、对语。那时的雨声，翻过一地秋叶，与一个女子在山坡上相见。

池塘的莲花入睡了。枕着温暖植物的红鲤像前世的呼吸，让大地如此宁静。鹰也入睡了。高枝梢上的雅雀安然无忌，被风刮起的呻唤怯怯地躲过树影，随雾化去了。

而淋漓的，是剩下来的露珠，在星月里点香。

墓园静谧，与我失散多年的骨肉，提一盏磷火，为土地照明。

我看见菩萨智慧的脸膛，与一截枯萎的树叶，在香火间缭绕。早起的和尚领着居士，在佛堂打坐、念经。寺院如此热闹。那么高的天空，那么白的云朵，慈祥地站在蓝台，为我授勋、题词。

山坡上的那个女子，不要吵醒，她也感受到。她枕着的山岭，由浑圆的胸脯至饱满的腹部，分解了旺盛的植被。

由她派生的河流，烟雾沸腾，驮远了更远的村庄、矿藏。

不要醒来。我静静地站着，也有枝条从我的臂膀上伸开。香火祭奠的柏枝，听到了阳光直立的声音。

我所到之处，雨退了。而爱和静，撒开秋天，正盛装在一条崭新的路上。

（选自《天马散文诗专页》2015 年第 1 期）

月下沏茶（外一章）

□李俊功

在冷夜里热身，一杯茶，一轮月，一个人，整个世界。

月下沏茶，温热的江山，袅袅几缕幽思，像面对江湖迎刃而解的好身段，禅意的武功。

放荡不羁的人，弃金粪土，八百年之前的相会，月色牵系你我。

壮怀激烈，望眼里一把利剑横空出世，杀富济贫。

弹指一挥，手臂间一群顽皮无赖屁滚尿流，清风徐徐。

不动声色，长啸宇内，沙场开阔，时刻秋点兵。

但我视月如爱，视一杯茶如清淡的良善。

山已如佛，一轮觉悟如佛，朗朗乾坤如佛。

卸下伪装，不过是这夜色绵绵无尽，绝好事，心无杂念，洁月升空，端坐于悲悯眼泪，二月连翘花开，三月迎春花香。

我有一杯热茶温热夜色的热情。我有一杯热茶疗疾的倔强。

在冷夜里热身，一杯茶，一轮月，一个人，整个世界。

乙未年四月五日怀杜甫

时间束翼归来。巩义。山瞩望。洁净而丰满的崖壁，挺立的脊梁。

必将舍弃误解。

趟水过河的沧桑老人睁着昨夜的灯火。

照耀伊洛河两岸沉默的草木。以及潜隐的黄土之疾。
作为路的石子和沙砾永远醒来。

微雨中，一场潮湿的对话正在进行。
我们如此熟悉。
悬挂头顶的一树梨花剥开烟雾，愈加清晰，或者高贵。
音乐。歌舞。心灵的叮当碰撞，铺展的盛典，发出深渊的呼唤。

苦难和涉足江山，双眼含泪的辽阔。
他如果仍然无际生活，大地是他的生存。
命运另外的意义是更加悠远对于失败的无数次否定。

暮春，我在此寻找。
一首首诗的觉然翻身，万物初生。而曾经刻印的黄土脚印，于微雨的伴行中，沙沙回响。
能够体验深厚忧伤，连一株小草，也倏然强大。

（选自《奔流》2015 年 5 期）

大隐之隐

□转　角

从有限拥有到无限失去。/从我与我们悲壮地消隐于每一次地动山摇……

1.　春分，我由田间腾起于天上，上天许我拯救枯萎的白云。人间枯枝在微风轻拂下迅速复活。

我潜入渊底，从一月一步跨入十月。

这是陷入理想之境的繁复交替。我的眼睛从腐朽到埋葬腐朽足足跨越六千年历史，这现实意义上的冲突已进入永恒。

永恒，十二次斗争中卷土重来的夜色惊讶于呼啸而去的唯一一次波澜壮阔，绵延如山谷，深邃的太空宽恕每一粒微尘，并顺利接纳我。

2.　恣肆于昏暗之上。

我轻蔑怜悯，恩惠，施舍，这劳苦功高的快乐"仿如地狱的谐音"，从一开始便无数次覆盖，波浪层层翻滚，汹涌之势抚慰了我枯萎、麻木的肉身。

而灵魂何在？

这条自由出入的路径直抵幽深的天的尽头。

我感谢脚下人们每一次真诚的呼唤！

我所熟悉的人间烟火依旧活跃在路上。天庭的灯火不止一次被人为破坏却依旧尽放光辉。

正如我每一次认真匍匐或者腾云驾雾般地行走，大地因此而依旧简约、生动且万物苍翠。万物尽吐绿色……

光芒！

我脚下的土地流淌出光芒的形状。

3.　飞沙走石，从虚妄之境奔腾而来。

我远离了上空的祥和和淬火后的荒芜，我从原形剔除欲望，尘垢，幻影而递交出一颗颤抖的内心。

因为伟岸，我跨越足够澄澈的水流倒悬苍生，而斩获一簇炯炯的闪电，高空凌驾在我之上，人间凌驾在我之上。

我有大地的经脉，骨血和饱满的精神。

我战胜亿万年光阴如同瞬间尽毁千里之外的利器。我在阳光普照下顿失远方，而我，只是我们之中最微小的那部分。

这是一场怎样的征战与讨伐？

从悲凉的陆地，深海，天空……

从有限拥有到无限失去。

从我与我们悲壮地消隐于每一次地动山摇……

（选自《诗潮》2015 年第 2 期）

□草馨儿　　　　# 以一株水草的名义（外一章）

矮小的身躯，高贵的灵魂。任人踩踏的命运，却从不卑微。

一株水草，或者另一个我。轻轻地，把自己涤荡。

柔曼，飘逸。是水，赋予我轻盈和美丽。

沉浮，是生命的过程。

沉，不是堕落。浮，不是随波逐流。

对于它，我并不惊慌。甚至做好了准备。

我用眼泪搓洗忧伤，用苦难凝结汗滴。

不管清浊与否，我始终把自己擦亮。

绿是我的终极。我的心灵，和蓝天相依；我的柔形和碧水相融。

我的双足不再是双足，而是游鱼的尾。

一点一点儿的绿，在体内渗透。除了翡翠的光芒，找不到任何色彩来替代。

泥苔藓

只要一滴水，便可活下来。

在神农顶，高大的植物倒下了，只有它，扎根岩石。

在大九湖，最不易生存的地方，只有它，铺满草原。

一株连着一株，一片铺展一片。

春绿，秋黄，冬泥，一年年重生。

不为谁绿，不为谁枯，只为自己单调地活着。

活着，就是最好的证明，就是学会爱。用爱，证明这个世界的存在；用爱，证明生生不息的诺言。珍禽异兽走了，奇花异木走了，所有能证明古老与久远的事物都走了，只有它，以最小的高度把生命擎起。

没有抱怨，没有忧伤。

即便去死，没有骷髅，只是一把灰。

一把灰，却没有背叛自己的祖先，一代一代地枯槁，一代一代地隐忍，一代一代地沉默，一代一代地坚持，一代一代地记录着世界的变迁，物种的变异。

生是一片绿，死是一把灰。

矮小的身躯，高贵的灵魂。任人踩踏的命运，却从不卑微。

（选自 2015 年 10 月 22 日《北海日报》银滩副刊）

□胡华强　　　# 秋意已浓（外一章）

不仅错过了蝴蝶纷飞的季节，更错过了邂逅爱情的岁月。

那条小径一夜之间铺满了褐色的落叶。

风，在枝丫间穿行，仿佛在腐叶堆中觅食的老鼠。在簌簌的回响中，两只杜鹃鸟跌落一双铁铸般沉重的影子。

薄雾在金牛渠的水面颤动。水，还没醒来。

在这样的清晨，我总沉溺在一堆萧瑟的古诗中不能自拔。一条寂寞的小径，被婉约的平仄围追堵截；只在头顶的空隙，见得一鹤排云而去的剪影。

我很怀疑我这样早行的目的。秋，未必是收获的季节。

飘零和枯萎，清寂和腐朽，并不消磨我在寂寞中独行的乐趣，却总让我在鸟们幸灾乐祸的小调里迷失方向。

坐在小桥石墩上的老者，将拐杖插在身旁的泥中，等待发芽开花！

这时，从林子的间隙，已隐隐可见西岭终年不化的积雪！

蝴蝶泉边

不仅错过了蝴蝶纷飞的季节，更错过了邂逅爱情的岁月。

阿黑哥的香荷包也许早成了装烟叶的口袋。那把爱的钢刀在砍斫岁月的荆棘中是否还锋利闪亮如初？

金花五朵，我一朵也不摘。我不过是一个怀旧的看客。

崇圣寺的三塔我不看，上关花也无甚稀奇。

我只想看看在那一潭清泉边来一场深情的对唱，在苍山和洱海之间飘成悠游的白云。

我只想看看是否有一块石头从某个未知的角落飞入那口幽深的潭中，溅起一朵浪漫的水花。

我只想让那一曲藏在我灵魂深处的旋律，飞出来与那一只孤独的蝴蝶翩翩起舞！

（选自《天马散文诗专页》2015 年第 5 期）

□杨开延　　　　## 温暖的记忆（组章）

有一种记忆是温暖的，那里面有家乡的炊烟。

花儿凋谢了，剩下的是枝叶；
鸟儿飞走了，剩下的是空巢；
岁月消瘦了，剩下的是苍凉；
人老力衰了，剩下的是记忆。
有一种记忆是明亮的，那里面有太阳的辉煌。
有一种记忆是温暖的，那里面有家乡的炊烟。

阳光知道

整个冬天，寒风像豆粒般大的沙子，打得人脸生疼，只好侧着身子，借一缕阳光走路。

如果没有阳光的照耀，会始终走不出寒冷的影子。

阳光知道，翻过冬天这道坎，春天就在不远的地方向你招手。

秋天来了

秋天来了，夏天走了，太阳瘦了。

地里的庄稼成熟了。阳光足足喂了它们一个夏天，秋粮该登场了。

秋粮登场了，庄稼汉们额上的汗珠，被一粒粒收进了粮仓。

大白菜

成片的大白菜，蹲伏在地里，无人问津。

尽管田头与市场仅一步之遥，也无法让你挪动一寸。

你熬过了漫长的寒冬，却要腐烂在温暖的春天。

（选自《天马散文诗专页》2015 年第 6 期）

□姜　华

蝴蝶与暗伤（二章）

视野里，那只白蝴蝶飞过，像一道闪电。

蝴　蝶

我现在说出蝴蝶，说出亲爱，不是庄周豢养的那只，也不是尘世里那些纷飞的诱惑。

初夏，一只白蝴蝶突然闯入我的书房，我惊讶，难道这就是昨夜飞进我梦中，那位楚楚动人，似曾相识的白衣女子。

现在，这只蝴蝶就在我书房里，她上下翻飞，再现前世风花雪月，可它就是不愿收拢翅膀。

我爱蝴蝶，一生一世。从一个区域到一个地名，从一种语言到一种方言，从一个姓氏到一个名字，从一片颜色到一种颜色，从一种颜色到其中的一只。我把她纹在我的左胸前，听彼此的心跳。现在，这只蝴蝶从前世飞来，唤我如当初。

正午的光线有些摇晃，我的思绪进入一片空白。一个熟悉的身影，在书案上疾走。视野里，那只白蝴蝶飞过，像一道闪电。

暗　伤

自从年少时被花刺扎伤，我便关闭门窗，收拢爱的翅膀，深陷苍茫江湖。

如今，我已没有了自信和激情，去看一朵在雨中哭泣的梅花。年少时最爱的那朵，已在风雨吹打中改变了颜色。眼前的花期虽年年更替，一双浑浊的目光仍在躲闪。

我爱梅子。爱她的眼睛，头发，笑容。也爱他的忧伤，甚至她身上的叶子，和刺。多

少年来，我甚至设计了一万种为她死亡的方式，和理由。可是它已从 30 年前的冬天出走，只在寂寞的夜晚来梦里会我。

夜幕低垂、漆黑如我的思想，我的思绪有些绝望。一场风花雪月的情殇，在书房里慢慢回放。彼时，梅子着红裙、披婚纱，站在窗外喊哥，声声柔。多少年后，我终于抓住了一棵稻草，夜凉如水。

我祈求上苍：愿意献出一切，让一朵梅今夜，转世。

（选自《天马散文诗专页》2015 年第 10 期）

□徐　敏　　　　　　**犁**（外一章）

根失踪了，只有新城，只有新城……

犁别进土地，旧土便成新，荒土渐成肥，或水稻，
或花生，或棉花，可抽穗出果扬絮，茂密如林。故，有古人曰：犁，耕也。

如今，城市博物馆，犁已陈列在玻璃框里成一种文物。
它的摆设，庄严且肃穆，但可敬而不可亲。人，纷至沓来，站在它身边，半晌，却无从触摸。

的确，时代变了，犁的位置，以及使命也就变了。

不变的是，人对犁的情怀、依存和感恩；

就像犁对大地一样，一辈子都保持着一种颔首鞠躬的低姿。

所以，有文书说，人即犁民，与犁，同生共息。

鸟

宽广辽阔的，是天空，是大地，有云，有风。

一粒枪声，拦截不住，一只白色鸟，从远及近，自上而下，垂着翅膀，张着嗓音，下落，下落；

下落成一个红透了的苹果，在枝头轻拨一下，就离开生它养它的故乡。

哦，是的，天空，是鸟的故乡。

或许落在地上，砸疼的是一只树虫一株小草。但鸟，灼伤的却是千里蓝天万亩热土。可以望见，鲜血会把天染红，把地溢透。

鸟，死了吗？

看，一双眼睛还睁着呢；鸟的飞翔，停止了吗？

听，远处的云海和风声如江河浪涛汹涌澎湃，谁也扼杀不了、囚禁不了。

蓦地，一瓣花朵的抬头，嘹亮了一只鸟的歌唱。

渐渐地，千双万双的翅膀哟，花一样，朝着天空，向着大地，

展开，以及生长。

（选自《天马散文诗专页》2015 年第 1 期）

第十一辑　东方情韵（10 佳）

□喻子涵

汉字意象（二章）

一盏老式的马灯突然亮了。／其实马，最不喜欢回首。

杏
——时间之殇

十八岁那年在公园，一朵花面向我，开了。
每年到这个清晨，它在花枝上，我在花树下，一张脸朝我笑。
嘴唇像日出一样艳红。

整日阴雨。虽未潇潇，却也未歇。
青石板路在雨丝中延伸，向东。江南梅子那时初露。
湿糊糊的嘴唇，在枝头努着，都市的影子淡入淡出。

雨打雨棚，滴嗒的声音回响预感。候鸟的梦一声声呼叫。
向晚出门，花的背影疾速逃离。
南风挡住去路，在江边，一枚杏子在雨中抽泣。

一夜的沉吟揩掉雨水和泥泞。一棵树守着它的根，等待漂泊的叶子。
何时再是花期？说不尽的春寒料峭。
一枚杏子的梦挂在遥远的枝头，手捂着脸，战栗。

在那高高的城楼上，一只还醒着的灯笼对着黎明手舞足蹈。
一张嘴悄悄向我张着，无语；一会儿，又向着全城大笑……
一种思念渴望那些光芒。

马
——其实马最不喜欢回首

马是一盏老式的灯，在屋角的尘埃里独自亮着，没有光线。
父亲的掌纹和目光从马灯里浸出，涂在漆黑的墙面上。

马鞍宁静，为马补上若干年代的瞌睡。

马留下的最后的记忆是马眼。
通红，有眼屎，泪水浸湿脸颊的一根根粗筋。
马眼深处，一扇窗开着，朝蹄声传来的方向。
旷远的故事，有时不堪回想。
如今更不堪回想，整夜整夜失眠。

现在马的眼睛不见了。老了，枯落了。
一只鸟飞在马的上空，试图复活马眼。
它的细蹄踏在天空的原野，沿着马奔驰来的地方。
永远无边的原野呵！马的头饰依然潇洒。
那一绺象征聪明和绝技的刘海，此时在鸟的头上耀眼闪光，
一束红冠，点燃西边的夕阳。

马最满意的是它的马尾。
自己死了，马尾还活着。
那些琴声，记住了自己的经历和情绪。有时清脆欢快，有时浑厚沉缓，
有时尖厉跳跃。
那些写字的人，把尾巴写得太像马的风度，有时还当众甩几甩。
唯有村口绣花的姑娘，很细心，口含马尾，一根根织进她的彩色希冀。

一盏老式的马灯突然亮了。
其实马，最不喜欢回首。

（载《山东文学》（下半月刊）2015 年第 4 期）

□春　风　　　　　　　荷 （外一章）

这一场雨。这一池荷。我静静地立于荷与荷叶之间。

六月的雨打在碧绿的荷叶上，慢慢往下滑落，像一颗颗晶莹的泪珠，
饱满滋润；又似乎一颗颗晶莹剔透的钻石，闪烁着耀眼的光芒……
相传荷花原是王母娘娘身边美貌的侍女玉姬，只因动了凡心，偷偷来
到杭州西子湖畔，流连忘返；王母娘娘一怒之下，将玉姬打入湖中淤泥，
永世不得再登天庭。

从此，天宫少了一位美貌的少女，人间多了一种冰清玉洁的鲜花。

玉姬仙子，化为一朵荷花，立于淤泥之中而不染，无怨无悔……

你终会来到这里，寻我前世的芳踪。

为了等你，我站成世纪的风姿。相信总有一天，你会打马而来，一定会一眼认出，我是你千年前的新娘！

沥沥的雨声，把我从悠长的遐想，默默的等候中唤醒。

我是一朵云

一路风雨，一路泪水，一路跋涉。心已落空，只余一组诗词歌赋。

生命有诗。更多的时候，是对着文字发呆，倾诉，喃喃不知所云。

繁华落尽，身，行走的生活之上，柴米油盐，瓶瓶罐罐，没有偏离轨道，也是值得庆幸的。

四十年来，心依然没有归属，在尘世沉浮，流浪，孤独而行。有谁记得你，有谁怜悯你，有谁在乎你。我，渺如一粒尘埃，被世人遗忘。

仰望天空，天空依然蔚蓝，小草依然蓬勃，树木依然青翠。小鸟依然在窗前唱着动听的歌儿，而我也依旧在做着自己该做的事……心倦了，很想有一个港湾，一个驿站，一块净土。让我停靠，让我休憩，让我疗伤。

我本是尘世的一滴泪，被佛点化，成为一朵洁白的云，飘荡在尘世的天空，看人世间的分分合合，聚聚散散。

飘荡远方，心存美好祝愿！

（选自 2015 年 8 月 10 日《伊犁晚报》、《当代教育》2015 年第 3 期）

□ 曾 冬

唐诗素描（二章）

赠别

娉娉袅袅十三余，豆蔻梢头二月初。

春风十里扬州路，卷上珠帘总不如。

——杜牧《赠别》

你是我梦里最美的一朵，总在黑暗中开放。

今夜，你又点亮了熄灭的阳光，红衣翠袖，在微风中飘扬。绣帘背后，你娉娉袅袅地拂过来，如一枝瘦瘦的杨柳。那把薄薄的香君扇，轻掩在你的粉唇上，却无法遮住那一脸的妩媚和羞涩。这个十三年华的少女，手捻幽幽淡淡的心事，在歌台舞榭的喧闹中，你遇见了谁？谁又遇见了你？

你就是豆蔻梢头的花骨朵吗？在二月初的一个早晨，被一滴晶莹的露水砸醒了一帘幽梦。那些含苞的花蕊是青春里最纯洁的语言，一瓣一瓣，在天空下铺开，一尘不染。

十里长街的扬州，已被暗香浮动的春风占领。每一扇花窗内，都有一张美人的背影，回眸浅笑。那个打马走过江南的王子，迷失在酒绿灯红的街口。

即使卷起一街的珠帘，又有谁，比得上一朵情窦初开的美丽？我轻握你的香，在扬州城的一盏台灯下，望着你如水的双眼，一半是爱，一半是痛。

窗外，有心碎的箫声，流转在风里，一生可闻。

画

远看山有色，近听水无声，
春去花还在，人来鸟不惊。
——王维《画》

所有的美丽，就这样铺开在眼前，那是尘世之外的一个梦吗？

远远地，千峰万仞在云烟的深处忽隐忽现，犹如波涛中沉沉浮浮的岛屿，几抹青绿点缀在层层叠叠的山峦上，为视线增添了几分生动的色彩。季节是一个沉思的禅者，在一张宣纸上，缄默不语。

一条穿来穿去的小溪终于从怪石嶙峋的缝隙中找到了回家的方向，争先恐后地从山谷的豁口冲出来，又无声地坠落在一块突起的苔石上，碎成了点点滴滴的伤心。氤氲的空气中弥漫着潮湿的雾霭，一泓深潭平静地接纳了受伤的流水。

窗外，春天早已被一场大雨洗劫一空。只有这些古墨中的花朵，依然含羞地挂在枝头，让每一瓣阳光，停驻在岁月的尘埃里，一生不谢。清寂的光阴没有留下痕迹，而暗香，始终浮动在每一个夜晚。那只鸟，不知从何处飞来，不知会飞往何方。它也只是一个孤独的过客吗？那些飞翔的羽毛，终于在风雨之后，搁浅在一支瘦瘦的画笔下，不再展开。人来人去，已惊不醒它淡泊的心志。

山无语，水无声。一个人，站在一幅古画前，禅意地笑了。

樱花赋 （外一章）

□吴长忠

> 像那只寻寻觅觅的蜜蜂，这灿烂的樱花令我遐思无限。

像那只寻寻觅觅的蜜蜂，我在这片樱花丛中驻足不前。看那风中摇曳的枝条，鲜亮嫩绿的枝叶，细绒绒水红色的蓓蕾，在阳光下绽放灿烂。

这灿烂的樱花令我神思眩迷。你曾承受炎炎夏日的暴晒；你曾直面瑟瑟秋风落叶飘零；也曾在冰封雪飘天寒地冻的漫长冬季，品味寂寞清冷。

你默默坚韧自守，为灿烂积蓄力量，为生命谱写华章，为春天奉献礼赞。

人生一世，犹草木一春。明道若昧、幽玄不可揣度的造物主总是这样安排：让那些美好的同时也是短暂的。譬如樱花，譬如人生。樱花无悔，她在短暂中绽放灿烂，并用她的灿烂叩问着我们：应该怎样安排短暂的人生。

故　乡

故乡之于我，是一缕抽绎不尽的情思，是一首深情款款的长歌。

凭栏赏雪时的惬意，仲秋月圆时的吟哦，情愫沉郁时的喟叹，幽梦乍醒时的惆怅，是组成这首长歌的音符。

故乡之于我，是一组絮叨不完，讲给儿女的故事。故事中有清澈的河水，温暖的炊烟，逐兔的猎鹰，牧羊人的响鞭；有秋阳下飘在天空挂在树梢的"天丝"，仲夏夜闪闪烁烁却让你永远追不上摸不着的"鬼火"。

故乡之于我，是一只五彩斑斓的翠鸟，我把这翠鸟珍藏在我心的密室，她的美丽，对于我是一种永恒的诱惑。

（选自《长白诗世界》（季刊）2015 年第 3 辑）

江山如此多娇 （二章）

□张玉华

> 顺黄河直下，我找到了海；逆黄河而上，我找到了娘。

西柏坡

山，山的潮，山的海，山的洋，群峰怀抱着婴儿，她的名字叫中国。

用山沟沟里发出的一份份电报，指点江山，激扬文字。辽沈战役、淮海战役、平津战役、渡江战役、解放大西南、进军大西北，都是名篇。

土地革命是一片肥沃的高粱地。那些独轮车、那些煎饼卷大葱、那些沂蒙六姐妹、那些红缨枪，都是她种出的粮食。红色西柏坡，一本厚重的史书，石刻的巨著。读着，读着，就读出了九百六十万平方公里的辽阔。

有山的地方，没有迷路；走出西柏坡，有的人就迷路了。

来这儿"朝圣"的人们，灵魂厚重了许多，步子坚定了许多。他们从自己的眼睛里，能看见自己的背影。也能看见一条小路，伸向历史深处。

黄河口

黄河口，杏黄旗围猎大海。高空下压，原野站立。野柳林响起四面楚歌，芦苇丛演练十面埋伏。

荒原之上，一个个石油汉子，唱着黄河号子，种植城市，种植文明，种下一颗颗对大地感恩的心。沿着荒凉的食指，疯长楼房的春笋。

抽油机，一步一叩首，心底刮着大风。

大海这条章鱼，吸起母亲的珠峰，乳汁成河天上来。

捧一口黄河水，高高举过头顶，骨头咯咯作响，花朵在血管开放，七剑下天山。

站在黄河入海口，与大海的心脏就近了，每分钟 75 次心跳，每一次都不再属于自己。顺黄河直下，我找到了海；逆黄河而上，我找到了娘。

谁说黄河九曲十八弯，走出了峡谷，就再也吼不出虎啸，唱不出龙吟。

你看——黄河之水天上来，哪一滴，不是龙的子孙？哪一声，不是山呼海啸？

（选自《小拇指》诗刊 2015 年"冬季号"）

□夜　鱼

老辰光 (选章)

题记：以燃香或沙漏计量的老辰光，灰扑扑地镶嵌在墙壁上……

夜半子时

当河水邂逅玄月，子夜便从废弃的埠头直起身子，在两钩细月的摩挲下，褪掉一部分黑，迈开暗蓝的步子，回手捞来古老的背影，徐徐展开——

高低错落的马头墙，层层叠叠的灰瓦，酣然或无眠的木格窗，斑驳紧闭的老门，闲置的旧石磨……

曾经真实存在又无奈遁失的，正在原路返回，然后一起浸泡在不动声色的寂静里。

人世在不知疲倦的折腾后暂时止息。擅于掐掉白日错漏的人，陷入了沉酣。

而我则迷惑于半梦半醒的枕畔，迷惑于寂静中的倒影。那些歌清与歌残的缘由模糊不清，那些事物与事物之间本该有的清澈凝望，要去哪里寻回？

我死死拽住深秋的零点，试图阻止自己滑向更冰冷的冬天。

不可有丝毫闪失啊。

我迟了那么一点点，错过了零点的航船。从此便是冰火两重天的隔绝。

薄烟与浮云悄无声息地掩杀，包裹笼罩。返回的一切又虚幻起来。时空不断更迭交错，破碎后齿状的边缘，正好卡进另外的碎块。仿佛子夜从未有过裂隙，它们真的不可能挤进来再度重生了么？

这个时代是铁打的，谁能逃离锻造的火炉，重返石阶清凉的埠头？

鸡鸣丑时

厚厚一沓光阴的拓片。

精致的光溢出门框，犹如老辰光从门缝中探出的一瞥，战栗般的晃动悠然拂过我的指尖。

夜更深了，却渐渐摆脱了辗转反侧的挣扎，进入架构清晰的场景。

如同从架设好的拍摄轨道上滑过去，从室内到室外，大雪映亮一截回廊，石栏上雕刻的喜鹊活了，一跃登上了梅枝，闹闹的喜意迎面扑来。

被等待捂热的窗框，投下几何图案的影子，透过陈旧的窗纱，映照在木地板上。这一次不是月光，是雪光。

白雪堆上了台阶，大门木质更显温厚了。俏丽的门环彻夜警醒，随时等着叩响。

风吹来长路，长路止于一盏点燃的灯。我固执地一次次拔亮灯芯。

夜的断截面上，雪花醉跌，梅香如帛，只因有归人，心头暖意铺了一层又一层。

你说，这中国的美只在宣纸上才有，雕栏玉砌也只优美在宋词里，后世的仿制，即使平仄格律勉强合得上，魂儿早散了。

我说，长夜已过一半，如果将剩下的一半用于祭奠与怀念，是不是太浪费了？

身处逼仄的现代公寓，先恢复聆听的心境吧。

再翻一页，你看，"风雨如晦，鸡鸣不已"。一纸活泼泼的民间，在古卷里发出了声响。

（选自《诗潮》2015 年第 12 期）

□黄金明

时间的地图 (选章)

岁月是平原，记忆是沙丘，在狂风之中迅速位移和变形。

1. 那一年，你来到大河边，涛声震天。你伫立于河岸，凝望着漩涡如翻滚的油锅，无数个人、无数个时刻、无数个地点、无数个事件，在刹那间涌现于这个剧烈旋转的万花筒——那是时间和空间的交叉点，也是梦幻和现实的分水岭。这一切在沉浮，在打散，在重组，在轮回，并凝结为记忆的琥珀。即使悬崖有铁石心肠，也因急流而晕眩。那一年，你遭遇了那个人，如丰熟的香蕉林遭遇了夏季台风。啊，时光七零八落，犹如穷人的屋顶被冰雹袭击。啊，硝烟散尽，战马在山坡上啃草。麦秸在晚霞中燃烧，以柱状浓烟模拟烽火。油菜花金黄，去年的草垛在风暴中仍保持着塔状。

2. 啊，如何在纸上绘制时间的建筑？时间边缘的河岸……群星也在塌缩。你用你的身体与灵魂，你的记忆与旅途，你的感觉与幻想……用一切的你，完成了一张时间的地图。那些你从未涉足的河水，仍在岁月之外流淌。那些你无法翻越的高山，仍在你心底耸立。那些你从未踏上的小径，仍隐藏于幽暗的林间。你转身离去，穿过风景而留下了巨大的空白与缺憾。被卷入暮色的小树林，犹如黄昏的制造者，就像你逐渐遗忘的人。唉，岁月是平原，记忆是沙丘，在狂风之中迅速位移和变形。时间像河水在流淌，遥远的银河跟往事的浪花在对望。一条条公路和铁轨，像危险的蛇向荒野延伸。唉，古老的星空也被工业城的雾霾取消了永恒。正是那些年月日，因无法忘记而在地图上耸成高原（那些大峡谷犹如一场大雪，带来了深厚的遗忘）。正是爱欲的造山运动，那一场风花雪月，在你心头变成了珠穆朗玛峰。

（选自《散文诗》2015 年 4 月号上半月刊）

□南往耶

苗语词典（选二）

甘沐长到了好年龄，野芳坡上成群结队的少年都在找鸟窝。

苗语：野芳

一个晚上就窜了九个寨，一个凌晨就爬了九个坡。用苗语说出野芳一词的时候，水田的水就翻腾着细波。每条河流都清新丰润，每座村寨都亮丽富饶。

谈恋爱是美好的。

在吊脚楼边谈恋爱是美好的。

美好的恋爱应该和心动的人一起谈。

大山大野，大腿大胸，雨露滋润的季节野花芬芳。

树根粗长，山涧深邃，米酒的故乡，醉了樱桃也醉了草莓。云端都在半山腰。半个月亮半个村庄，回头一看还有半个桩，放马过来。整个世界都在半山腰。

粗俗而彻底的野芳。

丰饶而唯美的野芳。

回味而无穷的野芳。

苗族人拥有干净、干脆、干红的爱情，深入五寸就深入人心。哪怕萍水相逢，回眸一笑，都会撕心裂肺。三千年。

苗语：耳洋箜

甘沐都是最美的。耳洋箜应该出自甘沐。只有甘沐有资格喷涌耳洋箜。锐利的耳朵，锋利的耳朵，可以听见情种心事的四面楚歌。

泥鳅，鲤鱼，蜗牛。酸菜坛。

走在冰冻三尺的冰面上，一不小心就会滑倒。迷人的危险。峡谷深涧，大风吹拂。闭着眼睛的甘沐就想起来了远方。远方有碾米房，有臼，舂米棒抹了菜油。蝴蝶和麻雀绕了三圈。迷迷糊糊的远方，死里逃生的远方。远方真远。

酸菜坛。青菜，白菜，韭菜，萝卜；洗净，晒干，切细，腌盖。水就从高山上流了下来。两万种树有两万种水，经过岩层的缝隙，挤了出来。

甘沐。水淋淋的甘沐。甘沐长到了好年龄，野芳坡上成群结队的少年都在找鸟窝。

呼唤：表妹，表妹。

（选自《星星·散文诗》2015 年第 10 期）

□潘志远　　　　# 王维的桂花（外一章）

鸟鸣是静中之静，春山是空里之空。

如佛的桂树。似禅的桂花。

如佛似禅的王维，走在山中：一步春山，一步鸟鸣。

鸟鸣是静中之静，春山是空里之空。

一步莲，一步竹，王维走在山中。独坐幽篁，弹琴复长啸。

王维孤独，但不孤单。松、竹、石、泉，都是他的朋友。月是一只千年深情的望眼。一步云，一步泉。行到水穷，坐看云起。

抬头见树，一棵吴刚永远伐不倒的月桂树。

桂子如金。王维坐在石上，石上落桂如雪乱，拂了一身还满……

一块沉默已久的石头说话了

春天，一块沉默已久的石头复活。

开始说话……说马，说牛：风马牛不相及。

说你，说我，说他：人心隔肚皮。

说花鸟草虫鱼……沉默的石头万能。

肉体死了，灵魂还在说话；灵魂远遁了，诗文还在说话；诗文湮没了，无数的怀念还在说话……固态的话，液态的话，气态的话……

干枯的话，潮湿的话，风蚀的话，从固态一跃而为气态的话；羞于言说的话，不说已明的话，越说越糊涂的话。

陷入话的危机，陷入话的灾难……救赎！救赎！！救赎！！！

依赖于说，最终死于沉默。

大音稀声。至音无声。或者压根不想言说，没有言说，厌恶言说……

（选自《淮风》2015 年 7 月号总第 103 期）

□宋庆发　　　　# 程门之雪（外一章）

一盹非黄粱；一尺真白雪。

是盹太长，还是尺太短？

紧要么？不打紧。打紧的是，程门被历史关得严严实实，被梦照得堂堂正正，被杨时、游酢二人站得道统通畅。

只是，后来之人，已无雪可立。

幸好，文化之下，礼终成至理。

映书之雪

皑皑白雪，茫茫间给大地平铺出一面明镜。

此镜，照出寒夜的清寂；此镜，照出季节的孤单；此镜，照出书生孙康的窘迫和淡定。

无苏秦之锥可握，无文党之斧可投，无车胤之萤可聚，只有属于自己的月下之雪，清介待照。有岁月之蒲可编，有梦想之柳可辑，有音正韵切之经史可批阅，唯前无钓饵，后无鞭箠，仅心存一念：云路鹏程九万里。

再冷坚的雪，也终将柔软成现实生活中的温吞之水，一如黑甜之香，终究封不住未来世界的难眠之喙。

众煦漂山，一雪砺刃。

书生孙康，终成一本厚厚的书，任由后学者一一静静翻阅。

（选自《作品》2015 年第 10 期《散文诗小辑》）

第十二辑　散文诗名家新作（12佳）

□耿林莽

停　电（外一章）

停电：现代都市的娇女，脱下了眼花缭乱的锦衣，世界又恢复了她原始的暗。

把所有的灯都熄去之后，街，便黑了下来，

那些蛇，霓虹灯的蛇，挤眉弄眼的蛇，一下子全不见了。

停电：现代都市的娇女，脱下了眼花缭乱的锦衣，世界又恢复了她原始的暗。

这时候，月亮走出来。

月光也是一尾蛇吗？她轻轻地游动，窜进草丛去，草叶子便有了声音。

一只萤，提着绿莹莹的小灯笼，沿着河的水面低低地飞。

闪闪发光而又模模糊糊，

小鱼们追逐着这一点点亮跃出了水面，

萤火虫飞向一棵树，无花果树，

一个裸身的男子在树底下站着，

他摘下一片墨绿色原先的叶子，遮住了他的"初恋"。

世界又回到了太初的古。

让一切重新开始吧。

天上人间，到处是伊甸园。

雷之怒

雷是神。

雷之神是一个满脸红胡须的男子汉，赤褐色胸肌，岩石纵横的天上，耸立着他的青铜之躯。

打开乌云之窗，打开了风的呼吸器官，

神的震怒，擂响了大地的哑默。

神的震怒使群山惊悸，黑森林倾伏，大河涌动着溃散之鱼。

人呢？被雷击中的人呢？

蓝色闪如剑穿刺，迅雷不及掩耳，刀削斧劈的瞬间，立即碎为肉泥。

惨不忍睹的是一段段烧焦的残躯。

天打五雷轰！

五雷轰顶，是神的惩罚的极致！

奴性之人有一种传统的确信：

"凡遭雷击者，肯定是坏人。"

密集的乌云下地暗天昏，号角燃烧，暴雨狂奔。

轰轰烈烈的雷声消失的时候，

战战兢兢的人们，还跪在那里。

祈祷："神啊，请息怒！"

（选自《星星·散文诗》2015年第7期）

林中私语（二章）

□ 许 淇

但，听啊！这里，那里，整个森林在说话。

林 语

林语。

森林在说话。

犹如发自体内神经的耳鸣，痉挛的震幅，那声音是悬浮于深潭之上的朦胧月色，是不确定的模糊轮廓的流动空间。

耳鸣不绝。溪涧濑响。回溯最初的潜滴暗流，不知在那一块被苔藓覆盖的石头底下躲藏——

吹着荃笛的小精灵，

在倾吐生之喜悦。

新栽的小树的芽，幼儿的嘴里，粉红的牙周像花苞，因为呵痒而嘻开了，一朵朵懵懵懂懂的欢笑。

叶子擦着叶子，嫩枝摩着嫩枝。

是即将出巢的雏鸟，振动光的羽衣。

是冻土苔原的驯鹿，舔着石松和盐。

是白桦林里最后一抹冷却的夕照，终于淬了火，青霭的暮烟吱吱的响。灰鼠和花鼠在枝头亲密地私语。

当神秘的黑夜袭击老林，由上而下降压一股浓重的腐烂植物的湿气和令人晕眩的松脂香，以及夏季候鸟留下的亚硝肥料的气味。

山猫经过那里的脚步，令人心悸。

欲望的季节，胡蜂毁了巢，发疯似的螫熊瞎子。镗鞑和锣鼓的吼声掩盖了一切。

风葬的鄂温克老阿爸，跨越了死之门限，像他的祖先那样，被高高地架上百龄落叶松的树梢。这时，风卷着阳光奔泻而来，汹涌着叶浪，将无欲的老人颠簸在森林之上。

而此刻在林中，食肉兽暴露着诱惑。蝴蝶双双合而为一。花朵每一蕊都赤裸着。鹿哨在颤声呻喊……

繁衍生殖，狼藉满地，森林必须经过一番洗涤……

雪，恰恰在这时刻，并无预示地降落下来。

白雪是无瑕的、干净的。雪是真实的，是固体的雾。

是所谓"白色的寂静"。果真寂静无声了么？一切动作都休止，世界因此永恒地沉默了么？

但，听啊！这里，那里，整个森林在说话。树枝承受不住积雪的重压，弯曲，弯曲，大块的雪落下，树枝反弹，连带所有的柯丫条件反射似的颤抖，雪刷刷地崩溃，发哀松碎玉之声。

夜半，沉沉的雪折断了枝条，力度的弹奏，如鹍弦铁拨，那声音在静极的空林中发出轰鸣。

这就是我听到的林语。

林中的湖

森林中低洼的塔头甸子中间有多年冰雪融化冲积的湖泊。

林中的路直通湖里，致使一头涉世不深的小鹿不幸溺毙。

几年前有过一对失路的天鹅在那里栖息。舍伦巴图老爹命名这湖叫"天鹅湖"。

深夜，他听到天鹅悲哀的绝唱。

每年，天鹅或别的水鸟仅仅途经。

因为湖里没有鱼，缺乏生物链。

这是死亡的湖，无生命的湖，不孕的湖。

湖底有一个冰冷的世界么？

我不知人是怎么死去的？心脏停止了跳动，然后四肢渐渐僵硬，意识沉坠入黑暗，而眼睛依然亮着一丝微弱的希望，视网膜的功能最后起着作用，末了，罩一层淡雾的白障。

舍伦巴图老爹在他的林中小屋里死去了、他眼睛始终睁着，似乎瞳仁里映现林中的湖。

暮色中森林幽暗，湖还亮着。米·普里什文说：湖是大地的眼睛，该也是森林的眼睛吧？

但森林时常先闭住眼睛，若催眠状态，四周的树木仿佛在梦游。夜盲的目视而不见，相反，天空像绿的湖，星星滴着水珠。翠翠的星星雨。

雨霁。湖映影幻美迷彩。虹若挑逗的眉。

白桦林里涵住着神秘的光，如迸发的灵感。

失眠的白夜里哀愁的情绪凝止的湖呵。

林中的湖是不孕的圣处女。

（选自《中国诗歌》2015 年第 2 期）

题李野林彩墨画（三章）

□ 海　梦

> 回家，是一根时光磨不断的牵挂，一滴擦不干的眼泪。

回　家

回家，是一种幸福，一种天伦之乐。

你挑着生活的重担，她背着岁月的艰辛，我怀着回家的思念，走在弯弯的路上，想着弯弯的人生。回家，是人共有的愿望。

在回家的路上，苦，算得什么？一生的追求，只为有个温暖的家。只要心中有爱，再苦也甜。

累，又算得了什么？所有的付出，只为有个幸福的家。只要有家，心中便有一轮不落的太阳。

人生苦短。家，是游子的思念。

回家，是一根时光磨不断的牵挂，一滴擦不干的眼泪。

远山的风景，越来越近。你身后的一切越丢越远，人的一生就在这条弯弯的路上奔走。有的人走出了人生辉煌；有的人却走下了万丈悬崖；有的人原地踏步，一生也走不出

私念的城堡，在贫困和痛苦的怀中呻吟。

一样的路，不同的结果，无非只有一字之差。

"贪"，是一种不治之症，染上它，就走上了不归之路。

"廉"，是一种人品，洁身自好，一尘不染，两袖清风，落得一生潇洒，享尽天伦之乐。

选择回家之路，是人之本能，回家的路，在每个人的心中延伸，延伸……

诺日朗瀑布

你从天上来，带着月光的美丽。

落山的太阳，送给你一件白色的衣裙，你的微笑，让青山绿水销魂地着迷，惊呆了你面前那几株青松。日月星辰，在远天偷偷地看你，怕惊扰你素雅的风姿。你的美丽虽不能羞花闭月，却让一切色彩都悄悄隐蔽。这世界却除了白色还是一片白色，只有你长长的衣裙，在岁月的梦中飘逸。

诺日朗，诺日朗，二十二年前，我见过你，赞美过你。如今，我已老了，而你，依然青春、美丽。世界一切都在变化，你却风韵犹存，时光在你身上戛然而止。

不老的青春，不老的美丽。秘诀也很简单，心地一尘不染，像你一样，为了走向大海，飞身万丈悬崖，也在所不辞。粉身碎骨，依然美丽。

小太阳

小太阳，你是生命的阳光。

每个小家庭都有一个小太阳，你是爱情枝头上的蓓蕾，开在春天的早晨，像只鸟儿要飞向远方，去追赶真正的太阳。爸爸妈妈是你人生的两只翅膀。

飞吧，海阔天空任鸟飞，我们的时代就是一个飞翔的时代，心有多高，收获就有多高。昨天的风雨算得了什么？要有拼搏，才算真正的人生。甜蜜的爱情，不止是快乐幸福，

爱的涵量很深很深。小太阳，也是爱情的翅膀，让生命也会飞翔，给人类带来春天，为世界撒满繁衍、进化的绿菌。

这世界奇迹太多。

太阳从海面上惊起，腾飞在万里长空，要将心中的热能献给人类。追吧，追太阳是生命的欲望，那只海鸥为你引路，在追梦中丰满自己，小太阳也会变成大太阳。

（选自《散文诗世界》2015 年）

□徐成淼　　　　　　# 帝王蝴蝶

阳光唤醒了欲望，帝王蝴蝶，一头栽进了又一度的轮回……

严寒将至，北美洲的朔风，送来了不容违抗的最后通牒。

帝王蝴蝶感知到季候的威胁，骚动不宁。

于是离开。

听从命运的呼唤，朝着那个注定的去处，毅然启程！

千万只帝王蝴蝶，布成色彩斑斓的方阵。穿过高山大海，向千万里外的固定目标奋力挺进。

向南！向南！

那里有迷人的冷杉林，有墨西哥湾温暖的季风！

山高水阔，帝王蝴蝶深知自身的局限：没有一只帝王蝶能独自到达终点。

然而继续飞行。穿越盆地，穿越河流，在海峡和三角洲加速，从孤岛和群岛间准确地穿行。

太阳、月亮、星，为它们导航。海滩和礁屿，是它们的欢乐谷和补给地。

在飞越中相爱，在飞越中交尾，在飞越中孕育：生命在旅途中不断延伸。

一代又一代，接续着不容更改的使命。

目送着继承者开始续航，最初的帝王蝶纷纷死去，残骸无声地坠落于洋流和深谷。

最终到达墨西哥森林中的，已是它们的另一次生命。

于是壮观的一幕展现：从树干至树梢，冷杉林所有的枝叶，被千万只帝王蝶密密覆盖，云霞满天，整座森林一片金黄。那是帝王蝴蝶橙黑相间的羽翅，是祖先留下的独一无二的图腾。举世无双的帝王风采，令所有的目睹者叹为观止！

是谁为它们确定了这样一条千古不变的迁徙路线？谁向它们发出了亘古的召唤，注定要有这样的一次远征？是怎样的神祇，制定了这无法破译的基因，让最柔弱的躯体，承担难以承受的使命？

是遗传密码？还是命运程序？抑或是永无答案的终古之谜。

终于，

寒冬远去，春风徐徐吹起。

帝王蝴蝶向冷杉林的枝叶告别，

返回。沿着来时的路线，再度跋涉。

依然是大海，是滔天的巨浪，飓风和雷雨，依然是难以辨认的海岬和海湾。

春光普照的北美，悄无声息地迎接归来的游子。

又一个爱的季节来到了！阳光唤醒了欲望，帝王蝴蝶，一头栽进了又一度的轮回……

（选自《散文诗世界》2015 年 2 期）

□ 刘　虔　　　## 城市：没有围墙的乐章 (三章)

那最后挤却的一呼，全然消弥了仅存的喊叫黎明的音乐！

像大树叶子一样醒来

在清晨，在每一个需要生命行动的时刻，醒来！
骚动着。而后一跃而起。大树上的叶子抖出满地晨曦，醒来。
最早醒来的是我们城市的打工者……
从铁皮屋的工棚走出，扛着昨夜梦回乡野的星光，醒来。
从地下室的窝居起身，踏过潮湿的台阶，醒来。
头戴柳藤帽，登上脚手架，迎风一声长啸，他们，醒来。
醒来。在这样的时刻，小草也会紧握住根脉。
醒来。血液里是江河远去的节拍。
日日击水三千里，挽着城市的天际线，一路扶摇上云台…

流泪，不流汗

他把自己生存与生活的全部都放在自己的两行脚印里，流浪……
枕着背囊。此刻还躺卧在三亚河畔的露天长廊上。
因为寒凉，赤裸的双腿蜷伏着。
直到清晨，阳光镀亮了他一身的疲惫。
直到黄昏，他依旧蜷伏在昨夜的梦里，流浪。
他是假寐的一段故事吗？
更像一截被沿街行人遗落路边无力醒来的长叹……
流浪者蜷伏着，在城市的一角，流泪，不流汗！

阳台上的风景

仿佛城市的哪一条街巷着了火……
关在邻家阳台上的那只公鸡，火烧云似地扑腾，一遍一遍鸣叫着。
无涉风月？不识时节？
失去的乡村里已然没有了麦浪翻滚的六月。
久违的天籁，洗不白落难的宿冤。

高楼峡谷与钢铁丛林里泣声如雨的诉说，只有悲切：

数日之后，血案果然降临到阳台。

那最后拚却的一呼，全然消弥了仅存的喊叫黎明的音乐！

（选自 2015 年 3 月 29 日《湖州晚报·散文诗月刊》）

□王幅明

黄河胎记（二章）

王之涣，你可知道，多少人默念着你的诗句，在心灵的楼梯上攀登？

在大禹渡聆听教诲

九曲黄河自古曾有过多少渡口？无人能够说清。

有一个古渡，为历史铭记。因为大禹来过，并在此治水。

除了远逝的河水，岸边的状元岭，还有那棵神柏，见证过大禹治水的身影。

禹王庙在云雾里。数不尽的台阶象登天的梯子。

在万里黄河第一庙的大殿，重温圣贤的传说。

大殿内供奉着大禹神像，山墙有大禹治水的浮雕。为了拯救黎民，大禹治水十三年，三过家门而不入。他身先士卒，手执耒耜，栉风沐雨，带领民众筑坝挖河，终使洪水畅通无阻流入东海。

这位旷世的治水英雄，受到民众爱戴，被推选为舜王的继承人。

庙前有棵四千多岁的古柏。相传大禹治水时在此拴马，憩息。

他悟出父辈治水失败的教训，用疏导代替围堵，终于让放肆的蛟龙低头。

也许这株柏树是神灵的化身？执着忘我的大禹在树下受到神谕？他用疏导的理念治水，更用来治国。

大禹将各地捐赠的青铜铸为九鼎，将天下划分为九州，为夏朝的建立奠定了基础。

拜谒禹王庙，感觉到君临天下的气场。

鸟瞰大禹渡，犹如检阅百万雄兵。

大禹渡，生命流转的渡口。

祖先和今人的业绩，一同在此展示。

名闻遐迩的扬水工程，灌溉良田，造福人民。

英雄的灵魂无处不在。从容的大禹雕像，慈祥的定河神母，翻开书页却看不到文字的巨石书碑，一个个通向山颠的引水管道，都在默默地诉说。

圣水观音的千只佛眼，洞察着芸芸众生。走过横跨峡谷的状元桥，是接受佛的引渡？

乘坐气垫船亲近黄河，在慈母的怀抱里聆听教诲。

沉睡千年的铁牛

昨日河西，今天河东。

一千二百年前的蒲津渡，是秦晋两地的交通要冲，横跨两岸的黄河浮桥，称雄一时。它是河东盐池的重要关隘。

桥头的蒲州城，被称为西都长安、东都洛阳之外的第三大都市。河东的盐，即通过这座巨型浮桥，源源不断地送向长安。

战乱，积沙，黄河改道，西都的衰落，竟让古城、渡口与浮桥神秘消失。意外挖出古渡的遗物，也挖出被遗忘的历史。人们发现，昨天与今日，南辕北辙，相距竟如此遥远。

除了铁索浮桥的残片，铁山，铁柱，虎虎有神的铁人，还有四具体型硕壮性格倔强，体重达六十吨的镇河铁牛。

沉睡了太久的盛唐气象，终于醒来。

开元十二年铸造的铁牛。牛眼里写着：唯我独尊！

（选自 2015 年《散文诗世界》第 7 期、7 月 24 日《郑州日报》）

道口·书院·秋声

□王剑冰

> 我曾经找过的那个历史的道口，就芳香四溢地站在四通八达的地方。

1.　我的记忆在涨水，我曾经来过道口镇。那个时候我还很小，我天真地寻找着那个道口。一定是有一个道口的，它在摆渡着来往，引导着方向。

可是我没有找到。

现在我依然在道口徜徉。有个声音告诉我，欧阳书院就是道口的标志。我看到一扇门无声地开启，一股清风灌了满怀，我的怀里立时温热起来，心里在荡舟。

我曾经找过的那个历史的道口，就芳香四溢地站在四通八达的地方。

2.　滑州，你是作为一个音符在那里发着骨感的声响吗？你的卫国的月光里，飘着许穆夫人的裙裾，一曲未经化妆的绝唱，在时光深深的庭院里舞蹈。

那个在乎山水之间的人也在乎"庭院深深深几许"，他找到这里的时候，"星月皎洁，明河在天"，一缕秋风正在流浪。他记住了那个朴素的路碑，正如多少年后我们循着那个路碑，毫无偏差地找到你。

3.　我试着像欧阳修一样在秋声里沙哑地歌唱，真的，我真的在那种歌唱里越过了灵魂的高峡，在一片清澈而亲切的水上飞奔。

水的四周是辽阔的北中原，中原一派玄黄。一个个经过无数次痛苦和愉悦而繁衍的村庄，把这玄黄连缀起来，就如汉赋、唐诗、宋词的连缀一样，将广袤和丰收连缀起来。一个人从广袤和丰收里站直弯着的腰身，甩出一串汗水，那汗水变成了飒飒秋风。

带着秋香的风吹过大地，大地上一片繁忙。欧阳修来的那天，是否也是这样的景象？我去过欧阳修的家乡，正是"白水芦花吹稻香"的季节。

4.　一群学子的声音水一样缱绻在风中，我听到了你们的歌唱，不，不唯是我，我身后那个摇摇晃晃的醉翁也听到了你们的歌唱，他激动得抖动着胡须，陷入了沉沉的回忆，似乎感怀那两次人生短暂的行程，感怀历史的理解和千年中滑州人的感情。欧阳公，六一居士，你始终让心居住在孩童中吗？你的生命里，重叠着那个儿童的节日，我们叫起来是那么亲切。

声音就这么缱绻地流着，我在这流水里偷偷地泡着自己的泪光。我回头看欧阳公，欧阳公的眼睛里映着清澈的天空。

5.　欧阳书院已成卫河边的风景，我在这风景的夜晚久久不能成眠。

秋风拂过大地，我随风扶摇而上，看一个人怎样地对天惆怅，惆怅中又带有着怎样的调侃与放浪。你一定流过泪，没有泪水的男人是不真实的，只是我没有看见。故乡沙溪旁，满头白发的芦花摇出的风，一直吹过卫水，抖乱你的衣衫。

"草木无情，有时飘零"。人生不可能长驻春天，那就在秋天里扎下根，把春天重新孕育。绵州、夷陵、扬州、滁州、滑州，欧阳公，你把坦荡和豪情种植在这些山水的深刻部位，让它们长出思想和灵魂，长出文字和墨香，没有人知道你的痛苦，亦如不知道你的快乐。你看，童子都睡了，你露出了宽怀的笑意。

深秋的风重复着重复着，一直重复到现在。

其实我不该想起这些，我应该想起醉翁亭的快意，想起蝶恋花的清香，可我还是忍不住。我还想起你的直率，你的不屈，你的无愧。就让我这样的多想一些吧，想得多了，我就离你越来越近了。

不，我一点都不怀疑你的意志，你只是借助秋风放飞一下自己的思绪，就如你放飞吹落的一根胡须。"人为动物，惟物之灵，百忧感其心，万事劳其形。" 谗佞的草在你的跟前，早拂之而色变，《秋声赋》后不知去向。

滑州，让我搬运些秋声走吧，我要把它扎成生命的篱笆。

（选自 2015 年 2 月《河南日报》）

□ 严　炎　　　　　　　# 雨中镜泊（外一章）

山路不停地将脚步延伸，促使我们向雷声雨声齐鸣的深潭进发。

打着遮阳伞，走在镜泊湖畔的林荫道上，雨声淅沥，点点滴滴落在人们身上，将每个游者沐浴灵动。来来往往的人海里，谁有慧眼能把他们骚动的心看穿？

山路不停地将脚步延伸，促使我们向雷声雨声齐鸣的深潭进发。走出羊肠小道，看到时光一点点削平脚掌，荫凉的路在树林里渐渐流逝，展现在我们面前的是大写意的波澜壮阔。

瀑布质朴的噪音在我们的耳畔轰然响起。一种震撼行云的声音，一种排山倒海的声音，崖一样连绵不绝。跳水运动员从湖上奋力一跃，扎进深深的潭水。瞬间，这个高山名湖睁大一双惊奇的眼睛，刻录了所有发亮的事物，让每个伫立在潭边的人变得棱角分明。看到这一幕，任何困难和艰辛都有了生命的支点。

举起相机轻轻一摁，一片片珍贵，闪着许多流韵的镜头就骄傲地荡漾起来，永存世间。那丰满的背景就是赤橙黄绿青蓝紫的"五花山"。

春　雪

季节的手势起伏着，一过清明节，农民便开始播种小麦。种子沐浴着春光，带着颤颤的音符，飘落在黑黝黝的泥土里，倔强而坚忍。

多情的雪姑娘们，来自六个不同的方向，飘飘从天而落，编制出一床厚厚的棉被，轻轻地铺盖在种子身上。顿时，雪花和种子的脸颊紧紧地贴在了一起。我们看见的是春雪，看不见的是一种守望。这些随季节迁徙的语言顺风抒发。

默默停立于地里的种子，面对这些迎面而来的雪姑娘要做一次促膝交谈，它们以膜拜的姿势面对这些银色的姑娘。敬仰的心从一片雪花开始，看看那些畅行于冬天的寒风怎样变暖，怎样叩响自己坚贞的骨骼。

当种子从地上探出头来，长成麦苗，准备和雪姑娘举行隆重婚礼的时候，雪姑娘却不见了，一个关于种子和雪姑娘相恋的童话也结束了。

（选自《天马散文诗专页》2015 年第 8 期）

□ 萧　风　　　　　　　　# 云半间（外二章）

2015 年 6 月 22 日，在"湖州诗群"创作基地揭牌仪式上，"云半间"主人刘大毛为大家介绍他的生态保护项目……

年轻时，诗是你的梦。

你以奶奶的名字，抒写着人生的喜怒哀乐。

而如今，梦是你的诗。

你以诗人的想象，描绘着梦想的黄绿赤橙。

告别宦海，辞官寻梦。你选择了与流云飞瀑为邻，与古木翠竹为友，与松鼠飞鸟为伴，与大自然"诗意地栖居"。

在你眼里，大自然就是一首美妙的诗。

物竞天择，是她自由的天性；飞禽走兽，是她灵动的韵律；花草蜂蝶，是她鲜活的语言；松风山岚，是她优美的意境。

你说，"云半间"就是你的诗，就是你的梦。

你想让一草一木在这里自由生长，让一鸟一蝶在这里快乐飞翔，让大自然在这里也有一个温暖的家。

你想让蓝天白云驱散人们心空的雾霾，让流泉飞瀑涤荡世间冷漠的沙尘，让诗意与梦想装饰人类精神的乐园……

云半间：诗半间，梦半间。

而在诗与梦之间，

在苍松与翠竹之间，

在静静聆听着的诗人们之间，

你就这样站着，娓娓而谈——

为我们激情地朗诵着你梦中的诗，为我们兴奋地描绘着你诗中的梦……

安化黑茶

安化黑茶乃千年名茶，自唐朝即为贡品，现已远销日本、韩国、欧洲等地。

2012 年 9 月，赴益阳参加第 12 届散文诗笔会时饮之。

1. 　在安化，与黑茶不期而遇。

（一瞬的惊诧，成为一世的惊喜？）

滚烫的爱，让茶香四溢。

一双乌溜溜的大眼睛，在青花瓷的杯盏里时隐时现。

不知道，这裸浴的黑美人儿，是不是我等候千年的伴侣？

但我相信：相遇就是一种缘。

就像这茶遇见水，再也不会分离。

2. 手捧一杯黑茶，独坐夜的边缘。

黑茶舞动的裙裾，如一群翩舞的黑蝴蝶，从我童年的记忆里飘然而至。

此刻，正从我心灵的烟波上掠过。

一群黑色的精灵，

乘着风的翅膀在水面飞翔。

忽闪，忽闪……

（它们在寻找什么？是我失落的童心吗？）

今夜，与一杯黑茶对坐。

我听见，一颗心在黑蝴蝶的翅翼上欢快地歌唱。

3. 壶起水落。

一群黑色的骏马，在小小的杯中驰骋，乌亮的鬃毛迎风飞扬……

依稀的蹄声，穿越历史的烟尘——

茶商军的马队从资水两岸出发，进山西，入陕甘。

风雨兼程，一路北上……

马的嘶鸣，茶的幽香，还有马帮沉重的叹息，都已留在茶马古道上。

黑茶：茶中的黑马。

如今，已走出安化，走出益阳，走向全国，走向世界。

东坡石床

位于徐州云龙山西麓，系一床状天然石台。上刻苏轼柏梁体诗
《登云龙山》："醉中走上黄茅冈，满冈乱石如群羊……"

跫跫足音，醉了。

醉得前仰后合，醉得平平仄仄，最后竟醉成一行"柏梁体"的韵脚。

"冈头醉倒石作床，仰看白云天茫茫。"

是你么，东坡先生？

鼾声如歌，响彻春冈秋谷。

梦里，一记响鞭，赶得满冈石头

——咩咩欢叫。

一千度春风秋雨，一千番柳绿杏红。

而你，还是"归路醉眠中"！

先生，你可知道？

因了你的诗，石台醉了，古道醉了，松风醉了，连你遗落千年的梦影也醉了。

而今，你已醉成一座仰坐挥笔的石雕，醉成一首墨香如酒的诗篇。

醉倒了天下人，也醉倒

——梦外一片掌声！

（选自"中国散文诗研究中心微信平台"2015 年 10 月 10 日）

□蔡　旭　　# 我心荡漾（二章）

每天早上充电的那一个小时，我也享受着与手机同等的待遇。

充　电

把手机接上电源，接上源源不断的动力。这是每天早上必须的功课。

不是小米手机的蓄电池太小，而是我每天耗电太多了。

屏幕的红点渐渐变蓝，这还不够。一定要充满百分之百。

直至变绿。同交通灯一样，绿灯才能一路畅通。

不然出门在外，随时都可能停水断流。

让远方跋山涉水到来的问候，被突然袭击的意外拉闸。

眼见微信中有一条精彩的视频，却无力拉得开厚厚的幕布。

挎包里，保证有充电器的位置。我有晴天带雨伞的习惯，有备无患。

——像我这样本来就储备不足的人，总得随时随地给自己加油。

每天早上充电的那一个小时，我也享受着与手机同等的待遇。

摊开书本，好让我保留着——

可持续使用的可能。

一家三代

儿子下班回到家，第一眼看到的是他的儿子。

兴冲冲地抱过来，亲个不够。

他的儿子看到他，高兴得手舞足蹈。

我也很高兴看到儿子回来。
也很理解——
他并没有看我。

（选自《诗潮》2015 年 4 月号）

□秦兆基　　**都市闲章** (二章)

棋　局

逐水草而居的部落，寒天，窝到太阳底下；热天，移到阴凉风口。只要是没有片片飞雪和瓢泼雨点……

没有编年史，记载这部落形成的最初岁月，兴许是这居民新村落成的年份，下岗潮、市场潮，潮起潮落的时光。

鏖战，在楼宇之间的隙地，无声，不，只有棋子落坪的声音，清脆的；带点迟疑，有尾声的。

车来炮往，马跳兵挺，相飞士撑，奔袭、埋伏，包围、解围，圈套、解套，回马枪、拖刀计、暗渡陈仓、李代桃僵、瞒天过海……将帅的韬略，在这幅员盈尺棋盘格子上：淋漓。

观棋不语，屏住呼吸，想道出，又咽下。落子无悔，想伸手，又缩回。

寒来暑往，在棋局中施展才智，消磨锐气，抚平工程师心上不老的皱褶，满足曾经才子经天纬地的青春梦，补写老教授未竟的传世作。

路灯亮了，心犹未甘，收拾起，心中还盘那个不该输的棋局。等待明日的厮杀……

民工子弟

"子弟"，叫人感奋的称呼，西楚霸王啸聚起的"江东子弟"，左忠襄公带领出天山的"三湘子弟"。

不，我们，只是民工子弟学校聚集的一群。因为我们的父母来自黄土地、黑土地、红土地，他们是农民工。

学校就在住所的旁边，铃声响了，出家门，还来得及跑进教室，却偏偏舍近求远，赶到我该去的——

民工子弟学校，接受我该接受的教育，享受我能享受的权利。

就着路灯，在路边的石凳上，完成老师布置的作业，艰难地就着格子，等着爸爸下班。

假日，城里的孩子，忙着去上这个班，哪个班，英语、奥数、雅思、托福、钢琴、美术……我默默地帮着妈妈收钱，守摊。

我们啸聚在一起，同命的子弟，奔跑、追逐，玩着山里的古老游戏，唱着只有我们能懂的乡音儿歌。

夜晚，进入梦乡，和着父母的鼾声，去溪水里捞鱼，躺在草地上放歌。

（选自《散文诗世界》2015 年 1 期）

□李松璋　　猜测或玄想（三章）

宫闱深处，夜的床，睡着赤身的王。枕下的剑，剑上的提醒，王的夜永远不得安生。

安静中惊觉齿间的寒冷

我们在火堆前小心翼翼地伸出双手取暖。

火焰通过指尖去寻找情感，却在抵达之前灼伤皮肤的信任。

我们的舞蹈和自言自语都仿佛是浓重黑夜里不被倾听的梦呓，持续的冬天。是啊，寒风中等待灵魂归来的雪人正做着怪相，它不敢让太阳强调存在的意义。

越来越多的人围聚火焰周围，等待大地苏醒。那是一个不断被推迟的时间。信使们一批一批地醉倒在半路的驿站。都市里的人们，拿出不可想象的耐心和火焰较力，争相拥挤着，彼此却不做内心的交流。火焰温暖不到的，是齿间的寒冷！

那是从未有过的处境，没有悲欢与荣辱，几乎已经接近了一个总是悄悄到来的词：崩溃！

黑夜里乱象丛生。街道空空荡荡，两边所有紧闭的窗口都成了哑然的隐喻。

即使她们如梦幻般匆匆走过；即使她们袒裸着美丽香艳的肩膀和胸脯，我们也无法感到世间日渐稀少的痛惜和爱情。

风在马背上看见鸟群

骑在马背上的，是风。

狂野的棕色快马，穿过初春的树林和积雪的草地，蹄声急切如在唤醒时光起身，如去远赴一个被严冬阻隔的密约。

快呀！大河之上，坚冰正在碎裂，声如雷吼；

快呀！荒原之上，无名的野草正在挣脱寒冬锁链的捆缚，状似黎明的觉悟！

风在马背上呼吸急促。

狂野的棕色快马，背负着烈风的骑手。

不须缰绳羁绊。天高云淡，大地辽阔无边。骑手内心的疆域也是！但此刻，骑手的心情却为何充满深沉的焦虑和忧患？

他看见从灰色树林间飞起的消瘦的鸟群。它们饥肠辘辘，羽毛被漫长冬天的囚禁失去光泽。春寒料峭，它们漫不经心、漫无目的地飞，却总是飞不出那片荒芜的芦苇浅滩，飞不出那片无枝可依的稀疏林带，轻盈如梦游的魅影。

风在马背上看见鸟群，看见一群无家的孩子！

带着黑夜赴约

不是走进黑夜里。她就是夜，是不带灯火和星光的夜！

黑夜里所见所闻的一切，都被一种妖氛制挟，由她掌控时间，掌控棋局上每一粒温软的玉石不由自主地移动。每一次的移动，都是为了宫城里静坐不动的王。隔着细密冰冷的珠帘，王，不动声色地看着将士们为他仆倒牺牲。江山一天比一天空旷！

她就是夜！所到之处无边无际的夜！她带着夜，去和阴谋与爱情赴约。

看不见的松林茂密，与黑夜融为一体。脚下无声。闻到松叶清雅凛然的气息，她知道，那是宫城之外。宫闱深处，夜的床，睡着赤身的王。枕下的剑，剑上的提醒，王的夜永远不得安生。

带着黑夜如约而来的女子，头上盘着不祥乌鸦的女子。她不会知道：一个寻常之夜，一次平常的赴约，会让一个庞大的王国，发生一场血腥和悲凉！

（选自《诗歌月刊》2015 年 11 月散文诗专号）

第十三辑　跨诗体写作名家（18佳）

□章德益

关于颜色（三章）

我们黑白存在中的人性与善性。我们黑白信仰中的天使与魔鬼。

颜　色

黑色引诱了白色，或者白色引诱了黑色，私奔进色谱之外的序列中，私生下灰色。

灰色是红色的畸婴，是黑白世界的私生子，是光明与黑暗杂交后产生的怪异之色。

灰色披上上帝的鲜血炫耀，就显赫成褐色。

褐色比红色冷凛，比黑色诡异，比灰色城府更深，介于紫色与黄色之间，是一种有着暴力倾向的狂躁之色。

我们人类的各种颜色都不纯粹，都不忠贞。它们互相勾引，互相猜疑，互相逾越，互相出轨，互相强暴，互相妥协，才产生了世界的万千底色。

花是大地与天空间的唯一例外。有着神与魔鬼妥协得比较好的诗意颜色。

但蓝色却被人类的心灵污染。在偶然纯蓝的天空中，你看吧，那瞬息涌来的万千阴霾，万千浮尘，万千弹火的阴影，万千亡灵的哀号与葬烟，都是人类铁青的面色。

人类色彩史

从总体上来看，人类在万物面前只是一个色盲。多少年来，他们只习惯于挥霍蓝色。浪费绿色。稀释黑色。引爆红色。践踏白色。怂恿紫色。

他们只习惯于在灰色里磨磨蹭蹭。在白色里躲躲闪闪。在红色里亢奋冲动。在黑色里浑水摸鱼。在血色里支支吾吾。在金色里伪造光环。

他们习惯于把黑说成白，把白说成黑。在黑色与白色之间的过渡地带磨磨蹭蹭成浅灰色，反复把自己涂改成一片无色，冒充原色。

多少年，被挥霍的蓝色已变成了一片黄。被消费的绿色已变成了一片枯。被稀释的黑色已变成了一滩血。被引爆的红色已变成了一撮灰。被践踏的白色已淋漓成浓稠的夜。被怂恿的紫色已分解成一缕缕烟。但他们还自以为是地球上的色彩大师与原创性画家。

多少年，红色对白色的诱奸。灰色对绿色的入侵。黑色向血色的过渡。血色向白色的升华。紫色向黄色的跪拜。蓝色向黑色的乞讨。有色向无色的传道。无色向有色的宣战。一只名叫历史的调色盘早已全然乱套。

黑与白

黑色，从白色里炼取。白色，是黑色的另一种释义与表达。

我们黑白底片里的影子轮廓。我们黑白世界里的对立与统一。我们黑白存在中的人性与兽性。我们黑白信仰中的天使与魔鬼。

白手套上落下一只黑苍蝇，黑墨滴上悬着一轮白月亮。白色沙漠蠕动着一只黑蚂蚁。黑色废墟上空飞过大群春天的白鹭。黑色磅秤上压着一支偷猎来的苍白象牙。黑琴键与白琴键合奏出的一支流向尘土的星星挽歌。

被我们称为宇宙黑洞的天体，就是一切黑色的继母，教父，百科全书总编与集大成者。它吞噬一切的光，湮灭一切途经的星体，并且在无数苍白的星球骨灰上建立起黑的帝国。

我们人世间的黑洞现象。我们历史中的黑洞现象。我们生命中的黑洞现象。我们灵魂中的黑洞现象呵。

黑，以洞察宇宙本质的不可动摇的法则，教育着白。

（选自《伊犁河》2015 年第 3 期）

□张庆岭　　　# 灵魂的诉说（三章）

一张白纸，不是昨天，也不是今天，它是——/干干净净的末日。

一张白纸

风一吹，飘上天。

一张白纸，就是一片白云。此时，如果让严寒把它撕碎，那，自然就是一场鹅毛大雪。如果再不断地撕，雪

就会不断地下。

一张白纸，如果痛下决心，拒绝撕扯，拒绝高，拒绝飘扬，甚至义无反顾地抖掉欲望，不再想入非非，那么，它，就会一身轻松，就会重新

顺利地飘下来，回归平静。此时，如果再

坚持栖于桌案，悄然等待，说不定

会成为无与伦比的空白。

当一张白纸，装满整整一个大脑外加一个世界的想法，它，清白的内心，一定会介于有与无之间，那将是一个
多么巨大的美妙。

一张白纸，不是昨天，也不是今天，它是——
干干净净的末日。

无须说出的事物

这朵雪花，一定是去年的，一定是——它还没来得及开放，那个冬天就大步流星地过去了。现在开放，也不迟呀，可以
展示两年的美。

请放心吧，你送给我的那片枫叶，绝不会枯萎，是我一直在用——我那整整一本书的心血来喂养它，让它天天保持着，你一样
思念的红润。

是的，即使丢失了我自己，也不会丢失了你送给我的那个眼神儿。
四万华里算什么？语言不通算什么？
心，最容易消化掉的
就是距离。

后诗人

死，
让他成功地，将自己的遗体，无偿地献给了这个世界。
解剖学家，便在他的遗体里，有了一系列的发现——
在胃里，发现了他尚未消化掉的温饱。一些块状的战争、数字、信息，
显然还没有来得及咀嚼；
在胸腔里，发现了他刚刚喂养大的——青山，绿水，田园，风光；
在腹腔中，发现了一对正在发育的龙凤胎——男孩，黑发、黄皮肤、
黑眼睛；女孩，白发、黑皮肤、蓝眼睛。
在心脏里，发现了一条——清沏奔腾的黄河；
在大脑里，发现了刚刚形成的白云、朝霞、蓝天……
灵魂，暂时无法解剖，只能交由梦学家

做进一步研究。

（选自《福建乡土》2015 年第 3 期）

□ 洪　烛

仓央嘉措心史 (选章)

我想送你一条哈达，那是一朵最小的白云，却格外温暖。

乱花迷眼

花没乱，是我的眼神乱了。把一朵花看成了一百朵花。花没乱，是我的心乱了，把一百朵花想成了一朵花。

花没乱，是我手忙脚乱，刚拾起这一朵，那一朵又落下。其实那一朵不过是这一朵的影子啊。花没乱，是这世道乱了，在乱世里是做一朵乱花呢，还是屏住呼吸，就是不开放？

你就说我是花心吧。可你真的见过我的心花吗？有数不清的花瓣？你就说我是乱花吧。可你哪里想得到：我也可以坐怀不乱。

看你的时候眼花缭乱，想你的时候心乱如麻，理还乱全因为剪不断。我怎么就是下不了手呢？对你心软也就罢了，对自己总该狠一点啊。明明转身走了，干吗还要偷偷回头望？好不容易忘掉你的脸，一眨眼，又想起你说过的话。

花没乱，是我胡思乱想，从你身上闻到花的香，又把花看成你的模样。

珠穆朗玛

我想送你一块钻石，那是一座最小的冰山。却拒绝融化。你想送我一座冰山，那是一块最大的钻石，价值连城。

我想用小小的钻石在你巨大的冰山上面刻下一行字：我爱你。字很小，小得不能再小了。但一写下，就被放大。天地之间，别人看见一座冰山闪闪发光，你没看见透明的冰山，只看见一行字闪闪发光。

钻石很硬。我的心很软。冰山很冷。你的目光很温暖。即使冰山融化成一滩水了，那行字仍然屹立在原地，一点儿没有走样。有人把它读成地久天长。有人把它读成海枯石烂。

我想送你一条哈达，那是一朵最小的白云，却格外温暖。你想送我一朵白云，那是一条最长的哈达，迎风飘扬。

转　世

换一双鞋子，就能把道路一同换掉吗？就能改变路边的风景吗？就能遇见想遇见的人吗？弥补昨天的错过，有那么容易吗？

换一顶帽子，就能把头顶的天空换掉吗？就能让雨停下来吗？天各一方的亲人，就能重逢吗？让异乡变成故乡，有那么容易吗？

换一处房子，就能换掉周围的邻居。换不掉的是自己的心情。即使搬到布达拉宫，就能真的快乐一点吗？换一个环境，像换一件衣服那么容易吗？换一张床，就能做不同的梦吗？梦里就能开满莲花吗？就能梦见不同的人吗？分辨是梦还是醒，有那么容易吗？

换一个名字，就能变成另一个人吗？就能做得更好吗？就能忘掉自己是谁吗？弥补前世的遗憾，有那么容易吗？换一种活法，就能少受伤害吗？就能避免伤害别人吗？就能把愈合的伤疤，当成来历不明的胎记吗？开始一次新生，有那么容易吗？

（选自 2015 年 3 月 29 日《湖州晚报·散文诗月刊》）

□李　浩　　**赫拉克勒斯**（外一章）

给爱人讲："云的孩子唱云中的歌。"给爱人讲："熟睡的天使带着上帝的微笑。"

饮尽画中山海，飞舞着，火把一般的手臂，迎面走来："幽谷沉砀，司晨啼晓，海面上，翻滚的天空，从利比亚，回到 Γαα"。

砍断脖子的学人与巨人，游动着冥府的门户。"奥林匹斯山上的，圆桌宴会，百鬼肃杀。"

豪猪们，偷偷地潜入洗手间，挥刀立斩内心里强硬的刺。然后，站在各自的队伍中合唱："水煮牛羊，杀鸡祭墙。"

餐桌上的赫拉，脱掉草鞋，解开金腰带，仰卧于杜鹃飞舞的群峰之上。她在杜鹃中，绽放着圣洁的双乳。蜜蜂，和他们的苹果树，在震动的性中，如同远山上的皑皑白雪。

你站在云中举目：晚塘之底，逐渐扩大的波塞冬，随明星的电梯，升降日月和德墨忒尔，并与美杜莎，在雅典娜的神庙里，交换性具和海拔。

我们在悬崖上看云

们在悬崖上看云。通往蓝天的公路上，弥漫着杂草的香气。

我在爱人的身体里，我在死者的手掌中，我在这个晃动的岛屿上

给爱人讲："云的孩子唱云中的歌。"给爱人讲："熟睡的天使带着上帝的微笑。"

给爱人讲："星和光回到了神的殿里，岩石息于险峰。"

（选自《作品》2015 年第 10 期《散文诗小辑》）

□谢克强　　　# 认识石头 （外二章）

沉稳凝重的责任以及不可抑制的献身的欲望啊，你站在刀锋之上，霍霍有声。

有谁注意石头呢，石头就是石头，它可能出现在我们身边，或者从我们的眼角扫过，可是，有谁注意过它呢？

确实，石头与我们的日常生活有一段距离。

是一个风雨过后的黎明，我来到江岸抢修大堤的工地，在打桩机铿锵的歌唱里，不远处，一堆普通得不能再普通的石头，结结实实地沉默着，以一种独特的存在引起我的注意。

这会儿，我骤然生出一种渴望，想走近石头，用我略嫌苍白的手抚摸它，拥抱它，并和它作一次对话。

然而，石头是缄默的，缄默不仅是语言，缄默还是一种质感呵。当石头守着自己的诺言沉默地聚在一起守在工地上默默等待，那些平时不被人们注意的硬硬的沉沉的石头，这时骤然成了一种风景，让人景仰。

我突然认识了石头。

是的，石头的力量就在于服从需要，不管放在哪里，无论是默默无私的奉献，还是粉身碎骨的牺牲，依然信守诺言，作最质朴的站立，坚定、忠贞。

磨刀石

我已注意你很久很久了。

不仅仅是凭着一块粗犷质朴的勇气，更有乐观豁达的性格，沉稳凝重的责任以及不可抑制的献身的欲望啊，你站在刀锋之上，霍霍有声。

惊险的情节，随着滴水的歌吟，依着你的坚硬，在时间反复的搓磨与

岁月来回的搏斗中依次展开，越过期待，那经历风雨和时间的锈蚀，伤痕累累又锈迹斑斑的思想在破空而至铮铮作响的呐喊与诺言徘徊悠长的恸哭里，渐渐雪亮。

磨刀石啊，面对着你，除了想给你献上一首颂歌外，我还想依偎着你袒露的胸膛上，亦如依偎我爱人袒露的胸膛，度度我到底能够忍受多少诚挚而温柔的磨砺。

影　子

没有骨胳，你却毫不怯弱且形象鲜明地站在阳光里，不为风的柔情所动，不为花的姿容所移。
你是谁给这个世界的投影呢？

在苍茫的孤寂里，为什么你泛起自信的微笑？！
在沦陷的绝望里，为什么你升起滴血的希冀？！
在欲念的季节里，为什么你拒绝虚荣的花朵？！
在信守的企盼里，为什么你泣饮孤独的汁液？！
在受屈的忧郁里，为什么你挥洒含泪的自豪？！
在渴望的欢乐里，为什么你回首痛楚的沉思？！

是的，你不软不硬，不明不灭，无轻无重，无声无息，谁若与光明相伴，你就与谁长相厮守；
然而，谁若背叛你，你就会将他投入沉重的黑暗里！

（选自《天马散文诗专页》2015 年第 9 期）

银：断想九章

□宋晓杰

然而，你逆向变身为一匹马——折叠的闪电，利剑，无声地劈开大地！

----

1. 我喜欢你的喑哑——在看到太多的血、铁和糖之后。我喜欢你的缄默，有辉光，不会太过明亮；有价值，但可靠、安妥。你压低嗓音，在角落里沉积着岁月的光斑、生命的舍利，直到本身已充满，无须再增多。

2. 导热。导电。你知冷知热，细若游丝的牵系，绵长，不绝。你是媒介、浮桥，天堑、鸿沟，都在你的静默中，悄悄弥平、轻巧覆盖……

你不是耀眼的白，是默默挪移的光影，是青草蒙上的一层雾……你等同于清霜、凉透的席子、月下的荷塘、平和的心境……你稳住阵脚，像个中庸的人，不在疾雨中奔跑，不在烈日下急行，不在呼天抢地中歌哭。你清泠泠的目光温柔适中，软硬适度，让粗糙、简陋、羞耻显而易见。

3. 你是我的地理学、心理学，是兵荒马乱的中年之后安稳的居所。迎迓。接纳。祭祀。传承。我双手托举着，你透明的身体、不熄的灵魂，如一条动荡的河——如果你是水，请洗濯我陈年的晦涩和阴霾；如果你是酒，请打开沉睡的山洞和净瓶……

4. 心软！在暗处，你也能反光。

你的心肠和诚恳，和胃，养人——像水，像粥，像温良的夜，像没有油珠儿的朴素菜蔬。你是日常中的低眉敛目，是天鹅绒，是一种准备好的规整……在坠落的中途，我们相遇。

"你是我一直要等的那个人！"在你面前，纯洁的时空旋转着拓延，我几何倍数地缩小，微弱，轻浅，如即将融化的盈盈露珠，颤抖着——也不敢说出爱恋！

我清空多年的芜杂，迎接清洁的爱人——要经过多少颠沛与流转，要经过怎样的淘洗与打磨，才配得上你的苦难？

5. 我回来了！

——在不老不少的中年，我湿重的翅膀准确地落在你的领地——不冷，不热；不浓稠，不稀薄；不古板，不新潮；不流俗，不艰涩。

我不要名贵、奢华的金，不要坚硬、固执的铁，甚至不要过分漂亮的铂，不需要撞击地球的代价，成就陨石沉落的命运……早就默认了，高高的神龛之上，你是我精神的稻谷和粮仓，虚荣与耻辱之词，无处躲藏。

6. 你无限、无疆，如悠悠的钟声，四面八方传诵……平衡着夜与昼，来世与今生……

金碧辉煌的教堂居于云端，纯银的圣母如棉，怀抱圣婴，微合双目，而嘴唇、脸庞、发丝，分明是人间的神色。宏廓的天堂中，浓得化不开的金黄被这并不刺眼的银，轻轻地衬了过来——像庞大交响中的间奏，顿了一下，化解与分担。仿若季节的沉吟，仿若通幽的曲径。野雏菊淡苦的香，荡起微澜。

7. 你是一头小毛驴，在希梅内斯的西班牙乡村，你叫"小银"，像一个小男孩的昵称。我迷恋那些傍晚的小酒馆、教堂的穹顶、自由起落的鸽子和赞美诗，迷恋庄重、秩序的人们，迷恋女人繁复的衣裙、遮阳帽和清澈的眼波，迷恋那些花花草草和不顶饭吃的东西……你黑宝石般的大眼睛，含着明净、隐忍的光。你们不说话，却足以给我安慰——在辽阔的自然面前，没有欺骗、占有、贪婪、不义……而彼此平等，彼此关爱，互为兄弟、亲人——小银，这一切，不就是银的品质吗？

8. "一匹种马，白而闪亮，滑动，/像泼出去的水银，穿过/月光的广袤无垠。"沃伦说马像水银，使另一种"银"动起来！话音未落，银——奔跑起来，如星月夜之下流动的白亮的河——假如失音，你便是动荡的金箔、蝴蝶、丝绸；假如啸叫，你便是飞瀑流泉，是大地上陡然竖起的辚辚战车。然而，你逆向变身为一匹马——折叠的闪电，利剑，无声地劈开大地！

9. ……她死于难产！银在皓腕上，和着新生儿的血迹，成全她18岁的绝唱、忽然而至的葬礼……银丝还未爬上她的发际，而终场的哨音响起——如寒冬之夜檐间悬垂的冰棱、碎成齑粉的盐，切齿的寒凉，一生都无法将儿子心头的冰雪融化。

后来，腕上的银和她缺席的生活，被锻打成连心锁，戴在婴孩的颈项上，离心脏最近的勋章——以表彰生命。再后来，便尘封在昏黄的族谱和淡远的传说中……银呵，多么残忍、可贵的剥夺，沉着、冲淡、旷远，使你幸免一死！

（选自《散文诗》上半月版 2015 年第 10 期）

风自想来（外一章）

□侯　马

在乡下，风不需要刮，你静静地想风，就会有风。

乡野之间，最大的财富是最不值钱的风。

历朝历代死了多少人啊，而每个鬼魂至少操弄一股风。当他们成群结伙的时候，庄稼都伏下身子，鸟儿斗胆周旋，旷野就摆出了旷野的样子。

在乡下，风不需要刮，你静静地想风，就会有风。

把鞋子放在鼻子下面去闻

这是多么古老的一个行为，人类富有诗意的一个动作：要知道，肯于这么干的人不在少数，它一定与人性有关。这样的追腥逐臭属于怪癖，肯于承认的人除了儿童，就是那些坚持劳作的农人了。

农人鼓励儿童这么干。当他们鼻子流血的时候，农人就喊："快，闻鞋。"儿童急忙脱下臭鞋，放在鼻子下面去闻。这个古老的秘方代代相传，屡试不爽。他的奥妙在于"信任"，相信此法的儿童必定用力去吸，从而将血凝固。

啊，脚臭，童年的活遗迹，一切都流逝了，只有不变的脚味，带着自怜自爱的秘密，在享受与厌恶之间。

（选自《作品》2015 年第 10 期《散文诗小辑》）

□李见心　　　　**秋天的纵火者**

蝉鸣一寸一寸提高你的声名，提醒下沉的心多么富有。

亲爱的，现在是秋天，我要给你写散文诗，这种声音天使一样几乎不属于我，像黑夜供出了穷人的穷，天使供出了自己的心，我不再把自己藏在树荫里了，让灯光溢出了灯具的阴影。

我要为你堆积落叶那么厚的诗和腐朽，怀着比鲜花还惊艳嘹亮的心情，我乘法的心情像立交桥，可除去你的方向，四面八方都通向宇宙洪荒。

蝉鸣一寸一寸提高你的声名，提醒下沉的心多么富有。

请原谅整个夏天我都在疏远你，是害怕泪水像汗水一样成为我们之间脱不掉的内衣。

而你这么温柔的动物比人还驯服，独角兽再次把触角触到了我的梦里。

这次不仅触破了我的梦，还触破了我的现实。

曾经你为香气而来，而女人除了香气，还有比匕首还闪亮的肉体，我伤害了你的无辜，你也因无辜而获得了罪名。

你再次长出的角是复仇的火焰吗？火速如风，风速如焚，秋天的纵火者已染遍山河。

童话只为渴望被骗的童心而来，爱情只为曾经未遂的激情而复活，点燃有限对无限的一种忠诚。

亲爱的，当天使树叶一样降落时，以为大地上也是云朵铺地，不熟悉人间现场，脸先着地，所以你丢失了天使的脸，却没有丢失天使的心。

请原谅我当初没有认出你，用于装饰的眼睛称量不出轻盈的呼吸，当我一无所有时，再想起你，心立即贵重得成为抬不走的嫁妆。

我近视的眼睛没有场景，你为我描绘，我粗糙的心没有细节，你为我抓牢。你捡回我丢失在青春的一只手套，两只耳环，三首诗，装进我失忆的篮子里，只差这几朵金黄的稻穗，我臂弯里的一生就饱满飘香。

田园已经荒芜多年，牧歌也已经失传很久，没有人真正的离开，只要他把影子遗落在人间。

只有被爱情忽略的，才最能重现爱情。所有的雾都是做梦的镜子在燃烧。

一切自古都有，一切将是重复，只有相认的瞬间才让我们感到甜蜜。

就这样带着无目的的爱情，带着目的不明确的脸，来到我的面前，让梦躺在云上，依旧恍惚。

就这样带着无来由的爱情，带着嘴唇的镣铐，火灾的心。灭绝时空……

（选自《诗潮》2015 年第 8 期）

海世界的地图

□ 安　琪

一个潮汐的起伏从很远很远的天地传来，应和着我们日益灰烬的目光。

这地方习惯称为"抽象画廊"。

我们到来的时候，风夹带着淡蓝的鱼腥味和新鲜的阳光的抚摸把那些没见过海的诗人们激动得脸颊都变形。

只一眨眼功夫，他们就赤裸着双脚浸入海里，像没见过雪的南方人一样捧起水一阵狂喜。这地方有一个容易产生联想的名字：六鳌。是漳州市漳浦县的一个镇。也许传说中它有过六只鳌光临的历史？

我早已从各种报刊杂志获悉六鳌有一个令人讶异的新景点，似乎是岩石上刻满图案，形成抽象的事物的形状。对海，我并不陌生，所以我一到目的地就直奔主题，竟然也是大为震惊地呆在那里。海世界浮现出来了！

这是一个怎样的海世界，岩石并非通常所见的黑褐色，而是乳白色或纯白。它们参差不齐地堆叠成一道幽深的峡谷，恍然是神秘科幻片的现实摹本。

我们在这神秘迷宫中穿行，时常感到仿佛走进一个史前文明时代，声音在渐渐消隐直至于无，剩下的就只是逼近，逼近，一块块未知的存在涌过来，又绕过去。而最产生奇迹的还在岩石上嵌进的奇形怪状的红线条。这是一些非人力杰作。数亿年前，这些海中的岩石究竟经历了哪些变故，使它们白皙的肌肤留下如此累累伤痕？或者它们原本不是大海的残酷，而仅是外星文明或史前人类刻意而为的标志？我们逐一凝视它们的笔画：大写意，抽象派，超现实，后现代……所有可以使上的词汇也无法呼唤出它们的应答。

这片恍如外星体科技实验的构思建筑而成的抽象通道，又恰似海世界的美搬运到陆地。

它们沉默地伫立在海岸，有时是一个箭头的指向，有时又是仰天长啸的母鹿。也许一根线条，就是一线揭示海底世界的希望？

我不相信它们只是一堆毫无知觉的岩石，当我轻轻贴身而上，呼吸染上疑惑，我无限放大的心在倾听，在提升，在瞬间的感动中饱含热泪。手湿润得像握住大海的命脉，一个潮汐的起伏从很远很远的天地传来，应和着我们日益灰烬的目光。

失落的家园从这片海世界中破译了什么？当我们离开，会有栖息在海底的生灵过来洗刷它们被污染的身体么？但我是带着怎样的虔诚屏住欲望啊！

（选自《诗选刊》2015 年第 5 期）

□北　野　　　　# 燕山动物志 （二章）

独自经过夜晚的时候，我们要记得保持沉默，并且不断仰望居住在树顶上的星宿。

土拨鼠

嘘——不要出声，让它近些，再近些。

它焦躁的四肢和眼中的怒火都已暴露。

你看：大地中间的黑和走动的尘土，还有白色的小旋风里滚动的石头，它被吹翻的皮毛下暗红的血痕和黑暗中重新流血的伤口，以及它无法止住的恐惧和颤抖。你不可能目睹一场没有结束的战争，像茸毛一样被风突然吹走。

我看见它从草上飞过，像落入海绵里的水滴，它的身影和尖叫被黑夜吸走。

嘘——原谅它的诡秘和暴躁吧，原谅它走过的山坡和摇晃的草原，以及它在黑暗中散发的腥臭，只是你不能轻视它的警觉，小心它突然在梦中出现，咬你一口。

然后悄悄地穿越了辽阔的旷野和你灰暗的心头。

猫头鹰

如果是编钟，可以靠激越的吹彻生活。

隐匿在仓房和树顶的碎步，使夜晚不得要领，使寒风中的潮水变的辽阔，使靠在一起生活的近邻，或是多年里甜蜜的偷情者，在擦肩而过的时候突然产生仇恨。

这一切都毫无征兆，像身体里埋进炸药。

这一切都在暗中发生，扭曲、沮丧、易碎，已经备好的心情开始变得四处漂泊。

我们不能拒绝树后那双眼睛，甚至不能回避那来自高处的诅咒。

其实我们有一半的行程已经露出了结局，独自经过夜晚的时候，我们要记得保持沉默，并且不断仰望居住在树顶上的星宿。

（选自 2015 年 5 月 31 日《潮州晚报·散文诗月刊》）

□陈衍强

南方唱给北方的情歌

当我的太阳挣扎着从金沙江里升起，你破碎的马蹄声正踏亮北方的星空。

A. 大约在冬季，我病在温暖的南方，看到你陌生的信自北方飞来。我打开信封，发现有一间没有人住过的房子，我来不及后悔就——

闯了进去！

雪花裸舞的窗外，饿狼的长啸穿过孤独而黑暗的夜晚。我仿佛看到你长睫毛下的大眼睛，像灯光照着迷途的我走进草甸子深处……

B. 今夜有暴风雪
在人烟稀少的荒野上狂奔……

C. 你太远了，北方！我仰起高原的头颅，望断了颈子也望不到你。

我只好敞开大峡谷的胸膛，任山风拉响古老的谣曲，然后陷落在你被白雪覆盖的梦境，如同乌苏里船歌掉进北方的河流。

当我的太阳挣扎着从金沙江里升起，你破碎的马蹄声正踏亮北方的星空。你的帐篷在牧羊曲中漂浮，你的红唇开成一朵带露的达子香花。

D. 十五岁的脸十六圆。

你曾经坐着木爬犁，随父亲一起游荡在北大荒的风雪黄昏。你吃完狍子肉，躺在一只陶瓷的碗边，甜甜地睡去，等戴狗皮帽的猎人吹出粗犷的口哨，鹰翅一样掠过白晃晃的乳房。

你的手臂优美地起伏成柔软的河流，绕过正在上升和降落的村庄。

E.　不知什么时候，我被你的爱烧成一头发疯的野牛。

除了你，再没有女人能够诱惑我！

有你我就不再需要别的什么了。

哦，我是世上最幸福的男人！是我用我的才华掠夺了你的纯情，使你和我夜夜相思，异床同梦。

异……床……同……梦……

只有你懂得，我除了一无所有，我

——一！切！都！有！

F.　来南方吧！我在梅雨季节等你！

等你！

我是大风刮不断的一棵橡树，我的枝桠正期待你来做窝，孵出一只只小鸟，叽叽喳喳地唱那支父亲浪漫时用生命献给母亲的情歌。

我要做无情的江湖剑客，把你从梦中偷走，私奔生生死死的高粱地，打开父亲交给我的一瓶老酒，把你灌得———踏糊涂！

直到我也醉去……

G.　现在，我是你梦中抢婚的那个男人。

我要你答应：嫁给我！为我生一个比我更聪明的儿子，再为我生一个比你更可爱的女孩！

我是你汪洋中的一条破船。

你是我诗集中的一弯新月。

亲爱的，我太累了，多想倒在你的怀里昏睡百年，多想在一个幸福的时刻死去。

H.　（亲爱的！搂紧我的脖子，闭上忧伤的眼睛。

——我爱你！）

I.　即使你是一棵白桦树，永远孤零零地站在北方的地平线上，我依然如夏时制的车站一起守望，直到我和整个南方化成一块

望

妻

石

这才是令天下所有男人和女人
都熟悉的
都绝望的
——诗人之恋！

J.　此生我只爱一个女人！
你听见了吗？北方！

（选自 2015 年 7 月 26 日《湖州晚报·散文诗月刊》）

□鲜　圣　　　　　## 三国往事录（选二）

静如处子，隔岸观火。亮，端坐帷幔，一把羽扇，摇动一座江山。

火烧赤壁

建安十三年，十一月二十日。冬。寒风瑟瑟。

时间，定格成一束火焰。

此时的东南风，如万把钢刀戳破曹营的心扉，带血的呼啸，瞬息之间吞噬一代枭雄的梦想与壮志。

血与火，战争的关键词。火的命题，让赤壁变成了胜利者的杰作，失败者的败笔。

一束火光安静了历史。周瑜、孔明、鲁肃、庞统、曹操，一串串火光闪耀的名字，或冶炼成金，或化作为泥。

大江早已东去。赤壁还在燃烧。

血与火的弥漫，天空和大地一起静默。

火海最终泯灭，融化了刀光与剑影。

但赤壁，这块锈迹斑斑的铁，投进熔炉永远走不出一束火焰的缭绕。

灼人的烈焰之后，还有一片神鸦社鼓，在赤壁扑腾。

草船借箭

亮生一计。

亮，手中的酒壶，就是朗朗乾坤。

大江之上，把汹涌的涛声一饮而尽。这样的时刻，谁能阻止一只草船的前行，谁能阻止一条大江的呐喊。

静如处子，隔岸观火。亮，端坐帷幔，一把羽扇，摇动一座江山。

最柔软的雾，就是最锋利的武器。抓一把雾在手中，时辰已到，亮，站在雾中，等待万箭穿心，等待最幸福的死亡。

江涛被战鼓淹没。时光被计谋打开。

亮生一计。浓雾凝固了表情。草船，沉重了岁月。

哪一支箭，能穿过内心的秘密？能抵达风口浪尖？

阳光呈现，秘密呈现，大地亮出自己的光芒。历史的云烟在大江上只剩下浪花朵朵。

亮，随手捧起一朵。亮，还有一计。

（选自 2015 年 6 月《西江潮》文艺副刊）

□ 高艳国

夏庄访茶（二章）

天地间，以石当桌，坐拥黄河——/独自啜饮，沉默观心。

茶　道

时光里的茶道。是茶马古道吗？

不见马。不见打马者。更不闻马铃声。

那条时光里的茶道，在眼前循远。

我驱车，不驭马。我听不到茶道上的喧嚣。

从德州到莒县再到夏庄，最终到达茶香深处。

一片好的茶叶，如何漂洋过海，在夏庄遇到知己？

白泥赤印走风尘。它的来路，是一条怎样的心径？

这是一个诗人，在茶道上一路狂奔的理由。

诗与茶人

三千六百五十米的高原。诗人马行在一座雪山上，

看见一片草场，一头牦牛，一只羊，一朵花，一个人，
一次不经意的侧身，看见一个佛——
西藏，便生长在他的右心室了。

在佛的指引下，诗人马行从高原来到平原。
在夏庄，迎着初升的阳光，
他用高高低低的意象，丈量着一垄垄茶树的长度。
他用平平仄仄的呼吸，测量着一缕缕茶香的重量。

你知道我的左心室生长着什么吗？
见我茫然，他慢慢掏出了一片鲜嫩的茶叶，在我眼前晃了晃。
一道神光——
我分明看见，它来自圣洁的雪域高原……

（选自《诗选刊》2015 年 11 期）

□陈茂慧

月光下的牧场

月光下的牧场辽阔。收容着冬天遗留下来的冰雪，收藏着鸟雀们飞过留下的倩影。

雨水之后，雨水充沛。万物柔润、澄澈。风开始学习倾听、潜行，轻声呼唤。它唤月光，唤草籽，唤花蕊，唤一切有生命的事物。

接踵而至的惊蛰，让虫声唧唧，花开有声，鸟群欢鸣。

月光携草籽步入牧场，铺开了牧场的场景。

草籽和灰尘、风霜、雨露一起，在泥土上种植月色、光亮、柔软、隐秘、谦逊和博大，还种植丰满的腰身，绿色的信仰，梦境的真实。

梦魂闪闪。没有比动物们更具灵性的事物了，草籽刚探出了柔软的腰肢，它们便嗅到了青草的芳香，它们嬉戏的身影在牧场闪动。

月光浴着大地，浴着她爱着的万事万物。让朦胧的更神秘，明亮的更美丽。让喧嚣的宁静下来，让动荡的沉稳下来，让梦境荡起一圈又一圈的涟漪。

牛羊的呼吸声，鼾声，是植物们伸展的手臂，轻轻揽紧如醉的夜色。

温暖的家园，四壁回响着幸福的呢喃。月光的手心里，握着大片大片的牧场，握着动植物们的一世梦想。

月光下的牧场辽阔。收容着冬天遗留下来的冰雪，收藏着鸟雀们飞过留下的倩影。它安放春风春雨，让风调雨顺；安放牛羊的蹄声，在大地上

敲出一曲曲美妙的音乐；它打开绿色的生命，让它们滋生、繁衍，闪耀希望的光泽。

我们是牧者。在心灵的牧场，梦幻的牧场，我们放牧文字的羊群，让它们尽情撒欢，无忧喜乐；让它们沉浸，驱散心灵的阴霾，以重生的激情穿越黑夜的暗；让它们以虔诚、敬畏和匍匐完成自己的宗教。

（选自《散文诗》2015 年第 10 期上半月刊）

□刘海潮　　雨中，与淇水的一次偶遇（二章）

> 一滴水站在淇河中央，为船，为桥，为你出嫁时的那唢呐声声！

淇水，淇水

坐拥其空。
之后，深埋淇河的那一滴水，透明，纯净，风化成无语。
千年，仅仅，千年。
一扭脸功夫，邻家女子在《诗经》中灿若桃花。
弯腰濯足，眉梢盛开洗净的风。
三月淇水，九月顿丘。
折一枝杨柳溯河而上，音符蜿蜒，彩虹迷离。
一滴水站在淇河中央，为船，为桥，为你出嫁时的那唢呐声声！

雨后，云梦山

徒步千里，与不足盈尺，哪个更高，哪个更远？
更高，究竟有多高；更远，究竟有多远？
从咸平，到云梦，史册沿淇水盘旋而至，战车辘辘，战马嘶鸣。
谁与谁比肩而立，谁又与谁相向而行？
竖排的线装文字跃跃欲试，经书从马陵道一路撤退，减灶，收兵。
匆忙，又从容。
一战，只一战，遂使竖子成名。
黄土，一堆黄土，庞涓的脸谱定格在咸平。

（选自《星星·散文诗》2015 年第 5 期）

□邹岳汉

黎明的港口 （外一章）

静坐底舱。与鱼群平等地对视，胜过在豪华而动荡的甲板上流浪。

无星。无月。

夜色，昏暗阴沉至极。

海天溟淼一体。前程尚且无望，缥缈虚无至极。

浪拍，船摇。那位披衣而起仰面观天象的掌舵人，神情梦游般恍惚而凝重。

而至愚至傲一脸麻木的黑夜，依然歪搭在看似至高无上，实则四条支柱已被不停咆哮着的黑潮所啃蚀的宝座上，自信还牢牢地掌握着它无所不在的统治权。

骤然。有一两响细锐悠长、音质醇厚而底气沛然的汽笛声，透过眼下广漠浓密的夜色，极富感召力地传送了过来——

自地球那一面某个遥远的，黎明的港口。

（隐隐然若源自心底的呼唤。）

莫名的企盼，沉潜梦的波涛深处突突跃动。

而船，没有启航。

前线哨卡般，警戒着发起总攻前一刻的庄严，与宁静。

底 舱

小心地，躬身而入。

顶天。立地。人，被压制成一张失去弹性的弓。

这小小世界，刚好容纳下我们最底层的一群。

低矮、密封的玻璃圆窗外，穿梭过往的鱼群，惬意地追逐着幽蓝无际的自由。

泡。泡泡。从那些张合有致的嘴角，窜升起珍珠链般光彩夺目、随波飘荡的音符……是在歌唱封闭保守的水底世界，早就有了自由的呼吸、无拘束的表达？

静坐底舱。与鱼群平等地对视，胜过在豪华而动荡的甲板上流浪。

（选自 2015 年 7 月 9 日《北海日报》银滩副刊）

第十四辑 年度获奖作品选（25佳）

□风 荷   # 一条河的诗经（选章）
——写给月河

唯有长夜里，一条河直立身子，飞扬起来，寻向我，拐入我的梦境。

一条河穿过梦境

或者把一条河流搬到楼下，我像一棵常绿的乔木一样，一直守候。

或者活成一块石头，被你带走。

距离是无形的锁链，锁住了我，也锁住了一条匍匐的河流。那些诗歌中的美好都来自虚拟，其实我与钟情的一条河流，隔了新草和墓地。

唯有长夜里，一条河直立身子，飞扬起来，寻向我，拐入我的梦境。

一条河就是我魂牵梦绕的爱人的化身，在梦里。

你取下我身上千万只被相思捆绑的蝴蝶。

你细心拔掉我鬓边的几棵荒草，你轻轻抚慰我寂寞的双乳和小腹，你拥抱我忧郁的灵魂。

而我退后几步端详你，赞美你。你体内的钟声铿锵有序，你像一匹风度翩翩的白马微笑着看我，你像是我的佛，亦或庙宇。

在梦里，我们交杯，倾诉十八年不遇的衷肠。

苍茫抱紧夜色，你回转而去，一步一步的不舍，一步一步的肝肠寸断啊。

你留下一个哀伤的眼眸给我，你把痛苦的鼻息重新扶上我冰冷的额头。

那个在命里遇见你的人不是我。

我唯有天天吐出一朵如莲般清凉的名字祝福你，你唯有用心写下一阕一阕期待中的喜相逢寄予天涯海角。

生命轻，誓言重。

我缝补破碎的梦境，撕裂的伤口，收拾一地零乱的飞雪和沙砾，把我们相爱的身影融进万家灯火，织进柳暗花明。

不恨君生早，日日与君好。

不管命运的绳索在背后如何牵扯，也不管情感的闸门是否落下。落日楼台，那个凭栏远眺的人永远是我。

我深深理解一条河流的孤独，月光像磷光一样在河面上发光。我唯有寂静，像消亡了一样去等。

等我璀璨的未来和王国。

（选自《星星·散文诗》2015年第8期，获2015中国·星星"月河月老杯"（两岸三地）爱情散文诗大赛金奖。）

□郭野曦 # 硕人：美人鱼 (月河传说二章)

题记：为了圆满，京杭大运河在嘉兴城北绕了个月亮形的弯子，就是为了在爱情圣地——月河，圈住一个美丽的传说。

"手如柔荑，肤如凝脂，领如蝤蛴，齿如瓠犀。"

——《诗经·卫风·硕人》

我最初的妹子，最后的水岸红颜。

集万代风情，纳千秋声色。

待月河拐过弯道、汇入青铜和岩画之后，我保证掌纹的爱情线，不分叉、不暗涌，也不抽刀断水。

"没有肉体的快感便没有精神的和谐，肉体是精神的根本和源头。"

从彩陶里掏出的神话，让月河止住了喜极而泣的泪水和哭声。

一滴水就是一部情史，一缕波光就是一个宏大叙事。

"巧笑倩兮，美目盼兮。"

也只有在爱情圣地，才能找回人之初的纯真和本善，在精神的家园，还一个完整的自我。

爱，就是孔雀开屏，一种极富贵族色彩的存在形式。

在水一方的美人鱼，止住了肉身的闪烁和摆动，是想在时间暴力与独裁的断裂地带，腾出手来，趁天高云淡，收拾一下内心的苍茫和辽阔。

静女：水妖

静女其姝，俟我于城隅。爱而不见，搔首踟蹰。

——《诗经·邶风·静女》

水妖在歌唱。

经典爱情，来自鲜花盛开的水岸。一如英雄的罗马和古希腊，植根于史诗和神话。

来到嘉兴月河，我芳草的血统，水做的风骨，终于回到了原籍和出处。

东方净土，每一朵野花都藏着一支歌，都有直抒胸臆的欲望和冲动。只是处于火山喷发前的热身状态，有待被丘比特的箭羽击中和命名。

敞开自己，绝不仅仅是为了晾晒灵与肉的潮湿。

搬起石头砸自己的脚，要的就是一种疼痛的快感。

等飞蛾扑灭了体内上升的虚火，被泪水和盐腌渍过的表情，越发陈旧。一如在旧的疤痕上，打了一块新的补丁。

静女，将一地落花归集起来，葬在桂花树下，有月亮和猫头鹰看着，香魂也有所依附，也省得为繁忙的花事，牵肠挂肚。

（选自《星星·散文诗》2015 年第 8 期，获 2015 中国·星星"月河月老杯"（两岸三地）爱情散文诗大赛银奖。）

□ 郑立　　　## 月河在左，月老在右（选章）

左边是月河，一条恬静淡泊的小河，泊满了爱情的味道。

左边是月河，一条恬静淡泊的小河，泊满了爱情的味道。

右边是月老，一袭千年不老的蟾光，垂钓着亘古的温暖。

我不左不右，等待着七夕的圆月，爬上静寂的树梢头。

古色、古香、古朴的古韵，古街、古屋、古桥的古典，在白墙黛瓦之间，在曲折找不到的尽头，那年，那人，那情，那景，啜饮我入魂的安宁，每一座桥上，坐着一个爱情的故事。

有时，我也会怦然心动。那是粗心的月老收起的一船晚霞，在如诗如画的静谧里，头枕月河微蓝的衣褶，与一根红红的丝线，对酒当歌。那水深火热的情意，已托不住夜色的绚美。

大江大湖，那是在兵刃上的喧嚣。

百舸争流，那是在号角上的舒卷。

生生死死，那是缘聚缘散的起伏。

这些都可以与月河无关。与月河有关的，是与大运河一脉的心跳，是抚平伤痛的一缕月色，是关于爱情的一本天书。

在月河之上，月老放牧着人间的爱情。

（以上作品获 2015 中国·星星"月河月老杯"（两岸三地）爱情散文诗大赛银奖。选自《星星·散文诗》2015 年第 8 期）

□拾谷雨　　　　　　　# 月河三章（选二）

我遇见你，月河街的草木就足够温暖，它们像云朵一样寂静而茂盛。

---

1. 爱在月河街

我遇见你，月河街的草木就足够温暖，它们像云朵一样寂静而茂盛。

而那只白鸽，是你在春天偷走的词语，它含有爱的呼吸和梦，并散落于古桥、狭弄和旧民居之间。

流水中，我们隔着旷世的抒怀，而那株牡丹，仍旧含你在心里。

我们枕河而居，不追问源头，也不探求它的去处，只是在廊棚与水光之间，把夜晚的灯火一次次擦亮。

蝴蝶的梦里有青草的香味和日出时的微光，它们夹杂其间，在船头或者船尾肆意地摇晃。

街头的燕子如箭簇般飞行，并以春天的想象起笔，笔锋急转处，水光粼粼，绣满人世的爱意。

那些相扶以老的人，他们夕阳下执手的背影仿佛人间最美的风景。

你闭上眼，听耳侧的萤火虫点灯，一个梦悄然开启，而灯火阑珊处，我想起你扬起水花浣衣的样子

2. 枕河相爱

路边的鸟群，它们穿过我，用极深邃的目光。

黑夜抵达城市时，梧桐和银杏树开始惶恐，桥头的燕子率先逃走，只有月河仍在那里，她弯曲如月，试图洗去人世的悲欢，盛下满目星辰。

鸟类有他们的手艺，用来修补源于祖先的信仰和爱。

河底的石头在被不断冲洗，仿佛，爱需要反复涂抹，才能摸到它内部的碎瓷，如同温情的琥珀。

我们始终带着流水响亮的细节，把爱的名义假手于人，再以鹌鹑的羽毛，给天空一个图腾。

而我必须以火一样的速度燃烧。

你站在春天最中心的位置，告诉岸边的松鼠，在粗糙的石头上，曾有那么一会儿，我们相爱过。

（以上作品获 2015 中国·星星"月河月老杯"（两岸三地）爱情散文诗大赛铜奖。选自《星星·散文诗》2015 年第 8 期）

□墨未浓　　让一首诗栖落在月河身旁（月河诗韵之一）

> 卷曲的身体环抱着春梦，每一声喘息都散发着淡淡的花香。

在这一瞬间，那阙平仄的古韵傍水而栖。鸥鸟一般噙着舟影波光的粉墙黛瓦振翅欲飞，预谋着一场空前而盛大的约会。

临街的客栈氤氲着绿水青苔，红绿的幌子挂在翘盼的屋檐下。私房菜的眼眸里泛着一丝一缕的暧昧，浊酒掩面而饮，遮不住心中埋藏的古意。

一街旧梦。一桥余韵。一石流痕。一瓦古风。

一幅幅墨痕未干的水彩浸渍在水幕里，像一朵朵在暗夜角落里留下的吻痕，用力去擦，却擦拭不干净。

一环柔月揽城入怀，过往硬朗的风景酥软在裙裾飞扬的风流里。吟哦的胡须捻断，漂浮在明眸善睐的水波之上，垂柳轻抚，一道道泛起的皱纹，可是谁心中永不止歇的瘙痒。

月河睡了，这一刻她的慵懒是那么的美。

卷曲的身体环抱着春梦，每一声喘息都散发着淡淡的花香。清风穿过迂回曲折的古街深巷，还有三个字没有写完的那首诗起飞了，悄悄地栖落在月河的身旁。

（选自《星星·散文诗》2015 年第 8 期，获 2015 中国·星星"月河月老杯"（两岸三地）爱情散文诗大赛铜奖）

□鲁　橹　　　　忧伤的月河（选章）

> 那会的月河是忧伤的，她别过脸，不看我的消失。

1.　今夜我头疼欲裂。西窗烛火暗昧，笛声如诉，茶烟尚绿，爱人你会不会渡月而来？

蝴蝶都已收拢翅膀，金铃子鸣音瘦弱，如果露水厚，请绕过花径。

你信誓旦旦的三月已远。桃花已谢。花瓣是我句句咳血。

靠不近，看不见。这样的遥远是怎样的一株倒伏的弦？

三月拿回的这筝，无端就断了一根。真的非尔知音么？

我知道你会出现。在别处。还会说美。说动人。还是缘。

缘是彩虹。也是利刃。

受煎熬的夜的黑、夜的凄凉。决不说出自己比谁都痛、都悲、都孤独。其实只是一个人的战役。

2.　在清晨醒来，以为还是黑夜，没有你，天也懒得亮。

我不诋毁这个无辜的清晨，那么多奔忙的人，他们都有爱人吗？

没有爱人的月河那么坚硬。水像粗硬的布片封住了我的口，咸咸的，我不哭。爱人不来，活着多像一个感叹号啊：绝望。苍茫。没有尽头的样子。

我问河边浣纱的女子：你的爱人昨夜可在，他的鞋边可否被露水打湿？

——哦。昨夜庭院深深，红袖罗裳，莲房初绽，我的爱人还在熟睡。

4.　大地已拆去夜晚的屏障，天空一览无余，只有喜鹊一个个来的快。

月河已撩开昨夜的面纱，她罗裙芳草，采莲心曲，那格子窗的呼唤声声慢，谁家的小伙又要迎娶新娘？

我静静的坐。没有多余的思想。我等待的人是大海带走了吗？月河的尽头是不是大海的入口？

今夕何夕，春梦未晚。我想，我要启程了，我要离开月河。我的追踪是一匹疾驶的马，有目标，也会有大路，还有启明星的指引。

（选自《星星·散文诗》2015 年第 8 期，获 2015 中国·星星"月河月老杯"（两岸三地）爱情散文诗大赛优秀奖）

□桂兴华

请输给我们：新的血液
——写给新能源车充电站

题记：2014 年上海新能源汽车取得爆发式增长，从 3723 辆增加到 11465 辆。

我们都已经换了一颗心脏。

请输给我们：新的血液！

前沿就是前沿。你：伫立在大投入中，悄悄调度着我们最低的成本。

起点前的起点，迎接着我们豁然开朗的眼神。

车窗外：风景迭出。

不一般的设备，在第一时间抢先武装了不一般的速度。

欢迎我们的一片新大陆上，齐刷刷耸起了擎天的你！我们真忘了这里的别名，原来叫：荒野……

为了今天这一步，我们付出了多少代价？

现在，终于举牌：谁污染生活，谁就是行路的罪人！

最憎恨浓雾的百般禁锢，最喜欢阳光的所向披靡。

我们不习惯排放了。也不习惯埋怨。

尾气，只会加重负担。尾气，不会减轻压力。一边在耗尽自己，一边在窒息别人。一吐而快的尾气，让多少口罩捂得更紧。满街排放的那些雾，阴险地挡住了前方的路。

堵塞，往往来自历史的底层。

你，是富有激情的另一种动力，一下子拔出了当初陷入的泥泞。

我们只有急切切换血，才能紧紧握住你，开始下一步人生。

我们出发的方向盘，先后向你靠拢，与你会晤。

千万不能回首，回首就是重重雾霾。

明天的走势咄咄相逼，我们必须、也只有在这条路上奔驰！在奔驰中学会奔驰，先挣脱习惯的枷锁，支付必须的支付。

从这里输出的，是多么新锐的供给！无言的倾诉，让我们一路追随。我们被你渐渐俘虏。长途中，最渴望与你一次又一次最亲密的接触！但你，还出现得太少，太迟……

此刻：又一个早晨，你晃动着无形的露珠，我们与你欣然汇合。

在这里：要花就有一捧捧红，要树就有一丛比一丛好看的绿车队中的我们，少了许多障碍，多了 N 条思路！目光，有序地穿行在百花园和大森林之中。畅通，不再觉得紧逼。

时代的反光镜里：你，映出了我们重又年轻的脸。

你把神话里零排放的翅膀，送给了曾经一次次爬行的我们。

补充了新的血液；不断行进的美丽，一路撩动着我们倒退的年龄……

（获《散文诗世界》2015 年 9 月颁发的"新能源杯"大奖赛特别奖）

□ 晓　弦　　　　　　# 流动的太阳部落（选章）

就像屋顶的十字天线，和上帝的位置，稍稍有些偏离。然她弧形的屋面下，豢养着 220 伏特的爱情。

养蜂者说

阳光用灵动的指尖，弹奏一间钢琴般的精致小屋。

尽是诗，尽是爱，尽是醉，尽是娇与憨，尽是蝉翼般闪烁的光影；

四周，是嘤嘤嗡嗡的吟诵，隐隐听见："诗，摩擦音，心灵的通道。"

那些忙碌的蜜蜂，在不停的炫舞中寻觅花的精华，在安静的栖息里吮吸爱的琼浆。她们小小的内心，蛰伏一百个野性的春天。

流韵的蜂语，书法狂草般，陶醉于铺天盖地的花潮。

额顶上的太阳，把屋顶湖蓝色的电池板，认作浪漫的琴键——远方被蜜蜂群缓缓抬高彤云的风景，是琴键里喷薄而出的如蜜的光阴。

这间神奇小屋，像时间温婉的公主，有光洁的面庞和动人的身姿。幽蓝的皮肤下，藏匿着如火如荼的情欲。有人从她的唇边，不停地拿走花蜜，和她乳峰上灯塔一样的爱情……但她肯定不是生活的中心，就像屋顶的十字天线，和上帝的位置，稍稍有些偏离。然她弧形的屋面下，豢养着 220 伏特的爱情。

浸淫于浩瀚的花事，像太阳前世今生的情人，接受阳光永远的爱抚。

那盏盏桃花灯，像爱情密钥，一旦被养蜂人訇然打开，那姹紫嫣红，那缤纷绚烂，都化作瓣瓣馥郁的桃花梦。

还有桃花云，还有桃花潭和桃花醉，生命的每一个驿站，都洒满成簇成团的花粉。

而现在，年轻的养蜂人毅然将这间小屋，请上太阳能大篷车。

只因春天的又一场情事，在远方恣意地铺展——那是太阳在吭哧吭哧的奔跑中，呻吟出带电的秘密。

蜂群，抬高了远方的太阳

逐春而来，择花而居。

背倚和煦的春风，用流蜜的情韵，引出一个庞大的太阳部落。

小小的蜂王，你是部落族长，至高无上之皇，更是神奇太阳乐队的指挥。

此刻的养蜂人，用杏花般鲜亮的目光，为三月的油菜花放牧。

他听得懂错落有致的蜂言蜂语，识得出高音低音的蜂儿吟唱，辨得出细密如丝的蜂儿情潮。……细微如花粉的歌吟，向天空漫溯，在阳光渐渐隐去的苍茫里，长出无垠的寂静。一如爱情的蝴蝶款款飞过，给温柔而古老的村庄，留下挥之不去的甜酒样的暗香。

这些精灵似的蜂儿，不断地振翅，诡秘地发声，乱了远方那片紫霞的方寸。

云游的情爱，转战的花季。践春天之约，一辆身披多晶硅戎装的大篷车，今晚去杏花村扎寨。

途中，有挑灯的梨树，有举眉的马樱花。那只用霞光穿针引线的春燕，在车轮滚滚的大篷车前呢喃嬉戏，活像身穿燕尾服的乐队指挥。

天上有多汁的月亮，车内有温柔的娇妻，有央视《新闻联播》，有鲜美的马兰和荠菜，有热蒸腾的汤圆饺子……

一仰脖，养蜂人饮尽杯中杏花酒，舌尖在蜂蜜般香甜里，尽情地舞蹈。

（获《散文诗世界》2015 年 9 月颁发的"新能源杯"大奖赛特别奖）

风力发电浮想（节选）

□杨剑文

三个叶片，一片叫做：道法自然；一片叫做：顺其自然；另一片叫做：天人合一。

仰望，你正与天空交谈。

俯视，你正听大地倾诉。

一棵新型"菩提树"，站立在风中。

风是你的歌声。风也是你的疆域与胸怀。而那些澄澈的雨滴多像是你悟禅的文字。

——风力发电，转出四季安详，转动三百六十五个明朗祥和。

在高原上，你们可曾是将军遗落的长剑，生长生长，一口气长到六十米或者八十米，在头顶吐露出三个叶片。在风中转动，转动。

三个叶片，一片叫作，一生二；一片叫作，二生三；另一片叫作，三生万物。

转动，转动。万物蓬勃，世界澄明宁静。

静观这一架架风力发电机，

想象：你是庄子小梦的蝶翼在转，你是孔子不舍昼夜的时钟在转，你是老子的无为而治的"道"在转。

风力发电机，这站在风口的"菩提树"，也在传输着古老东方的哲学——天人合一，天时地利人和。

转动，是传输；转动，也是传播。

转动，是动也是静。转动，是短暂与瞬间，也是永久与永恒。风力发电机一直在转动，风在通过电的流动走向永恒！

静观这一架架风力发电机，人应当学会：自省、自觉。

——天地和谐，适可而止，天地间应有大爱！

在大海中，你们可曾是探索者遗失的大桨，生长生长，一夜窜到六十米或者八十米，在头顶生长出三个叶片。在风中转动，转动。

三个叶片，一片叫作，道法自然；一片叫作，顺其自然；另一片叫作，天人合一。

旋转，旋转。世界和睦和谐，万物竞生。

（选自《散文诗世界》2015 年第 5 期，获"新能源杯"大奖赛银奖）

大自然与人类智慧的和弦

□木　京

我感恩着一片海啊，感恩驯服海的那个人。

1.　山岭之上，风车家族落地生根。

如画的江山告别亘古的孤寂，时尚如异国风情的女郎。

一展风华的是那些温柔的风，那些狂躁的风，那些没头没脑的风，那些傲桀不驯的风。

她们整日里舞蹈着，歌唱着，恣意绽放，蕴储的潜能被一一激活。

于是，一个冰冷的世界温暖起来，一个黑暗的世界明亮起来。

不再需要点燃一堆柴火来照明，也不再需要潜入地府去盗用一块煤来取暖。

只要轻风徐徐吻着那颗铁了的心，一种铁铸的力量就会在风中完成诗性的升华。轻盈地转动着，重塑着这个世界的轻盈。

山岭之上，风在疾驰，引领着新的文明走进了人类家园。

2.　阳光从高天倾泻而下，照亮了许多笑脸，照彻万物的妖娆多姿。

是怎样的活力能让激情燃烧千万年不息？

是怎样的一双无形的素手捡拾起一缕缕散落的光芒？

又是怎样的智库储存起大自然的能量？

在我们需要的时候释放着贴心的爱。

太阳能热水器、太阳能空调、太阳能电池、太阳能……应运而生。

神的恩典赐以我们的拥有和创造。今天，阳光照亮了白天，也照亮了黑夜。它温暖了冬天，也清凉了炎夏。

阳光妩媚、明亮，阳光拥抱过的日子如诗画般抒情。

3.　潮涨潮落，海的裙裾拖曳着，风情万种。

不知疲倦的海水是个舞者，她优雅的舞步使多少人陶醉？

但一不经意，又会踩碎许多希望。

咆哮不已的海水又是一位歌者，她沉雄的低音洗涤着人心，洗涤着灵魂。

但偶有不羁的浪涛，又会掀翻舰船，许多生命永远没了亮色。

海，因为不知疲倦的咆哮而永远年轻。

海的魅力还不止于他无拘无束的自由和活力无限，它潜藏的能量是那样的惊人。那里，有深邃的思想，深邃的力量。

无穷的希望正潜伏在那咆哮着的无休无止的舞步上。

谁能深入那虎穴里的温柔，探访转动世界的谜底易如反掌？

人的智慧可以驯服野蛮，让许多大自然的冲动归于理性和节制的规律。一次浪涛卷涌，便牵动了一次城市的心跳。

海浪一次小曲的吟唱，城市的眼眸便春意无限。

我感恩着一片海啊，感恩驯服海的那个人。

（获《散文诗世界》2015年9月颁发的"新能源杯"大奖赛铜奖）

□郭永仙　　　　　　　　　　**风，来吧**

只有阳光与风，过往无痕，却是无处不在。

无拘无束的风，是自由的神灵，谁也抓不住你狂放的手脚。在许多情景中，你给人类带来灾难，台风飓风……

风的无穷能量，终有一天，被人类看破天机，掌握了脾性。

在草原，在大漠，在海岛，一个个竖立着的巨大风车，布下了天罗地网。一座座童话世界里美丽的风塔，是风的玩具。

来吧，无论从何处来，都让你不再匆匆。

分布在风电场上的白色风车，是一只只招风的巨手！

来吧！让所有路过的风汇聚成能量，一起变速为电能。

无需存放你，无需看见你。在此停留片刻就行。

在每片转动的风叶上，知晓你来过。

风电场上所有的风车都兴奋招手的时候，我已经明白：

机组已经收到了你的留言。电，开始沿着电线进入输电网，没有排放，也没有消耗地球上宝贵的资源。来自无形，化作有形。

在草原、在大漠、在海岛，放送光明，让所有家庭美好生活，都有你的存在。

阳光，风，一起来吧！

只有阳光与风，过往无痕，却是无处不在。

（获《散文诗世界》2015 年 9 月颁发的"新能源杯"大奖赛优秀奖）

风神，走进海岛的蓝 (选章)

□王忠智

昂视蓝天，俯瞰大海，大风车，是你唤醒苍茫的夜海

1.　小时候，只知道你叫风婆婆。

从妈妈嘴里知道许多有关你风婆婆的故事。

故事引发我许多联想，后来我懂得风婆婆就是风神。

来无影，去无踪；可升天，可入地；轻如鸿毛，力拔泰山。一会儿躺在草地嘻嘻笑，一会儿在海上翻筋斗；一会儿在湖中戏水画画，一会儿使起暴君坏脾气。但我还是喜欢你。六月酷暑袭来，坐拥一树绿阴，你就像一位依依恋人轻吻我的肌肤。

野花在你的轻拂下，荡漾起五光十色的媚眼，稻浪在你的播翻下，起伏着丰年的喜悦。

因了你的吹拍，树木摇曳生姿。乘着你的小船，鸟儿婉转甜润的歌喉。

体贴，细致，入心入意的爱抚，人类以及万事万物都是感恩的。

帆也是感恩的，预期的航程总是顺顺利利抵达。

你时常闻闻花香，抚摸麦子、稻穗那怀孕的肚子，与万物握手言和，彬彬有礼。可是当你放荡不羁，打着野性的嗯哨，如脱缰野马，四处践踏，庄稼夭折，草木凋零。

龙王，象神，莫拉克，碧利斯……众生闻风惊变，每年你总是在地球留下诸多创伤。

爱你，恨你，说不清，道不明的风婆婆。

2.　东南沿海。惠安小岞东山村。

月亮关顾的渔村透析一种神秘。

渔村和月亮都是海岛的儿子，海岛将渔村轻轻拥入怀抱。阳光下的渔村，温润如玉。此时，刻骨铭心的海风，温驯得像一只绵羊。浪花与礁石握手言欢，相互依偎着。

从村头街尾赶来的老人、小孩，刚出海归来的渔夫，以及放下织网梭子的渔家姑娘也赶来了，从未见过这大风车啊。

过去只知道风车用来舂米、磨面、抽水，曾经的生活给过轻松快活。

祖祖辈辈只记得海岛的夜是多么狰狞，尤其台风撕裂的海，发疯地欲将渔村吞噬。向往啊，少男少女们。看着海那边夜夜异彩纷呈，夜生活迷人心境，十一台大风车如巨人冲天耸立。海岛一下子长高了 100 多米。42.5 米、70 吨桨叶，每天目送归来的帆影。

村民们以惊讶的眼神，与这些庞然大物对话着。泉州第一座风力发电场的主人，你们是海岛光明的使者。

燃烧吧，光明的花瓣。告别了夜的黑，路的坎坷，渔民的心一下子亮堂起来，渔家日子因你而饱满成熟。

天之蓝，海之蓝；云的白，帆的白，桨的白。昂视蓝天，俯瞰大海。大风车，是你唤醒苍茫的夜海。

落日西下，渔歌唱晚，半个月亮爬上坡。大风车不知疲倦地转啊转，转出一个朗朗乾坤，清清世界。

（获《散文诗世界》2015 年 9 月颁发的"新能源杯"大奖赛优秀奖）

□三色堇

大风起兮
——致风力发电

在你的暖辉里，我轻轻翻阅着这荡漾的时光——

云雾上，旷野中，灼烈的意志一路狂奔，驱向于人类的福祉——

划破蓝天的是鸟鸣，划破时光的是大风——

在跌宕起伏中，你关注着一切来自风的消息，沙沙的微响，曜曜的列阵，在狂澜中你将一盏盏光明点燃人类的夜晚与烛火。你将成堆的温暖覆盖了整个世界。纤尘不染里，你的每一次转动都能将苍穹下的污浊驱逐于深渊，将第一缕芽叶爬上春腾与我同念。你是小镇唯一的清醒者，你用达里厄式风轮制造着人类全部的惊喜。宫殿的华丽，千里的寄情，万物苍生的使命，灵魂的洗礼，没有那一处能缺少你兼程风雨的照耀。

不敢相信，如果没有你，再辽阔的疆域亦会散落在午后的巷口，再陡峭的骤雨也只能是一群佝偻着的背影，再好看的花朵只能在暗夜里晕眩。再诱人的坦途也只能是一个人的空寂与苍茫。

在你的暖晖里，我轻轻翻阅着这荡漾的时光——

在春天，一切都可以慢下来，你却不能！

带着神的旨意，你笔挺的腰身，必须指向苍穹，你的桨叶，你的齿轮箱，你的永磁体……没有哪一处敢怠慢稍许，你必定听从风的召唤，像不熄的野火，如奔涌的江涛。

人类——怎能不热望着永恒，热望着光明，热望着你赐予的恩典！

我没能成为这景致中的一部分。山巅上，我选择了静观。

看你怎样将风的狂热侍弄成光的还乡，怎样将桨叶恣意的曼舞拨亮这壮美的山河与万家烟火。

大风起兮，大风起兮，大风被你一饮而尽！

（获《散文诗世界》2015 年 9 月颁发的"新能源杯"大奖赛优秀奖）

河西风电之梦

□ 牧　风

如大鸟在晨曦中泛动着翅膀，鼓羽之声似在沉吟河西走廊风电之梦骄人的诗行。

1.　远望那茫茫戈壁，古丝绸之路千里黄金通道，成片的银白色风电装置如大鸟在晨曦中泛动着翅膀，鼓羽之声似在沉吟河西走廊风电之梦骄人的诗行。那是汉唐使者西域探秘千年的奢望，是敦煌飞天神女婀娜舞袖的长歌，是萨迦班智达与阔端凉州会盟的祥和延伸，更是边塞诗人粗犷而豪迈的大漠吟唱。这极度抒情、极度震撼、极度雄浑的河西六郡风电能源的大手笔！

2.　瞧，那直插苍穹的巨型长臂，犹如一棵棵银色的树桩，在硕大的帷幕下熠熠生辉。这是河西走廊的腹地，嘉峪关城楼隐约浮现，飓风皱起，旷古戈壁上这一排排闪着生命亮色的风电之阵，是在用汉赋和唐诗的形式诠释着创业者的一个又一个奇迹。

3.　祁连山的雪水消融不了厮守河西的神鸟的银翅。

大漠孤烟弥漫，血色残阳消退不了向天再借五百年的创业壮举。汉唐雄风铸就了河西走廊汉子坚韧的信念和永不言败的气魄！静寂安详的佛陀，反弹琵琶的飞天，一切信仰的目光都陪伴着河西风电能源带给民众福祉。

4.　千里河西走廊，自古演绎着神话和传奇，车辚辚，风萧萧，狂沙吹动，终掩不住陇上人新世纪创造的风电神话和一册山河的辉煌！

它就是汉赋唐诗里最动人魂魄的一段激昂抒发，不，它更像飞天女神琵琶弹拨的一曲曲美妙而扣人心弦的韵律。我侧耳倾听，遥远处那一群群银色的鸟儿正鼓羽齐鸣，那声音浑厚而清脆，海潮般涌过整个河西。

（获《散文诗世界》2015 年 9 月颁发的"新能源杯"大奖赛优秀奖）

□ 南小燕　　　　　　　　# 风的翅膀

也许，万家灯火才是这个世界最美的抒情。

沙尘疯草一样蔓延。

达阪城美丽的姑娘在民歌经年的传唱中已经失去踪影。

唯有这些风车，以洁白的姿态，驻守在达阪城的苍茫里。重复着前一秒的温情，与枯草，与荒原，与远山大声地交谈。

来无影去无踪的风被收藏，被转换，被拥抱，被留存……

满目的风车复述着昨日的奔跑，一行行，一排排，像正在接受检阅的部队，雄视万物。当暴躁的风插上洁白的翅膀，它变成辽远的神话，变成了一群揭示预言的人与自然完美的碰撞。

这一眼望不到边际洁白的风车的海洋，是达阪城富足的浪漫。这取之不尽用之不竭的凛冽，正被智慧的人类编织成绝版的诱惑。

风力发电厂，似一颗甜蜜的种子在达阪城发芽，生长。人们渐渐忘记达阪城满目的沙尘和长相歪斜的树，以前所未有的喜悦，欣赏风的吟诵。

也许，万家灯火才是这个世界最美的抒情。

当成百上千的发电机，穿越黑暗的犁铧，沿着脉络，把人们对自然的恐惧梳理成敬畏。你会觉得，辽阔并不美，守望辽阔的人最美。

当越来越多被视为灾难的风被有效利用，你会觉得，辽阔并不伟大，制造辽阔的人更伟大。当越来越多的风力发电机开始在荒原旋转，头顶的蓝，一定能延伸到白云的那一端……

（获《散文诗世界》2015 年 9 月颁发的"新能源杯"大奖赛优秀奖）

□ 宓　月　　　　　　　　# 人祖山 (三章)

山还是那座葱郁的山。它选择了古老，选择了一种更为缓慢的遗忘。

人祖山

关于一万年，或者更久，史书也只能听信传说，布下重重迷雾。

只是，山还是那座葱郁的山。它选择了古老，选择了一种更为缓慢的遗忘。

风，从不同方向吹来，一遍又一遍，擦拭时间留下的影子。却总也擦不干净，那深埋的秘密。

"人根之祖，出在吉州……"民谣一代代传唱。

仿佛某种启示，你听到了远古的讯息。一条野径，引你走向了探寻之路。

攀山崖，越沟涧，你俯首捡拾岁月的残片，拼凑着华夏始祖生活的图景。当旧石器、陶片、骨骸重见天日，天空打开窗子，女娲和伏羲走下神坛，来到了我们中间。

一座山，固守着苍茫；一条河，浩荡着奔向大海。

你伫立山顶，接过昨天。未来，不再茫然。

生命的祭坛

仪式早已完成，依稀是伏羲、女娲的背影。

叩地问天的锣鼓，留下了宁静；清明的天空，驱逐了暴风骤雨；光阴里，长满了荒草般的暗示。

不会奔跑的石头，不会遮掩的天空，不会误读生命的血液，构筑了生命的祭坛。

是大地的骨骼，是石化的雕像；是血染的图腾，是夕阳涂抹的风景；是巉岩燃烧出来的火焰，是敬畏的标识……人祖之山，山祖之人。

过去，不需要注释；唯有生命，需要永远祭祀。

这里，是你们的终点，却是我的出发地。

忘忧山庄

千里迢迢而来，一场秋雨却将我留在了忘忧山庄。

整整两天，我与一座山相对而眠。

飘逸的雾岚，使沉重的大山也温柔起来。冷风湿雨里，满山的树叶都在争先恐后地变红。这是秋天在作最后的铺垫和陈述，银装素裹的世界很快就会光临。

在所有的树叶落光之前，我都不能变红。可在一个温暖馨香的梦里，我却成了一棵金黄色的树，望着蓝天下的卧云台，聆听着女娲的呢喃……

没能走一走刚建成的玻璃廊桥，没能再次攀上观天测地的高庙，在季节与季节的交换仪式上，我却体验到了一个意外的存在。

当我在离开人祖山时，我再一次凝望着与我相对而眠的山和那棵长进我梦里的树，我发现，再美的风景，都需要用心去感受。

（获《散文诗世界》2015 年 10 月颁发的"人祖山杯"国际散文诗大赛特邀佳作奖）

□周小平　　　　　　　# 人祖山

伏羲，浩浩长天，筛下粒粒金色阳光。

海拔，在一点一点地陡峭。心，却反比例下降，不断地累积低微和虔敬。

匍匐，匍匐……唯有匍匐，方能拜读：天长地久，嶙峋风骨。匍匐的喘息，书写着崎岖的山埂！

山埂，绵延着青筋，绵展着劲骨。一会儿，突兀于前；一会儿，隐伏埋没；然而，偏偏又在不期然间，婉约而至……

摩挲筋骨，便摩擦着粗粝高峻的硬度，便摸索着厚实古朴的图腾，也抚摸着力道和信仰。还有，还摸出了来龙、去脉，前世、今生。

血脉，嘎嘎作响，血压似乎想夺门而逃，仿佛听到远方的呼唤，同频着故乡炊烟的声音。奔放的速度，澎湃的节奏，似乎还传导着上游的压力、远古的初衷和神圣忧思。黄河，千里奔来，在壶口倾注，飞珠溅玉，高亢引唱。吕梁，在山的西边，傲然壁垒，化作挺立的脊梁。

大河：婀娜，曼妙，高贵，雍容。

高山：雄伟，壮丽，威武，庄严。

正与负，阴与阳。心有灵犀，奔赴洪荒的约会，信守亘古的诺言，风干了海枯石烂。

风，不曾吹散向往。雨，不曾打湿希望。跌断的骨头，筋连着；折断的荷藕，丝相连。一脉相承的勇气呀，在涅槃中，凤凰浴火重生！

伏羲，浩浩长天，筛下粒粒金色阳光。

女娲，悠悠黄土，滋养片片绿意浓荫。

抟土造人的稀泥细沫，在阳光的浸泡里，在绿意的酝酿中，构成了七彩飞瀑中的瑰丽族谱。

（获《散文诗世界》2015 年 10 月颁发的"人祖山杯"国际散文诗大赛特邀佳作奖）

□毛国聪　　　　　　　# 人祖山

是人祖山的高度，也是生命的高度。向上，有生命禁区；向下，有地狱之门。

1.　来到千里之遥的人祖山，我要看看女娲造人的地方，畅想始祖的模样。

望不尽的郁郁葱葱，猜不透的云遮雾罩。

溪水。古树。层叠的岩石。滚磨沟。穿针梁。抟土造人的造化坪。娲皇宫。人祖庙。接人通神的天梯。

透过风洞，光阴侵蚀的崖壁，人骨、壁画以及人祖生活过的残迹，我看到了洪水把女娲伏羲追上山顶，我听到了婴儿呱呱坠地的声音响彻天宇，我想象着生生不息的人们从这里出发、来这里祭祀朝拜的情景……

当我闭上眼睛，在补天台摆出补天的姿势时，我才明白：只有人才能开天辟地。

2.　在我的家乡，也有女娲造人的传说。

女娲把泥巴和水捏塑成自己的样子，放在太阳下晒干，吹一口气，泥人便有了生命。有一天，突然狂风大作，暴雨倾盆。来不及搬进屋内的泥人，因为风吹雨淋，成了残疾人：面目全非，断腿瘸脚，瞎眼豁嘴，缺心少肺……后来，女娲累了，就用葛藤蘸泥造人，飞溅的泥点就成了普通人。因此，世人分为三类：女娲最初按自己模样捏塑的贵人，泥水里飞溅出来的普通人，风雨损坏的残疾人。

3.　1742.4米，是人祖山的高度，也是生命的高度。向上，有生命禁区；向下，有地狱之门。当飒飒山风吹来，我觉得，关于人祖山，谁都不可能用根、起源、传说和几行文字来简单的总结。

乘车、步行、伫立伏羲殿、憩坐在高庙的台阶上，我沉思着女娲造人的目的和意义。我相信，我的家乡与这里血脉相连，所有的传说都与你有着千丝万缕的联系。

人祖山，是一面镜子，我从中看到了自己。

（获《散文诗世界》2015年10月颁发的"人祖山杯"国际散文诗大赛特邀佳作奖）

□王成钊
在黄河，陶冶生命的原色
——晋南寻根之四

一艘艘橡皮艇闯进晋陕大峡谷，闯进黄河母亲的怀抱。

乘着壶口瀑布卷起的黄河风，赶上磅礴的潮头，挟着恢弘的气场，出发！

一艘艘橡皮艇闯进晋陕大峡谷，闯进黄河母亲的怀抱。

迎风奋桨，凌波踏浪。欢呼中，一次又一次深呼吸，泥腥味扑面。陶醉了，这是母亲的体味。

勇闯激流，浪遏飞舟。呐喊着，雄壮的号子，在两岸绝壁间回荡。骇浪扑来的刹那，惊呼变成了惊喜。橡皮艇一会儿跃上波峰，在河面上回旋，饱览壮美的河山，穿行在祖国版图的心脏地带；一会儿钻进谷底，激流勇进，破浪乘风，穿行在一个民族一往无前的岁月云烟里。

一群爱诗写诗的华夏赤子，尽情地放飞诗人的情怀。陶然、激越，优悠、壮烈，千般激情，万缕幽思，尽随黄河东流去。

今天，我们漂流在岁月深处，聆听一个民族波澜壮阔的乐章，在滔天的巨浪中涅槃。

一次壮行，穿越了历史长河，朝着彼岸，指点江山，激扬文字。

大浪扑来，打湿了衣衫，一抹脸上，满手是泥。黄皮肤更鲜明了，黑眼睛熠熠生辉，追寻着华夏赤子生命的真谛。

今天，直到永恒，我们与黄河共命运。

中流击水，精神的强健，陶冶了灵魂。

飞越关山，生命的原色，正在接受洗礼……

（获《散文诗世界》2015 年 10 月颁发的"人祖山杯"国际散文诗大赛特邀佳作奖）

□鄢家骏　**神奇风光扑面来**（选章）
　　　　——人祖山和耿世文先生情怀素描

好一派华夏民族鲜活的生命图腾！/我仿佛还听见她在凌空播撒生命誓言。

情思，把我惊呆的目光拉得很远很远。

我逃避想象。但想象总钻头觅缝地搅乱我真实的信仰。

我看见人祖山高高的山巅，在遥远蓝天上造型的千般英姿，演义的万种风情，简直使人分不清真实和想象的严格界定。

我缺失了对事物的判断。

君不见"黄河之水天上来"，人祖风光扑胸怀——

早晨，人祖山巅，朝阳镀金。她像从黄河激流上飞溅起来的一束硕大浪花，在这里凝固、风化成五千年风雨如磐的浮雕？

云雾缭绕，但遮不住娲皇宫的雕梁画栋和伏羲庙的金碧辉煌。

山风呼啸，但抹不去女娲脚踩灵石手托苍天拯救天下生灵的悲壮。

好一派华夏民族鲜活的生命图腾！

我仿佛还听见她在凌空播撒生命誓言。

……

中午，人祖山巅，云淡风轻。

她像是伏羲女娲兄妹逃荒时骑着飘来的那只葫芦，在这里定格、挺立成万年不朽的创世神标？

两朵白云，从滚磨沟飘起，飞越穿针梁直抵天庭洞房，于是中华文明的一部婚姻大书浩然了天下。

碧草茵茵，造化坪上女娲娘娘抟黄土甩泥绳百忙造人，繁衍着华夏儿女的万代千秋。

华夏民族横空出世，耸立起世界民族之林的苍天大树！

我分明看见人祖山千山披绿、万壑一碧的美景画卷。

……

傍晚，人祖山巅，夕阳如火。

她是先祖用"钻木取火"灿亮的第一粒火星，烧燃起华夏精神的第一簇圣火？

火光烨烨，奋斗、创造和包容凝聚成的人祖文化精神，以不可泯灭的光焰，高擎成自强不息的民族魂魄。

圣火如旗，生态和谐、万物显灵的人祖山诏令华夏大地，让文明之光薪火相传，千古不朽！

我俨然听到黄河奔流的涛声由远而近，由近而远，一路雄风，滚滚向前、向前……

站在历史和现实的垛口，面对人祖山，我敬畏之心充盈茂盛。

禁不住祈诚跪地，临风三拜！

（获《散文诗世界》2015 年 10 月颁发的"人祖山杯"国际散文诗大赛特等奖）

□任俊国　　# 回家：一座山的呼唤（选章）

站在黄河边，壶口瀑布在呼唤。我又听见，黄昏中母亲站在家门口深深的喊

1.　一场流星雨，落进人祖山。

山下，柿子滩上，柿子熟了。

每颗柿子都是星落人间的火种。从此，夜色不再冰冷，食物不再生冷。言语不再生硬，交流中有了情感的温度。那火，那烟，那人间烟火，温暖了多少人间岁月？温暖了多少民族记忆？

那时，黄昏。伏羲赶着牛羊，从远方走来，又要向远方走去。山那边还有山。远方哟，远方还有多远？

当走到黄河岸边，他的心情像壶口瀑布一样澎湃。当望见柿子滩的炊烟，他的万丈豪情顿时化为柔肠千转。他看见，满山红叶迎风展，九曲黄

河转过了第一湾。

又一颗流星划过天空，落进众风之门，落进伏羲的胸膛，化着他一生的情，一生的愿。一生的爱。

望见炊烟，伏羲听见人祖山在呼唤，他扶着岩石哭了。从此，那块岩石叫伏羲岩。其实，那块岩石是一道门，一道伏羲扶着回家的门。

尽管，山外还是山，远方还很远，但炊烟是家门前那棵永不枯黄的树，拴着通往远方的路。拴着路上的脚步。回家，不会有迷途。

于是我们看见，在时间的雕铸下，娲羲相依成石，望尽黄河九十九道湾。望不尽，柿子滩上的袅袅炊烟。

2. 站在黄河边，壶口瀑布在呼唤。我又听见，黄昏中母亲站在家门口深深的喊。

略带焦急和疲惫的声音，穿过炊烟，掠过田野，在山谷中回荡。天地静下来，走在路上，我看见牛羊走向村庄，鸟儿飞向树林，黄昏和山峦退向天边。

我们，都在回家。

有时，母亲也静静地立在黄昏中，望着天边，望着天边那座山。

风过。母亲说，听见山的呼唤。

（获《散文诗世界》2015 年 10 月颁发的"人祖山杯"国际散文诗大赛一等奖）

□刘慧娟   # 人祖山历史岚烟 (之一)

人祖山，此刻被思绪萦绕。/我来寻根，也来寻找钥匙。

借一缕清奇的云丝而来，探幽华夏深处的血脉和骨骼。抚摸创造的青春，捡拾蓝色的旋律。人祖山，此刻被思绪萦绕。

我来寻根，也来寻找钥匙。

透过五千年烽烟，瞭望那轮古色古香的太阳，依旧在高天照耀，这方天地，因为孕育而别具灿烂。那是龙的体魄，天性中有着腾飞的气势，自古就气壮山河。

草叶上，依稀可见五千年前的皑皑积雪。每一块石头，都是流动的记忆，镌刻着始祖最初的期许。欢快的云雀，在历史的空中起舞歌唱，那里的泥土，处处蕴藏着闪电般的活力。

站在这里，我只是一粒灼热的尘埃。我羞涩的灵魂，不敢直视原始的坦荡和赤裸。不是因为我的虚伪，也不是因为我的胆怯，而是我常常迷失于此岸和彼岸之间，不知所措，有失龙的精神。

于是，我小心翼翼地逐一触摸，感觉人性本善的暖韵，触摸干净的眼神，清澈的吟哦。聆听远祖悠扬的抒情和呐喊，纯洁的号子和语言。

在俊俏的历史长廊里，我缓慢地攀援并采撷，采撷远古的音讯和表情，采撷祖先的种种悲欢。

人祖山，作为始祖的形象，给了我沉稳也给了我内涵，给了我从容也给我冷峻。让我明确身前和身后的彼岸。给我帆的同时，也给了我停泊的铁锚，我拥有了前进的动力，也获取了停靠的港湾。

让我仰望人之初的纯美，让我身处现实却又灵魂入幻。

回望人祖山，我的心，渐渐澄明起来。对周围的种种假象和谎言，微笑却不屑说破。

（获《散文诗世界》2015 年 10 月颁发的"人祖山杯"国际散文诗大赛一等奖）

肥东，梦想起航的地方（选章）

□秦　华

我的梦在天然氧吧别有洞天。而多少动植物，只为等待能够绣满春天。

---

1. 我的心沿长江逆流而上，跨越距离，记忆美的感动。

肥东，自然的创意，掷下苍翠的一瞥，装下秀美的山水湖色，淬出一片纯粹，走过沧桑。绿成就了远方的优雅，深邃的浪漫。

在风中，颤抖的农作物垂钓唐诗宋词的韵味，跫音轻响。

动感的绿林深处，太阳延伸一个虚词的晨曦，小桥流水人家，有着滔滔不绝的幸福。我想枕着你的臂膀入眠。

梦里回眸，有生命抵达，有灵魂呐喊。有一种神秘的力量，刺透苍茫，回荡在天、地、人间。八斗镇，知音的乐章。

静卧于怀的主题，捂我于心，一缕绵长的芬芳治愈我的失眠。

我把我的中国梦放进智慧的肥东，游走的岱山湖，一把瓦刀打天下，伟岸倔强。

2. 肥东，你是时间的主人。

我的梦在天然氧吧别有洞天。而多少动植物，只为等待能够绣满春天。

岁月深处，一枚往事荡漾。

古庐州的四顶朝霞、浮槎山、龙泉寺、龙城遗址、吴复墓石刻、包公祠堂、六家畈徽派建筑，我确信你会成为我的一部分，牵引我的梦想。

庐东七贤。你卓然的才艺，静谧，穿透古典诗词，引领未来的时尚。

八斗镇，你的现代气质在诗句里敞开，心扉满是希望。

3.　酣畅的肥东，闪耀着人文的光芒。

瑶岗渡江战役总前委旧址、溢满原汁原味的风光。

一个思念就浓缩了季节。在你的芳香中，一泓清泉，用鱼米的文字做一回文豪。写下徽派的辉煌历史。

曹植、包拯、李鸿章，吻着历史的骨骼，述说衷肠。

一缕新鲜的空气从丘陵的石器开始，生态送给我最有魅力的诗歌。

在烟雨江南，我的梦散落浓郁的异乡情景，潜入季节湿润的土地，物华天宝，扭动延伸的方向。拾掇片片快乐和诗意的女人，心胸和气度胜过男儿。

沐浴在大自然里，坦然与大度化成咏叹，一朵心香入梦，心灵安详。

撇开红尘繁杂的纠葛，解读一位河流的心事，打捞一位静默的星星，留一句赞美给纯朴生态的八斗镇，你能够承载灵魂的重量。

梦醒时分，我清楚八斗镇正谱写一曲生命的崇高信仰。

（选自 2015 年 3 月 28 日出版的《首届曹植诗歌奖获奖作品集》，获三等奖）

□张道发　**几哇瓜豆**（选二）

母亲将一只只长老的南瓜抱到床底上，蛐蛐一夜夜叫亮月光。

南　瓜

后院的土墙不高，伸手刚好够到顶的样子。

墙下，母亲随手种了几眼南瓜，随后便将它们遗忘。

瓜藤粗粗实实地攀上墙，一簇簇粉黄的瓜花，垂挂在院子两边，风起的时候，仿佛整堵墙都在晃动。

南瓜叶阔大，倘若逢上一场阵雨，远远便能听见瓜叶们的嗓音，捎带着植物青涩的香气。

一两只蟾蜍顶着瓜叶，聆听远远近近的雷声，任闪电在眼眸里跳跃。

常常有过路的蜻蜓在瓜花上交尾，瓜花托住它们轻盈的爱情，地上恍惚的影子，一碰即化。

馋嘴的村人会摘去一些嫩瓜，用椒丝炒来吃，这是夏天一道很爽口的菜。

渐渐长大的南瓜睡在地上，又懒又胖的模样惹人喜爱。

秋天来了，瓜花依旧在开。

母亲将一只只长老的南瓜抱到床底上，蛐蛐一夜夜叫亮月光，南瓜们一声不响陪着母亲，度过秋天和秋天后越来越寂寥的日子。

大皂荚树拖出的阴凉里

大皂荚树拖出的阴凉里，几个下晚学的孩子互相追逐打闹，冒着热气的头发上，有红蜻蜓飞过。夕阳很远。

孩子们举起姜芽般的小手奔跑，脆生生的童音在地上滚动，四周的寂静散发野蒿的香气。

一地的树影摇晃，孩童的足音一路轻扬。

这些刚刚长成青苗的孩子，拥有多么单纯自足的快乐，似乎身边这个烦乱的世界跟他们无关。

整个黄昏，我在不远处的屋影中，望着皂荚树的阴影中玩耍的孩子们，多想成为其中的一个，甩动一双脏乎乎的小手，满脸尘土地欢跳着。

暂时忘却尘世上的痛苦，像轻风一样来去自由。

（选自《首届曹植诗歌奖获奖作品集》2015 年 3 月出版）

□香　奴　　# 今夜，只有甘南头举明月 （组章）

我回头，合掌的时候，发现自己成了一个新鲜的僧人，阳光披给我，慈悲的铁锈红。

一、今夜，只有甘南头举明月

我写下甘南的时候，多像一个失去了故乡的人，独立苍穹之下，不由自主地爱上第二个地名。而此刻科尔沁的流沙与碱土正在掩埋一首诗的遗骨，墓碑将镌刻：风吹草低。

爱上甘南，是一场绝处逢生。我要找到三岁的时候喝过的那一碗热奶；我要找到五岁的时候熟记的那些牛羊；我要找到七岁的时候坐过的雕花的马鞍；我要找到九岁的时候亲手点燃的牛粪火；我必须回到十岁的夏天，与故乡的草原诀别的现场……

今夜，只有甘南头举明月。

二、儿时的花冠

梦里的花冠总是编织到一半，零散而破败地撒落于无边的荒芜，我要到甘南，编一个完整的花冠，我要问询每一朵花的名字，要分辨每一朵花的香气。

戴着花冠。我才能走过节日里那些鲜艳的姑娘，那些健壮的男子，那些呼啦啦地招展在风里的旗帜。也会有许多寺庙出现在路途里，也会有老妇人手里转着经幡，也会有年轻的母亲穿着长袍，包裹着婴儿，像包裹着草原的未来。

三、小镇

你说你画了小镇。速写，素描，偶尔来一幅水粉，花开的时候。

梦里见过。斑驳的残阳照在断壁残垣上，长风贯通南北西东，零散的店铺和客栈，是的，有陌生的语言，那声音很纯净，那是银子的声音在银匠的锤下响起，有些欢愉，有些惊喜，也有一些疼痛。蝴蝶飞过我的右耳，而花朵安放在我的左耳。我要讲一个陈旧破碎的故事，一直讲到沉沙金黄，小镇宁静。

银子，纯净的银子，她是祖母的一部分。从那个小镇到这个小镇。祖母有一双民国小脚，必须是碎步如莲，走上一生，才能抵达。

我是来路孤单的过客，哦，小镇，你必须认出我，慷慨地给我美酒和热奶，还有金灿灿的炸羊排，是的，我将在人群之中找到她，她带着黑色纱巾，她穿青灰的布袍子，她是我的走丢的祖母，我的空荡荡的祖母，隐身于这个小镇。

而我的身上带着她留下的所有老银子。

再无法抉择是要蝴蝶还是要花朵的午后，人声嘈杂的旁边，我一定能够看到你，我的祖母。

四、尕海湖

一滴水，攀上 3400 米的高度，要经历多少次九死一生。

一滴水与另外一滴水要途经多少不同的风景，才能在此汇合？

此刻，必须有风，大西北的民谣里贯穿的风，把岩石抚成黄沙的风，在丝绸之路埋种桑树的风，一遍遍摩挲古楼兰城墙的风，此刻抵达。就有了涟漪，有了微波，有了春色荡漾，有了潮，有了追溯和回流。

黑颈鹤的黑。白天鹅的白。

多像时光长了翅膀。我们回到远方，也回到从前，回到一个信仰的精髓里，在绿色辽阔的雨季，小成一滴水，抵达花朵和草尖，抵达蜜蜂，抵达飞翔，抵达 3400 米的绝对高度。

我们必须在明月之下，爱恋彼此，从唇齿到舌尖，遍布火焰，遍布抽象的表达，遍布简单的音节；我们必须让眼神更清澈，身体更洁白，四肢更柔软；我们必须体验坚冰的融化，体验贯通和交融，体验一滴水对另外一滴，诉说她的九死一生。

我们席地而坐。等月色流淌的时候带走你我，爱，已经走过了神圣，流向尕海湖。

五、仙女的郎木寺

郭尔莽梁属于西倾山。白龙江属于黄河。

郎木寺属于仙女。

我属于七月的你。

传说中的郎木寺之夜，有些凉，但是如果赶上一场雨，也是很好。左耳是诵经右耳是雨打窗，一半清明一半混沌，一半饥渴一半温饱，我们端坐在潮湿深处，继续自己的朝思暮想。

圣洁，就是忘却的那一部分，沦陷的那一部分，成为经文的那一部分。

圣洁，就是仙女提着水罐，身穿白衣，下颌圆润，嘴角挂着笑。

圣洁，就是我从一根肋骨里，生出自己。

圣洁，就是与你重逢。而恰恰郎木寺降临一场夜雨。

远处有群山巍峨，近处有繁花碧草。我愿意彻夜把长发停放在一袭僧衣里，把凡尘往事，放逐雨中。

郎木寺，我要送还，一个悲苦的轮回。

郎木寺，我已多年无言，依赖雨滴的诉说和表达。而我熟睡后，太阳将照彻，今生所有的梦境。

六、僧人

僧袍，不可言喻的一种红，陈年的血迹；或是一匹铁质的布，厚厚的，生了锈；或是岁月的蝉蜕，等待时机成熟，只剩的驱壳；或是古城堡的老石头，风雨之后，露出类似玛瑙的光芒。

僧袍，那是一种神秘的红。安静下来的红，大彻大悟的红，穿越了前世今生的红，站如松坐如钟的红，眼神如止水心定如磐石的红，我只能远远地仰望，一次次用水和宣纸临摹，静得惊心动魄的那一笔红尘的红。

念珠那么贴切地复述着。

菩提子，有一百零八颗，这一生，数过来数过去，像是没完没了，也可以转瞬即逝。

我跟僧人问自己的来历的时候也就知道了他的来历；

我向僧人投水于清钵的时候也带走了一道涟漪；

我接过僧人的经卷的时候也递给他一部没有封底的红尘。

他说，阿弥陀佛，请慢走。

我回头，合掌的时候，发现自己成了一个新鲜的僧人，阳光披给我，慈悲的铁锈红。

七、牧马人

昨夜他的女人亲吻过那鬓黑的脸膛，胡须和阳光下的一些皮外伤，所以他笑。他笑的时候露出洁白的牙齿。格桑花和紫云英今日都有些黯然失色，而昨夜他的女人才更像盛夏，也更像玲珑的羔羊，他举起皮鞭时，她又像整片水草丰美的牧场。

这是诗人的想象。其实牧马人只说，女人在在晾晒皮袄。

牧马人，没走出过草原，没离开过家乡，没穿过汉服，没见过城里姑娘。

清晨他从女人身边出发，傍晚跟着最后的阳光走回女人，马儿健硕的肌肉在鬃毛下闪亮，上游的河水让它回味甘甜，它要寻找另外一匹马，诉说衷肠。

此刻，牧马人接过温好的酒碗，刚走出湖水的女人，发梢滴着水，打湿了一小片崭新的绣袍，就像一阵新雨之后，帐篷里弥漫格桑花的幽香。

晚风，适时地吹灭月亮，恰到好处地投放一些云影，牧马人的胸膛贴着那些湿漉漉的黑发。所有格桑花，都面色甜美，进入梦乡。

八、甘南的酒

从黄河第一湾喝起。
歌声不落，酒杯不落。
我们喝的是黄河白江，也喝尕海湖。
我们喝麦子、葡萄，也喝青稞和枸杞。
我们喝月色三千的白，也喝晴空万里透明。
我们喝候鸟的爱情，也喝藏羚羊的乡愁。
我们喝离别。
也喝重逢。

举杯，就是大河向东，仰首，群山已在回荡的高亢的藏语老歌。
你要允我欢欣和悲戚。
你要允我舞蹈和雀跃。
你要允我沉默和哑然。
你要允我爆发和回归。
你要允我带走和留下
这，甘南的酒！

（选自《散文诗》2015 年第 12 期上半月刊，获"吉祥甘南"全国散文诗大赛金奖）

第十五辑　世界华文散文诗（6佳）

[美国] 姚　园　　　　　　# 在指尖上行走

从某个角度而言，丧钟是为不曾醒悟的人拉开一个序幕而已。

1. 　此刻，七月在我指尖上行走。走，这个极可能让脚底生风的语词，这个静如处子的另一面，对谁是熟悉的陌生呢？而空气里弥漫的平和、恬静，是因为头顶那片天空在心灵深处湛蓝的缘故？

　　蓝，是岁月留在血液里的一朵睿智在生命里不动声色的一种发酵？

2. 　是记忆与记忆的微风拂来的一个被剔透的珠露洗过的清晨，是被一轮柔媚的月色洗过的夜晚？是记忆与记忆的脚尖独守于私密闺房的安然？或漫无边际的一次游离？

3. 　一切的一切是寻常的不寻常，因为生命盈满了意外的风帆；

　　一切的一切又是不寻常的寻常，因为生命似乎是在一连串风暴中回到初始的静谧。一切的一切不是在季节的潮起的波澜中抵达理想的彼岸，而是在思考催生行动的花蕾里徐徐发芽、婉约开花、淡定结果。

4. 　我也清楚地知道，不管今天是不是一个特别的日子，太阳都不可能从西边轰然升起，但会由于一个绿意盎然的铭刻而鲜花浪漫。

　　我从不掩饰对花的喜爱，我买花种花种下的从某个角度而言不是花的本身，而是一朵朵心愿。我相信开在门前的花朵，不论是美人蕉，还是玫瑰，或是茉莉、喇叭花等等的欢颜是由衷的，不含任何刀枪的。我还相信在街头摇曳多姿的姓什名谁好像并不重要，为什么绽放也不重要，重要的是存在。存在是各种可能的可能。不管可能与不可能在谁的掌心生长。

5. 　生命从来是独立的个体，没有谁可以和谁划上等号，没有谁可以在谁的生命里呼吸，也没有谁可以将谁列为自己的私有财产。唯有给彼此一朵尊严的花朵，生命的颜色才可能是蓝得化不开的辽阔。不管那是不是一种远景，够不到的花香都将使幽暗的房间在刹那间明亮起来。

6. 　而 Baby，你用歌声把舞台点燃的时刻，时间也在骤然间成为一条缤纷的河流。当连绵不绝的掌声与鲜花般赞语向你蜂拥而来的时候，我在院子不停地剪枝，过多的枝桠会阻碍植物生长的速度。同样过多的赞美有时反倒让人的脚步放慢。

你前面还有一段路在你看得见与看不见之间或明或暗。

7.　走吧，只是脚下的路是被一串串脚步声走近还是走远？只是很快这里也将变成一朵曾经，在记忆的版图里或明媚奔放或化为珠露滴落。不管那一刻，你在哪里，我在哪里，都会留下一个背影，而转身后在谁的记忆里鲜活却不重要了。重要的是认识。从某个角度而言，认识一个人与认识一个地方一样，是从离开的那一刹那开始的。

8.　若失去是开始的另一归途，我没有理由让黯然在生命里悄然歇脚。我要让阳光向着此时此刻在掌心里流转的时光生长，谁也不能先知下一瞬会与什么样的波澜相遇！而我们能握住的也将成为如烟的往事。所有的所有都将化为一阵没有丝毫征兆的风，在眨眼间飘逝得只剩下一声叹息。

9.　宛如一些骤然逝去的生命，不管我们调动什么样的语词都不过是一滴苍白徒然的泪。无论怎么擦拭，均不可能抹去逝者亲人永恒的伤悲！大悲无言。从某个角度而言，丧钟是为不曾醒悟的人拉开一个序幕而已。但难得的糊涂却是用若愚的大智勾兑的一杯不可斗量的鸡尾酒。

10.　不过某些时辰，身体里那与季节无关的风吹草动依然会让人在骤然间浮想联翩。人是易碎的玻璃。人也终究不是一缕自由的风，好像总会被无形或有形的什么束缚着。从某种程度上而言，牵挂抑或担心是自己给自己套上的一把长长、久久、牢牢的锁链。可有些事情发生时常在意料之外。没想过的不一定不在眼前婆娑，朝思暮想的却不一定在门扉闪现。

11.　扭头一瞥客厅一角的吊兰正在枝头花开灼灼，一种说不出来的意外之喜灿烂了我午后的心情。这时，窗外那不含一丝云彩的蓝，与我车的颜色竟然出奇的相似。蓝啊蓝，蓝到尽头会是一片什么样的烟波？

12.　而我依然在我该在的地方，做什么、写什么抑或不是问题的关键了，我是不是像拜伦诗里那女子："优美地走着，像夜色一样"，也无关紧要了。我淡定地与已经或者可能霹雳我生活的雷电握手，我无所谓之后迎迓的一道绚丽的彩虹是不是在我窗前昙花一现。

我有我自己认定的方向，我有我自己给予的温度。

我是我自己的微笑。

（选自《诗潮》2015 年第 12 期）

湄南河畔情思

[香港] 夏　马

题记：六十六载，光阴荏苒，情牵的湄南河，却是在我的思念中，汩汩流过。

一、湄南河畔一盏灯塔

风云急变的伟大年代，湄南河畔亮起了一盏灯。

茫茫的黑夜里，灯虽孤独，却给人们带来了激情与希望。

灯火在湄南河两岸椰林深处、在佛都破落的木屋小径，忽明忽暗、悠悠闪烁，无数追求光明的赤子，在灯影下传阅祖国解放战争节节胜利的信息。兴奋中，有人引领唱起了"解放区的天是明朗的天……"的歌曲，歌声伴随着他们沸腾的思绪，飞向日夜思念的蓝天。

二、暂别了，我心中的湄南河

说是暂别，就因为湄南河在我心中，有太多的怀恋。

如今，北国风光独好。冉冉升起的朝阳，正荡涤中华大地一切污泥和浊水。海外炎黄子孙所追求的民族复兴的理想，正在展现。

面对这锦绣前程，湄南河两岸的热血炎黄，又有谁能无动于中？

于是乎，当局询问学子们为何要回去？所得的答案都是：因为我是中国人！

这一天湄南河畔的"孔堤码头"，特别热闹，成千上万等待回归和前来送别的赤子，都一齐欢呼：暂别了，我心中的湄南河。

三、无怨无悔赤子心

六十六载，弹指一瞬间。

一个偶然机会，我又回到了日夜思念的湄南河畔。

回首往昔，岁月斑斓。

在这色彩缤纷的日子里，有借着月下海边楼台，演绎一幕幕童真的故事，有踏破征蹄寻找生命的真谛。道路坎坷，却无怨无悔。

俱往矣，青春已在神州大地燃烧，发放出些许光和热，于心已足，夫复何求。

（选自《香港散文诗》第 50 期，2015 年 12 月）

[香港] 朱祖仁

法国两题

香波堡的另一个妙景是它的外型。是超现实主义的杰作，托起潮的响声。

法国卢瓦河：华丽的香波堡

苍穹。蓝天。白云。一轮太阳，无遮无挡地照耀着一座五百多年的守猎城堡。

城堡，一颗岁月历炼的明珠，展现法国卢瓦尔河谷所有城堡中最宏伟，也是最伟大的一处妩媚与妖娆。

她和阴柔的舍侬索堡被封为一王一后。华丽的姿态，予人以童话般的梦幻感受。明亮的大理石殿堂，脆性的双旋梯，凭添了一声声丰厚的韵律。

那些油画，那些人物造型，那些梦幻般的雕琢……闪烁着超然艺术，直至如今还刮起了一阵阵痉挛般的旋风。

香波堡的另一个妙景是它的外型。是超现实主义的杰作，托起潮的响声。

香波堡，寂静地怀抱克娄颂河。她那熄灭了的笑容，高耸着他宏大的心事与怀想，后人淡忘不了。

香波堡的守腊苑，也成为布隆森林繁茂的橡林，配上平静流过的卢瓦河，衬托起香波堡的神秘。

当人们在森林中漫步，仍感受到当年法国贵族弯弓射鹿的气氛。

城堡，是皇权的象征。

故人的足迹已远，但遗下王者气质。

香波堡，一部厚重的历史因而变得璀璨夺目。归功于文艺复兴时期，至高无上的显赫君主弗朗索瓦一世的伟绩。

法国巴黎：花的海洋

五、六月份，法国巴黎乍暖还寒，仍是百花盛开的季节。

巴黎，打开了夏日的心扉，如画，如诗。

徜徉在各大小公园里，家前屋后，处处呈现花的海洋，掀起无水的波浪，呼啸着无涛的喧响。花浪迭着花浪，巴黎被一种美感牵动。

唯美的蝴蝶，告别成蛹的日子，张开翩跹的翅膀，放飞，铸成心灵之旅的浪漫。

走进巴黎，仿似漫步在色彩缤纷的波光里，花香一寸一寸深入骨髓，人们的脸庞漫溢在安逸的情思里。

各种颜色的玫瑰花盛绽，它们用自己的娇艳装点城市。红玫瑰，如夏日的情人，绽开成夏日的红艳，映红了天空，点亮鲜红的太阳，也点亮无边的岁月，铸成血红的爱，激励着人们，温暖着所有生灵。

玫瑰花艳红，也装点着来去匆匆的过客，那些渴望美的眼睛，定格成永恒。

巴黎！还盛产温情与浪漫。

[香港] 钟子美

跋涉《圣教序》

【题记】《圣教序》，即《唐集右军圣教序并记》，是唐太宗为表彰玄奘法师赴西域各国求取佛经，回国后翻译三藏要籍而写的。太子李治（高宗）并为附记，另加上玄奘亲译的《般若波罗蜜多心经》。由沙门怀仁从王羲之书法中集字，刻制成碑文。

1.　一块方碑，一纸拓样，《圣教序》，走过历史的风雨，满身华彩进入我深秋的书斋。秋已深，记忆的版图分崩离析。我害怕，过往的辉煌，也许会与灰墙上枯槁的爬山虎一样，西风下一夕倾颓。

跋涉《圣教序》，跋涉在这一本千年不坏的书帖里，却让我从迷离的埃尘中瞥见过往灿烂的霞光，从泥沼和血痕里重拾信心。

2.　这里，唐太宗李世民的雄才伟略，邂逅释迦牟尼金刚般锐利的佛说。

这里，惯看剑血和劫火的天可汗，以绚丽的文采，诉说他仰慕崇仰佛道的情怀。无灭无生，历千劫而不古的湛寂法流，教他沉思、赞叹。

天可汗的目光比九曲黄河还长，他明白，这真教的旨归，难学难遵，但它必然西传而来，高照东域而流慈。这是东方的宿命，也是中国的宿命。

早晨起的风，必是划破高天的长风。

这一个当世伟人明白，中国的胸怀够大，容得下一个，两个，乃至更多的思想。中国今天拥抱了世界，将来也必仍然拥抱着世界。

3.　此时，历史赋于另一个伟人，仗策孤征，超越惊沙和积雪，追求生命的学说，西向走进佛祖的家乡。

自我流放，为了理想。天可汗李世民，说他的清华，松风水月不能比；他的朗润，仙露明珠不能比。这位历尽十七年霜雨寒暑，由西天取回六百五十七部真经的千古一人，就是把鼎鼎大名撂在四方虚空的玄奘法师。

他给中国背回了闪亮的佛教思想，与儒家思想共济。

他给中华民族开启了了解和掌握生死轮回的玄机。

4.　贵为天子，李世民与玄奘虚怀以对，那是权力与大智能、与生命涅盘的对话。

皇帝说，我没有美玉般的才华，我没有博达的言谈，内典我也不娴熟，写了这圣教序，恐怕翰墨污秽了金简，瓦砾撒满了珠林啊。玄奘大师低首合十，褒扬了圣上弘扬佛教的大举。

他们各自的抱负在此碰撞出东方二次黎明的火花。

第二代天子李治，在父皇光华万丈的影子里，也不失以骄人的文采坚持复述引以为傲的历史。多位名臣于志宁、来济、许敬宗、李义府给鸿文润色，玄奘亲自翻译的《般若波罗蜜多心经》，将彼岸摆渡到人心，让我感受到浮世与非浮世扬起的天籁般的响动和光彩。

5.　只有皇帝喜欢的王羲之书法才能承载得起这样一篇宏文的厚重，李世民与臣子们的潜意识如是提示。于是，怀仁和尚，以二十五年春秋作为代价，一个字一个字地比较、选择、挪移书圣的行书，布阵成二千五百字的《圣教序》，这天下第一行书集字书帖。借助也是天下第一的诸葛神力的勒石，朱静藏的镌字，王羲之永和之春的山山水水驮着唐朝灿烂的文明奔赴未来，奔赴千千万万未来炎黄子孙的毫端。

毫端上升起两轮太阳，兰亭和圣教序。

6.　岁月轮回，跋涉演化为舞步。

我的毫端随书圣的节拍翩翩而起。

藏锋露锋，中锋侧锋，欹侧如醉酒的贵妃，昂首如守边的雄杰。

甩出水袖，几度变脸，似公孙大娘淋漓的剑舞，似李太白散发弄扁舟……

笔划是五岳插云，墨渖是江南烟雨，布局是千湖竞秀。

唯美主义醉了。

7.　一千四百年前，中国的天空是何其明净，太阳、月亮、星星、彩虹一起流转闪烁，流转在一个花季，一个名叫《圣教序》的花季里。

优雅，大气，包容，超水平，一切都是源自文化的自信。

跋涉《圣教序》，如同跋涉在中华文明的浪尖，看尽风光霁月。

跋涉着，踊蹈着，我的思想渐次返青。

春天摇醒了，在我的深秋。

（选自泰国《世界日报》"湄南河"副刊，2015 年 10 月 10 日）

[香港] 文 榕　　　　**醒着的画卷**（三章）

白鸟飞来的时候，秋天也来了，带着纯洁的羽翅……

崭新的蓝天

在你以一抹微笑抵达我时，缤纷的岁月摇响了风铃，传来一串叮咚的回音。

小河欢快，也沉静地朝前流，你的神采灿若晨曦，氤氲哲思的华美。

我的舞步也悄静，配合你的乐音，正如我此际思念的音符闪烁不息，围绕你喜悦的花园。

经久地沉缅，摇摆于你的高亢和雄浑之间，走不出的低迷和振奋，充斥城市无眠的上空。

色彩重新组合，时序再度跳跃，平静又不平静的皆是念想。梦境轻浮，围绕我们的是河流，也是飘带，西去的是黄昏，也是山脉。

我重振了翅膀，拾起一枚信心的钥匙，开启的是希冀，也是渴望回旋的天空……

日子像河水一样流淌，时光的绚烂从不虚设，轻轻在旧梦与旧梦之间，划出一片崭新的蓝天。

悠悠远山

南山的远远如一片棕榈树，披着明净的蓝天，你是树下挺立的果子，迎着秋风摇摆。

那日你和我行走的步履是悠然的，随着乡郊的节拍。说乡郊也不尽然，我们也途经灯红酒绿，拾起城市遗落的哨音。

不觉到了那熟识的公园，以往散落叹息的所在，也曾并坐交换眼神，往日的落寞都托付给新绽的菊花，秋风里袖放一地艳丽。

来来回回城镇的足音被我们放牧得潺缓，溪流般融入小河。华灯初上的风景嵌入人影，成双的是脚步，还有彼落此起的心声。

南山的远远如一片棕榈树，在你传给我的相片中款摆，你是树下挺立的果子，依着明净的蓝天，迎风送来一段佳话。

醒着的画卷

白鸟飞来的时候，秋天也来了，带着纯洁的羽翅，你的梦，掠过橙红翠绿的世界。

等待已是一汪宁静的水，交缠着水草舒放的暗流。时光飘来，似一阵风，静止在这潭碧绿中。

我在茂密的树林后猜测着秋天的梦境，白鸟是翩翩的信使，让我确信秋天也环抱春的气息。

在岁月匆匆幻变的尘世，一瞬仙境的闪现已是恩典。我们在这天地共融，魂魄交织，不再遗憾。

能淌得更远的是时间，唯有这空间停驻，而当时光之河悄然绕近时，秋天是一幅醒着的画卷……

（选自香港《橄榄叶》诗报 2015 年 6 月总第 9 期）

[香港] 孙重贵　　# 包公祠（外一章）

走进包公祠，阳光灿烂，抬头一片青天。

走进包公祠，阳光灿烂，抬头一片青天。

朗朗青天之下，开封大地之上，也有一位青天，一位刚正不阿、铁面无私的包青天，卓然于世。东配殿前，我骤然停下脚步——千年之前，《铡美案》的场面正在上演。

寒光闪闪的龙头铡下，忘恩负义、抛妻弃子的驸马陈世美，心惊胆战，惶恐不安。包公手托乌纱帽，大义凛然，敢于触怒皇室，顶着天大压力，与国太和公主叫板。

做官难，做清官难，做不畏权贵的清官更是难上加难。

包公明白，龙头铡这一刀铡下去，可以痛快淋漓的铡下陈世美的头颅，然而，也可以铡断自己的大好仕途。

吉凶未卜？清心为治本，直道是身谋。

包青天就是包青天，宁肯丢官弃职，也要为民请命，执法如山——公堂上一声斩令下达，陈世美身首异处，大快人心。

得人心者得民望，包青天被人民千秋传颂，一座包公祠巍然耸立开封府，历尽风雨沧桑，岿然不倒。面对包公塑像，心潮澎湃思绪万千：包公就是一把清正廉明的铡刀！只要这个世界上还有不公，还有强权，还有贪污腐败，还有作奸犯科，这把铁面无私的铡刀就会在包公祠高悬，在开封高悬，在人民的心中高悬！

龙　亭

登上龙亭，一场风雨不期而遇。风雨之中，七朝古都开封，一片朦朦胧胧。

唯有眼前龙亭，分外清晰，矗立在七十二级台阶之上，拔地而起三十六丈，象征皇权的崇高。龙亭大殿之内，一只酒杯吸引了我的眼球。这只宋太祖举起的酒杯，实在是太不寻常，这是《杯酒释兵权》的重要道具，演绎了宋朝一段惊心动魄的往事。

宋太祖登上皇帝宝座，大宴文官武将。他举起酒杯一饮而尽，似醉非醉？真醉假醉？醉翁之意不在酒，而在乎大宋江山！

佯装醉意的宋太祖，酒后吐露真言："一旦以黄袍加汝身，虽欲不为，不可得也"。

座中武将大惊失色，诚惶诚恐，为避夺位之嫌，纷纷交出兵权。

酒是一种力量，宋太祖一杯酒，轻而易举解除部下兵权，皇权加兵权，为大宋王朝奠定了基础，为大宋皇宫奠定了基础，也为龙亭奠定了基础。

流年似水，大宋王朝孕育了清明上河图的繁华，诞生了宋词的辉煌，也经历了黄河的沧桑，见证了东京的衰落。

当年不可一世的皇权和皇宫，气数已尽，历经兵燹和黄土掩埋，只残存星星点点历史碎片，任由后人拼接凭吊。龙亭是幸运的，皇权落下，民权升起，它从皇宫的废墟中苏醒出来，获得了新生，风采依然，站成一处中华传统文化的精彩符号！

（选自《香港散文诗》总第49期，2015年出版）

附录　2014－2015 年度散文诗作品集出版及有关活动讯息

（一）年度重大事件、重要活动

◎2014 年 10 月 1 日，2007 年 3 月成立的中外散文诗学会上海分会召开 2014 年座谈会并举行揭牌仪式，中外散文诗学会会长海梦、副会长兼秘书长宓月等出席。

◎2014 年 10 月 31 日至 11 月 3 日，首都师范大学中国诗歌研究中心、首都师范大学文学院、北京大学中国新诗研究所联合举办的"如何现代，怎样新诗——中国诗歌现代性问题学术研讨会"在北京香山举行。与散文诗有关的论文有：张翼《从哈贝马斯"交往理性"看散文诗跨文体写作的先锋性》、赵薇《"无韵诗"到"散文诗"的译写实践——刘半农早期散文诗观念的形成》、陈太胜《彭燕郊的散文诗写作和现代诗的一种可能》、易彬《晚年彭燕郊的文化身份与文化抉择——以书信为中心的讨论》、孙晓娅《跨越时光碎片的现代性"返源"——评灵焚的散文诗集〈剧场〉》、灵焚《"如何现代"与散文诗》。另有几篇关于骆英散文诗的论文。

◎2014 年 12 月 20 日北京师范大学国际写作中心在北京市海淀区北三环中路 61 号中央新影制片厂院内老故事餐吧举办"冬日回响·'我们'读诗会"，朗诵了周庆荣、亚楠、爱斐儿、灵焚、箫风、黄恩鹏、唐朝晖、潇潇、毛国聪、李仕淦、章文哲、语伞、徐俊国、弥唱、水晶花、转角、薛梅、白月、潘云贵、贝里珍珠、杨林、耿林莽、邹岳汉、安琪、夏花、娜仁琪格格、木寻、李需等人的散文诗作品。

◎2015 年 1 月《诗潮》发布"《诗潮》2014 年度诗歌奖"，其中散文诗获奖者两人：语伞、陈劲松，奖金各 5 千元

◎2015 年 1 月，由中国道教协会、《星星》杂志社为指导单位，海南省道教协会、海南玉蟾宫为主办单位，海南文笔峰盘古文化旅游区承办的首届"金光大道"全球华文校园散文诗大赛评选揭晓。特等奖一名：程川；一等奖 2 名：周小茗、刘佩璇；三等奖 3 名，优秀奖 14 名。终评委：王光明、丹菲、冯明德、灵焚、周庆荣、梁平、蒋登科。执行总策划：丹菲

◎2015 年 1 月 10 日，由首都师范大学中国诗歌研究中心主办，北京燕山出版社、深圳海天出版社协办的"《我们·散文诗丛》第 1 辑·第 2 辑（主编灵焚、周庆荣）/《时间的年轮——"我们"散文诗群作品精选集》（主编：灵焚、周庆荣、李松璋）新书发布会暨'我们'散文诗创作研讨会"在北京紫玉饭店召开。来自全国各地的专家、学者、作者以及多家媒体记者共 80 多人到会。

◎2015 年 1 月，《星星·散文诗》刊发布消息：该刊将设立"倾力打造的品牌工程"、一年一度的"鲁迅散文诗奖"并启动首届评选。该奖旨在"嘉奖为中国散文诗发展做出贡献的标志性诗人、奖掖在中国当代散文诗创作中有杰出文本探索意义的诗人、以及表彰所有呈现了划时代文本特征的优秀诗人。"每届设大奖一名，奖金二万元。首届"鲁迅散文诗奖"评选提名委员（评委）名单：梁平、商震、周庆荣、龚学敏、箫风、灵焚、曲近、冯明德、邹岳汉、王幅明、于海兵。2015 年 4 月 9 日，在四川省简阳市召开【首届星星·鲁迅散文诗大奖】颁奖会，大奖获得者：耿林莽；提名奖获得者：亚楠、宋晓杰。4 月 12 日，主办单位《星星》诗刊主编梁平、执行主编龚学敏等专程到青岛市为 89 岁的耿林莽颁发获奖证书和奖金。

◎2015 年 6 月 14 日，由中外散文诗学会新疆分会和伊犁晚报社共同举办的【2014 年度（第八届）中国散文诗天马奖】颁奖典礼暨散文诗创新与发展座谈会在伊宁市举行。中外散文诗学会新疆分会主席亚楠主持了颁奖典礼。马东旭、王琪、转角、陈亮、王信国 5 位荣获 2014 年度（第八届）中国散文诗天马奖。本届评委：邹岳汉、林莽、周庆荣、龚学敏、霍俊明、亚楠、灵焚。

◎2015 年 6 月，"《芳草》汉语诗歌双年十佳"在武汉揭晓：周庆荣的散文诗《预言》获奖。

◎2015 年 6 月 26 日，中外散文诗学会、《散文诗世界》在山西吉县召开【人祖山采风笔会】海梦、宓月、王幅明、王亚洲等出席。同年 10 月 25 日"人祖山杯"国际散文诗大赛颁奖会在吉县人祖山景区举行。【特邀佳作奖】7 名：黄亚洲、赵振元、周小平、毛国聪、王成钊、许泽夫、张小平

【特等奖】一名：鄢家骏【一等奖】5 名：任俊国、李需、刘慧娟、王崇党、空也【二等奖】10名：支禄、孙重贵、杨剑文、张威、温秀丽、陈于晓、张昕、木京、龚敬、邱春兰【三等奖】20名：郭永仙、鸽子、孙培用、飞非、喙林儿、苏勤、孙庆丰、鲁绪刚、吴云立、金美玲、堆雪、邢淑燕、陈广德、郭野曦、杨阳、刘向民、知秋、刘素珍、李俊功、东方惠【优秀奖】30名：杨从彪、任如意、梁永周、马张留、陈修平、陆晓旭、刘志勇、若夫、宋春来、鲜红蕊、周二中、子衣、方刚、王垄、王玉洲、刘志宏、陶少亮、闫素环、风荷、许岚、丘河、张勋、林养、王剑、闫晓林、黑马、周小茗、马冬生、陈中明、曾训骐

◎2015年7月27日，由《散文诗》杂志社、甘南州文联共同举办的"吉祥甘南"第十五届全国散文诗笔会暨"第六届中国·散文诗大奖"颁奖会在甘南州合作市召开。来自全国24个省市的第十五届全国散文诗笔会代表、特约代表、甘南州作家诗人共70余人参加了会议。

【第六届中国·散文诗大奖】（2015年度）获奖者：宋晓杰、唐朝晖【本届评委】谢冕、耿林莽、冯明德、周庆荣、徐成淼、阳飏、蒋祖烜

【"吉祥甘南"全国散文诗有奖征文】获奖名单【金获】1名：香奴/今夜，只有甘南头顶明月【银获】2名：杨方/我最终会回到远方、阿垅/那些在草叶间闪耀的呼吸【铜获】5名：许文舟、温勇智、耿永红、王小玲、牧风【提名奖】20名：杨剑文、转角、雨倾城、白炳安、龙红年、水湄、陈昊、叶雪松、龚志华、张威、鲁绪刚、冷雪、麦子、支禄、赵长在、王志国、林明理、陈德根、任俊国、苏扬

◎2015年8月20日，"中国·星星【月河月老杯】（两岸三地）爱情散文诗大赛获奖作品颁奖会"在浙江省嘉兴市举行。【金奖】风荷《一条河的诗经》【银奖】郭野曦《月河传说》、郑立《月河在左，月老在右》、王素峰（台湾）《你说你要带我去月河》【铜奖】喙林儿、温秀丽、拾谷雨、施云、墨未浓【优秀奖】苏勤、霜扣儿、康湘民、陈于晓、那朵、张威、韩簌簌、邹月美、封期任、柳文龙、江耶、汪建中、孙海东、耿永红、蓝格子、鲁櫓、沈晔冰、白发科、马仕安、支禄、许岚、墨菊、史枫、亚男、倪俊宇、陈广德、陈伟宏、马辉洪、姜华、林明理（台湾）【本届评委】绿蒂、梁平、龚学敏、邹岳汉、谢克强、冯明德、周庆荣、伊甸、宋晓杰、宓月、干海兵、晓弦；部分评委和中国散文诗研究中心主任箫风等出席颁奖会。

◎2015年9月18日，《散文诗世界》杂志社与"十一科技"联办的"新能源杯"国际散文诗大赛颁奖会在成都西南民族大学举行。【特邀作品特别奖】赵振元/心中的太阳、桂兴华/请输给我们：新的血液、王成钊/我与太阳签订了契约、刘允嘉/感受新能源、林山/新新太阳能、江涌/人·地火·天火、晓弦/流动的太阳部落、沈漓（加拿大）/新能源狂想曲【金奖】王帆/鱼鳞阵【银奖】杨剑文/诗写新能源、鄢家骏/"刮风梁子"唱大风、周小平/新能源短章、清水/走进一个理想国、刘慧娟/远方，被一盏灯点亮、廖云城/梦圆蓝天【铜奖】钱艺兵、徐建新、张贵彬、堆雪、阿倪、木京、华明石、蒲李虹、陈颖、袁士伟、李海锋【优秀奖】苏雪依、史征波、龚农、雷正华、叶红萍、江为、包玉平、龚敬、三色堇、郭永仙、皮雳、王忠智、冰岛、牧风、蒋默、瑞娴、南小燕、颜烈、向天笑、刘素珍、戴炜、曾妙然（香港）/新生、文彬、石文锋、李志亮、东方惠、刘宝贵、徐丽娜、鸽子、吴永利【鼓励奖】李毅、李显昌、王洪祥、杨玉贵、王媛、燕子、文清、谢玉红、李慧英、曾妙然、庞明月、王舰、王丽君、陈新蕾、林佳、秦光河、史志萍、王爱华、张德、王灵伟、陈颖颖、俞春辉、秦建、李进、李红岩、赖建东、任如意、苏扬、东北浩

【本届大赛终评委】黄亚洲、海梦、赵振元、李原、宓月、邹岳汉、王幅明、蔡丽双、姚园、晓弦

（二）散文诗理论著作·散文诗理论研究

◎《天堂书屋随笔》王幅明著，其中包含作者的散文诗评论，大象，2014.7

◎《发现文本——散文诗艺术审美》黄恩鹏著，蓝天，2014，10，375千字。全书分"寻找'原象'的意义群""在语言的隐喻展开或释放""例举文本细读""发现和判断'意义化'写作"四个部分。耿林莽作序。

◎《嘹亮的红–桂兴华研究图文集》上海社会科学院出版社 2015.5

◎箫风主编《文学报 – 散文诗研究》全年出版 6 期

（三）散文诗作品选集·地方报纸散文诗专刊

◎《2014 中国年度散文诗》邹岳汉主编，漓江，2015.1

◎《2014 年中国散文诗精选》王剑冰选编，长江文艺，2015.1

◎《2014 中国散文诗年选》王幅明、陈惠琼选编，花城 2015.1

◎《中国散文诗 – 2014 卷》夏寒、刘虔主编，线装书局，2015.3

◎《中国年度散文诗 – 2014 卷》杨志学、亚楠主编，新华，2015.2

◎《中国散文诗人 2014 年卷》王志鑫主编，团结，2015.1

◎《流淌的声音——中国当代散文诗百家精品赏读》耿林莽编著（尹昌龙、李松璋策划《中外散文诗精品文库》之一）海天，2015.1

◎《闪光的珍藏——外国散文诗名家名作赏析》许淇编著（尹昌龙、李松璋策划《中外散文诗精品文库》之二）海天，2015.1

◎《时间的年轮 – "我们"散文诗群作品精选集》灵焚 、周庆荣、李松璋编（尹昌龙、李松璋策划《中外散文诗精品文库》之三）编入爱斐儿、白月、黄恩鹏、李仕淦、李松璋、灵焚、弥唱、水晶花、九月、徐俊国、亚楠、语伞、章闻哲、转角、周庆荣等 15 位的代表作，海天 2015.1

◎《千年咸平 – 河南省散文诗学会第四届年会作品集》刘海潮、李俊功主编，河南人民，2015.4

◎由亚楠任总编辑、邹岳汉主编的《伊犁晚报 – 天马散文诗专页》全年出版 12 期

◎由箫风策划、主编的《湖州晚报·南太湖散文诗》月刊全年出版 12 期。

（四）个人散文诗作品集

◎《文字背后的光》海叶著，远方，2008.4.1，2013.10.2 二印

◎《开花的海域》海叶著，团结，2011.1

◎《阁楼是的樵歌》苏启平著，内蒙古人民，2011.8

◎《骨头里的灯盏》王迎高著，中国文联，2013.8（以上补遗）

◎《冷开水》梦天岚著，香港天马，2014.9

◎《废墟上的抒情》爱斐儿著，河南文艺，2013.9

◎《梦中跑过一匹马》堆雪著，河南文艺，2014.8

◎《低吟或晚唱》杨启刚著，河南文艺，2014.8

◎《漂泊或漫游》（散文诗、分行新诗合集）冷克明著，中国文联，2002 年 12 月 1，2014.9 二版

◎《轮椅上的跋涉》唐大同著，四川文艺，2014.12

◎《雨夜的风铃》盖湘涛著，作家，2015.3

◎《瑶山牧笛》成春著，中国文联，2015.3

◎《雪：破碎或断翅》心亦著，中国文联，2015.3

◎《黄河最后那道湾》刘海潮著，中国文联，2015.3

◎《破茧》熊亮著，白山出版社，2015 年 4 月

◎《独鹤与飞》（分行诗、散文诗合集）凌之鹤著，云南人民，2015.4

◎《昆虫谣》郭毅著，自印，2015.6

◎《词语在时间的欲望里歌唱》刘川石著，团结，2015.6

◎《蔡旭散文诗五十年选》复旦大学出版社，2015.6

◎《长萧短笛》徐金秋著，长江文艺，2015.6

◎《与影共舞》徐澄泉著，黄河出版社，2015.9

◎《蔚蓝之下》恒颖著，作家，2015.9

◎《流动的时光》靖培生著，山东画报，2015.10